U0115395

語文教學叢書

現代語境中的國語文教育

劉怡伶　著

自序

　　二〇二二年，距離上個世紀「雙壬年」——一九〇二年的「壬寅學制」及一九二二年的「壬戌學制」兩大躍進，已逾百年了；這段時間經過了幾個歷史上的大轉折——一九一二年清朝帝制覆滅而民國共和政體成立、一九一九年五四新文化運動、一九三〇至一九四〇年代抗戰時期，乃至一九四九年的兩岸分治。一路下來，作家、學者、教師或參照西方或借鏡東洋，不斷嘗試把過去「士大夫」審美取向的素養轉化為「國民」的基本語文能力。

　　處在變動年代，國語文教育應該如何因應？檢視舊雜誌或老課本，不難發現其中有很多值得回顧並反思的部分，而它們背後有著共同襯景——亦即所謂的「語境」（context）。語境，也有譯為「脈絡」、「肌理」的，指涉特定的時間與空間。百年來，中國的語境從傳統的轉變為現代的，在普遍啟迪民智的需求下，教育因此從過往的菁英導向轉為普及導向，前賢對語文的時代回應也因此而多樣。

　　一個多世紀以來的語文討論並非侷限於新、舊的理念之爭，它更關涉到各家對新時代的國語文想像，以及怎麼具體落實。胡適聲稱白話文運動告捷的同時，接續面臨的是如何建設。舊的、不合時宜的已「破」，那麼「立」呢？關於「立什麼」與「怎麼立」的各種方案於是在集思廣益和眾聲喧嘩中登場。政府固然制定了新的教育法規來回應時代潮流，但只是畫下了基本的藍圖，更多的問題是出現在落實過程，如何填實，又怎麼補強、修正，除了來自各家或同或異的理念，也直接衝擊了教學現場，因而成為學校師生、學術界、教科書出版機

構的共同關切，討論的場域更擴大到了報刊雜誌。

新式學校取代舊有私塾，學制和教學方法有的直接引進西方的作法，有的借道於已先行現代化的東鄰日本，不論西洋鏡還是東洋鏡，對中國而言，都在積極借鏡。五四新文化運動之後，教育部頒布了統一的政策、訂定了明確的課程標準，可是這既是遞變也是劇變，因此衍生了各種問題，其牽涉甚廣——從語文而文學而文化，而這三者又融於一門「國文」而冶之，既是專門之學又是普遍素養，既涉及日常表達，又關乎美感意識以及人文含蘊。新文化運動以來的種種國語文議題雖出現於過去，卻連接著現在，「述往事以思來者」即是本書四篇專論的共同出發點。

這四篇文字都是圍繞國語文教育展開的，曾分別發表於期刊或國際學術研討會，各篇主旨，扼述如下：

第一章〈由破而立：新文化運動後的國語文建設〉（MOST 102-2410-H-562-002-MY2）：本篇探討新文化運動以後的現代國語文教育如何建設，以中學為重心，旨在平衡過去對新文化運動對思想與理念層面的偏重，並檢視既有的觀察及其後續對臺灣國語文教育發展的影響。民國時期，教科書、報刊雜誌及專門著述連結成了一個網絡，各式各樣的議論在其間互動、交流，《教育雜誌》、《中華教育界》、《國文月刊》、《中學生》等平臺更有如意見集散中心，吸引了來自全國各地的聲音，有民間的也有官方的，問題的層面兼及了本體和應用，除編輯群的主流意見外，間有不少出自各級學校的一手體驗與建議，這些都見證、改變了二十世紀上半葉國語文教育的實況，其中，不乏討論實際作法的，這也往往牽涉了對國語文教學本質的認定，畢竟國語文教育與它的實踐場域關係密切。然而過去切入這些方面的研究比較少，以致對現代國語文教育的瞭解並不完整，本文即嘗試補上這塊拼圖。

　　第二章〈蔣伯潛與傳統辭章的現代轉化〉（MOST　105-2420-H-
002-016-MY3-Y10601）：本篇著眼於民國著名的文史學者、語文教育
家——蔣伯潛（1892-1956），探討他如何將傳統辭章中的一些觀念轉
用到現代文章的寫作上。蔣伯潛在授課之餘，並鑽研經學、諸子學、
文獻學、文學、文字學，著作頗豐，問世於一九三〇至一九四〇年間
者有《十三經概論》、《語譯廣解四書讀本》以及為開明書店所註釋的
《活葉文選》；另與其嗣蔣祖怡共同撰著了「國文自學輔導叢書」及
「國學彙纂叢書」；又曾編纂多冊中學國文教科書；並以二十餘年教
學與研究經驗為基礎寫成《中學國文教學法》。學術界、文教界對蔣
氏的印象偏於他在四書經義方面的闡發，卻較少關注在他耕耘更勤的
國文教學方面。他的《文體論纂要》、《體裁與風格》、《中學國文教學
法》涉及了字詞章句與謀篇布局、文體及風格、習作及評改等，其觀
點及取徑方式既具傳統色彩又富現代精神。此篇討論了蔣伯潛的觀念
生成背景、具體操作模式、重要論述主張及其影響。

　　第三章〈讀寫示徑：蔣祖怡與一九四〇年代的國文教育〉（MOST
102-2410-H-562-002-MY2）：一九四〇年代，蔣祖怡（1913-1992）與
父親蔣伯潛受世界書局之邀，為青年編撰了「國文自學輔導叢書」，類
別括及經學、文學與語文，蔣祖怡負責其中的語文讀物，著名的《章
與句》（又名《文則》）即在其中。他另撰有「作文自學輔導叢書」、
《文章病院》、《文章學纂要》等，主旨都在指引寫作、改善修辭，
如：《章與句》以故事體呈現語法及修辭等知識；《文章病院》以「積
滯」、「頓骨病」（軟骨病）、「服飾病」、「興奮病」、「肥胖病」、「瘦弱
病」、「殘廢病」、「貧血病」等喻，說明古今人在錯字、成語、文法、
虛字及修辭上常出現的弊病，兼含解析與對策，其書寫方式別具一
格。蔣祖怡畢業於江蘇無錫國學專科學校，曾任浙西三中、富陽簡師
的國文教師，後於上海市立師範專科學校、浙江大學、浙江師範學院

及杭州大學中文系執教，並曾兼上海世界書局編輯、編審，又擔任過正中書局《新學生》月刊的主編。他的語文著作在臺灣有數種翻印本，流傳頗廣，許多見解受到修辭領域學者的重視。然而後世對蔣祖怡的既有印象，多停留在文藝理論與中國文學批評史，其早年在語文教育的貢獻則較被忽略，他的著作甚至因政治干擾而被扭曲或逕自消音。本篇即梳理蔣祖怡早年對現代國文教育的建構，特別是在讀寫部分。

第四章〈時用下的變遷：臺灣當代應用文教本內涵探析〉（smc104-I-17）：應用文是與大眾日常生活息息相關的文本體式，既帶有實際的功能，也潛含審美考量，由各時期應用文教本的內涵變化可以窺見這個文類如何「緣用成文」，以及其間在審美意識上的變遷。本篇以臺灣一九五〇年代迄今的應用文教本為探討對象，出以歷時角度，梳理不同時期教本在編纂上的發展脈絡，並配合共時的觀察，以考權重要教本間的異同，進而瞭解當代應用文為因應生活需要、文化變遷而產生了哪些變異，除了帶來新的認識之外，其結果也可提供相關教學參酌。

各篇文字來自科技部、教育部補助的專題計畫成果，結集前，則作了相當的增修。在撰寫期間，承蒙諸多師友指導，其所沾溉，將分誌於本書相關專章。此外，從聖母醫護管理專科學校到宜蘭大學先後給了我安定的空間，使我在教學的同時得以持續研究。由回顧而前瞻，自期秉持初衷、勤懇向前。

劉怡伶

於國立宜蘭大學

二〇二二年元月

目次

第一章
由破而立：
新文化運動後的國語文建設[*]

一　前言

　　學界探索新文化運動話題，大致從兩途開展論述：一、五四愛國主義，歷史學門從事者較多，涉及政治史、學術史。二、五四新文化與新文學的相關研究，多循思想史的路向，或以白話文學的立場發論，例如針對胡適提倡的白話文學史、鄭振鐸致力的俗文學研究。另外，也有從文化史切入的，多半結合了思想、文學兩者。語文固可置於文學、文化的研究當中，但回到清末、民初的時空——共和肇建以及五四運動均是歷史上的大轉折，整個時代劇烈的變動，尤其五四運動階段，傳統四書五經被質疑、文言與白話的新舊糾葛，乃至學制及教學方法，皆成了針鋒相對的議題，胡適、陳獨秀、魯迅在當時引領風氣，標舉以白話文取代文言文，並以《新青年》為主要論戰的園地，人民的觀念或自願或被迫地改變。

　　那時在寧波效實中學讀書的胡仲持（1900-1968，胡愈之之弟，記者兼編輯、翻譯家）[1]，即深受這場運動的影響，他表示：

---

[*] 本文係執行科技部專題計畫（MOST 102-2410-H-562-002-MY2）之部分研究成果。初稿曾宣讀於北京大學主辦「新文化運動百年反思系列會議之五『人：觀念與自由』」（2015年9月）。

[1] 胡仲持與兄長胡愈之，兄弟情深。胡愈之係長子，仲持排行第二，其「博學多才，會用英、俄、日、德、印度梵文、世界語等多種文字，是一位進步的記者和編輯，

看到《新青年》雜誌第一卷上陳獨秀先生所作的關于反孔和關于哲學的幾篇論文，感著過非常深切的興味。等到假期回家，恰好我的哥哥也從上海回來。他跟我談起《新青年》所提倡的文學改革運動，並且把他帶來的幾本《新青年》給我看。這一看給予我的快感真是一輩子也忘不掉的。《新青年》上陳獨秀，胡適之，劉半農諸先生的理論文章固然極深刻地打動過我的心坎。然而使我愛好到百讀不厭的卻是魯迅，周作人兩先生用新的文體表現的文學作品。我從這些作品上，方才領略到文學的真實的性質。我受了《新青年》的影響，便在最後的一學期，邀同幾個同學，創辦一種白話體的校刊，名叫《學生自助會周刊》。[2]

所登胡適、陳獨秀、劉半農等的文章讓胡仲持很動心，甚至起而效法辦起白話校刊——「這是當時寧波全市唯一新穎的白話報紙」。五四風潮時，正在香港大學讀書的朱光潛（1897-1986）也感受了這股改變的威力，他說：

北洋軍閥的教育部從全國幾所高等師範學校裏考選一批學生到香港大學去學教育。我考取了。從一九一八到一九二二年，我

著名的翻譯家，曾協助胡愈之翻譯出版《西行漫記》和《續西行漫記》，編輯出版《魯迅全集》，他們兄弟之間情誼很深厚。」見朱順佐、金普森合著：《胡愈之傳》（杭州市：杭州大學出版社，1991年），頁3。按：胡仲持在〈記者生涯〉裡提到擔任多年的新聞記者，一九二〇年代出校園之後，先考入上海郵務總局「管了郵政供應處的棧房一個月」，不久考進「新聞報館」當外勤記者，之後也在《商報》及《申報》服務，擔任記者及編輯，業餘時間則翻譯西方文學名著與英美暢銷書，見其〈記者生涯〉，《中學生》第61號（1936年1月）。

2　胡仲持：《中學生》第61號（1936年1月）。按：原引文為簡體，為方便閱讀，筆者改為繁體。

就在這所英國人辦的大學裏學了一點教育學，但主要地還是學了英國語言和文學，以及生物學和心理學這兩門自然科學的一點常識。這就奠定了我這一生教育活動和學術活動的方向。我到香港大學後不久，就發生了五四運動，洋學堂和五四運動當然漠不相干。不過我在私塾裏就酷愛梁啟超的《飲冰室文集》，頗有認識新鮮事物的熱望。在香港還接觸到《新青年》。我看到胡適提倡白話文的文學，心裏發生過很大的動盪。我始而反對，因為自己也在「桐城謬種」之列，可是不久也就轉過彎來了，毅然決然地放棄了古文和文言，自己也學著寫起白話來了。我在美學方面的第一篇處女作《無言之美》就是用白話文寫的。[3]

胡仲持以校園白話刊物為豪、朱光潛從桐城古文轉彎到白話文[4]，皆見證了五四運動在胡適等人的搖旗吶喊、匯集力量下，終於打破了文言獨尊的局面。

　　胡適、陳獨秀、錢玄同等輩利用《新青年》雜誌，從各種論點拆解文言文在國文學科的主宰位置。一九一七年胡適、陳獨秀在《新青年》分別發表了〈文學改良芻議〉、〈文學革命論〉後，國語運動與文

3　朱光潛：〈作者自傳〉，《朱光潛全集》（合肥市：安徽教育出版社，1996年），第1卷，頁1-2。按：朱光潛雖然改寫白話文，但是他也不否認早年學習八股文的經驗，對他日後的邏輯思辨及寫作有很大的幫助，其云：「寫白話時，我發現文言的修養也還有些用處，就連桐城派古文所要求的純正簡潔也還未可厚非。」（同前揭文）

4　朱光潛深厚的古文訓練，來自於接受桐城中學的薰陶。他說：「十五歲才入『洋學堂』（高小），當時已能寫出大致通順的文章。在小學只待半年，就升入桐城中學。這是桐城派古文家吳汝綸創辦的，所以特重桐城派古文，主要課本是姚惜抱的《古文辭類纂》，按教師的傳授，讀時一定要朗誦和背誦，據說這樣才能抓住文章的氣勢和神韻，便於自己學習作文。我從此就放棄時文，轉而摸索古文。」見其〈作者自傳〉，《朱光潛全集》，第1卷，頁1。

學革命有了更進一步的聯繫，早先有人致函《新青年》討論「國語統一」的問題，陳獨秀還答以：「國語統一，為普通教育之第一著。惟茲事體大，必舉全國人士留心斯道者，精心討論，始克集事。此業當期諸政象大寧以後，今非其時。」[5]相較於白話文，《新青年》對國語（書寫語言）議題較為消極，黎錦熙曾細數《新青年》在書寫語言方面的努力，其實成績有限[6]，直至錢玄同發表〈論應用文亟宜改良〉主張「以國語為之」時，《新青年》始積極正視文學以外的語言改革問題，而胡適於一九一八年發表的〈建設的文學革命論──國語的文學，文學的國語〉，更把文學革命及國語運動結合起來，加強了外界呼籲改國文為國語的訴求力道，進而影響教育部的政策，一九二○年教育部即通告國民學校「國文」改為「語體文」、教授注音字母以正其發音、廢止文言教科書等。此前，文教團體如全國教育聯合會、國語統一籌備會等，已先後提議改國民學校之「國文」為「國語」、原國文讀本改為國語讀本。

5　陳獨秀：〈記者答沈慎乃〉，《陳獨秀著作選編》（上海市：上海人民出版社，2010年），第1卷，頁224。按：原載《新青年》第2卷第1號（1916年9月）。

6　黎錦熙說：「陳仲甫主撰的《新青年》雜誌，首先提倡『文學革命』，第一篇是胡適底〈文學改良芻議〉（二卷五號），第二篇是陳仲甫底〈文學革命論〉（二卷六號），第三篇是劉復底〈我之文學改良觀〉（三卷三號）。但這三篇都是文言文，其他白話作品也還很少：如胡適譯的短篇小說〈二漁夫〉（三卷一號，劉復譯的短劇〈琴魂〉（三卷四號）：陳仲甫在北京神州學會講演的〈舊思想與國體問題〉（三卷三號），又在天津南開學校講演的〈近代西洋教育〉（三卷五號）這幾篇雖然都用白話，但小說戲劇和講演稿之類，向來照例也多用白話的；講到文藝底創作，只有胡適底白話詩（二卷六號）和白話詞（三卷四號），然而還是因襲舊詩五七言和詞牌；至於白話論文，只有劉復〈詩與小說精神上之革新〉（三卷五號），錢玄同與陳仲甫論文字符號和小說的信（三卷六號）勉強可以算得，此外便沒有了。……這時《新青年》雖極力提倡『文學革命』，但討論這問題本身的論文和通信等，也還沒有放膽用『以身作則』的白話文。」見其編：《國語運動》（上海市：商務印書館，1933年，收於王雲五主編：「萬有文庫」第1集），頁59-60。按：黎文之原句讀及標點符號有錯落粗疏之處，為存其真，如實援引，特為說明。

　　教育部在社會輿論的壓力下，確立了「國語」的科目名稱——於法規制度上明定了語體文的地位。此不僅認可白話文在國語文教育中的核心位置[7]，並引發各方後續的諸多討論，議題紛呈。黎錦熙評論胡適〈建設的文學革命論〉時說道：「這篇文章發表後，『文學革命』與『國語統一』遂呈雙潮合一之觀」，此後各式報刊終於「白話文，注音字母，新式標點，都打扮著正式登場了。」[8]胡適等新文化運動標竿人物於一九一六至一九二○年間的言論及實踐，對後續的語文教育發展可謂為創造性的破壞[9]，胡適曾說：

> 提倡國語的文學，把白話作為求高等文化，高等知識的媒介；一切講義咧，演講咧，報紙，雜誌咧，都改用白話。這樣一來，一方面惹起古文家的反對，一方面喚起青年的注意。無論什麼事，什麼主張，要得人家的反對——要值得別人的一駁——才有價值。[10]

胡適一邊「惹起」、一邊「喚起」，一破一立之間，力擎「國語的文學，文學的國語」大旗，提倡：用國語寫文學，國語是寫文學的語言。胡適自認白話文運動在短短四年內幾乎成功，他持據的理由是因教育部於一九二○年「明令〔支持〕」中小學教材須改為語體文而得

7　若論五四運動與國語文教育的關係，其重要指標意義便是正式開啟了白話文的時代。

8　黎錦熙：《國語運動》，頁61。

9　黃德寬教授亦云：「1915年興起的新文化運動，對我國語文現代化具有劃時代的意義：一是促進了民族共同語的形成，二是推進了漢字改革運動的發展，三是確定了新中國語文現代化的基本方向。」見其〈新文化運動與語文現代化的反思〉，《安徽大學學報》（哲學社會科學版）第3期（2015年5月），頁2。

10　胡適講，嚴既澄、華超記：〈國語運動的歷史〉，《教育雜誌》第13卷第11號（1921年11月），頁9。

到了勝利。胡適坦言原先策動該項運動時，以為至少得推展二十五至三十年的時間才有成效，沒想到出乎他的意料之外，「它成熟得如此之快」，胡適表示：

> 在民國九年（一九二〇），北京政府教育部便正式通令全國，于是年秋季始業，所有國民小學中學第一二年級的教材，必須完全用白話文。政府並且規定，小學一二年級原用的〔文言文〕老教材，從今以後要一律廢除。小學三年級的老教材限用到民國十年（一九二一）；四年級老教材，則限至民國十一年（一九二一），〔過此也都一律廢除。〕所以在一九二二年以後，所有的小學教材都要以國語（白話）為準了。[11]

胡適自信白話文運動取得部分勝利，其以政府規定廢除小、中學文言教材為重大改革的指標，他甚至告訴青年朋友，國語（文法結構）簡單到無須教導即可學會——「這種語言可以無師自通。學習白話文就根本不需要什麼進學校拜老師的」[12]，但歷史的後見之明卻呈現了胡適的破舊立新，實際做起來困難重重，仍待多方努力建設，這可從一九三〇、一九四〇年代很多人持續商討怎樣說標準的國語、如何寫通順的白話文的實情印證。

　　儘管國語文建設工作漫長，但前期的破舊階段，尤其在中學教育這一層面上，胡適所發表的相關言論已為後來如何建立專業的國文教育架構，提供進一步思索的方向，例如〈中學國文的教授〉一文，從多面向陳述對中學國文教學的看法，包括探討中學國文的目的、中學

---

11 以上所引的胡適語，見唐德剛譯註：《胡適口述自傳》（臺北市：傳記文學出版社，1986年），頁167-168。
12 唐德剛譯註：《胡適口述自傳》，頁170。

國文的課程、國語文的教材和教授法、演說與辯論、古文的教材與教授法、文法與作文等。在胡適的理想標準裡，所期望的中學畢業生，其國文程度至少應符合四項要求：

> （一）人人能用國語作文、談話、演說，都能通暢明白，沒有文法上的錯誤。（二）人人能看平易的古文書籍，如《廿四史》、《通鑑》和《孟子》、《莊子》一類的子書。（三）人人能作文法通順的古文——指文言。（四）人人有機會可懂得一點古文文學的大概。[13]

胡適自認這四種要求並不苛求，其強調確立中學國文的目的後，始可再談怎樣教授國文。胡適表示民國元年所定的中學國文標準（即「中學校施行細則」第三條：「國文要旨在通解普通語言文字，能自由發表思想，並使略解高深文字，涵養文學之興趣，兼以啟發智德。」），並未真正落實，且注定要失敗的，他說：

> 元年定的理想標準，照這八年來的成績看來，可算是完全失敗。失敗的原因並不在理想太高，實在是因為方法大錯了，標準定的是「通解普通語言文字」，但是事實上中學校教授的並

---

13 胡適：〈中學國文的教授〉，《教育叢刊》第2集（1920年3月），頁1。按：該文寫於1920年3月24日，原為胡適在北京高等師範學校附屬中學國文研究部的演講辭，由周蓬筆記，初載《教育叢刊》第2集，又載《新青年》第8卷第1號（1920年9月），唯發表於《新青年》時，前言、章節標目、內容文字，有若干增刪。例如他提出的這四項要求，在《新青年》上的文字，增刪為：「（1）人人能用國語（白話）自由發表思想，——作文，演說，談話，——都能明白通暢，沒有文法上的錯誤。（2）人人能看平易的古文書籍，如《二十四史》，《資治通鑑》之類。（3）人人能作文法通順的古文。（4）人人有懂得一點古文文學的機會。」繫此備參。

> 不是普通的語言文字，乃是少數文人用的文字，語言更用不著
> 了！標準又定「能自由發表思想」，但是事實上中學教員並不
> 許學生自由發表思想，卻硬要他們用千百年前的人的文字，學
> 古人的聲調文體，說古人的話，──只不要自由發表思想！事
> 實上的方法和理想上的標準相差這樣遠，怪不得要失敗了！[14]

胡適批評政府擬定的標準未臻理想，另規劃了一份中學國文的課程大
綱，並詳細指引教材及教法的運用。他不諱言缺乏教授中學國文之經
驗，算是門外漢，但正因旁觀者清，或許能跳出內行的教育家慣性思
考、不被成見拘束，「門外旁觀的人，因為思想比較自由些，也許有
時還能供給一點新鮮的意見，意外的參考材料」。[15]胡適一九二〇年代
前後對中學國語文教學體系的改革意見，除了〈中學國文的教授〉
外，另有兩篇的代表論述〈答黃覺僧君「折衷的文學革命論」〉（1918
年9月15日，發表於《新青年》第5卷第3號）、〈再論中學的國文教學〉
（1922年8月27日，發表於《晨報副刊》），胡適雖自謙「全憑理想立
言」，但其中已觸及國文教學的諸多實質議題，如白話文寫作、文白
教學比例、國文教材編寫量化原則等。

　　五四之後的國語文教育問題經緯萬端，特別是現代意義的國語文
教育登場後的論述，很大一部分是針對中學教育。「中學」處於承上
啟下的位置，中國引入西方三段學制以建立現代意義的中學之際，輿
論對中學的討論最多，屢屢成為改革的重點。相較於以識字與說話為
主的小學啟蒙教育，中學所浮現的問題更多，此前政府明令小學禁教
文言文，一進中學對文言不免缺乏理解。朱自清曾比較了五四前後中
學生的學習環境，無論教材、教法抑或師資，都是導致中學生文言寫

---

14 胡適：〈中學國文的教授〉，《新青年》第8卷第1期（1920年9月），頁2。

15 胡適：〈中學國文的教授〉，《新青年》第8卷第1期（1920年9月），頁1。

作力衰退的原因[16]。五四以前的學子，多具基本的文言底子，此因傳統的科考屬於菁英教育，其基本功在熟背經典、能撰寫應試文章，應試者須模擬聖人口吻論理作文，形式又須合乎既定規格。在這套考試機制下，教材與目標均明確，四書五經及朱熹註解乃其核心，這裡面沒有現代國民教育須讀的科目。民國肇建，以往的教材教法或教學目標未符世用，怎樣使新時代的學生流暢地能讀能寫，學制改革、課程標準、教學方法等問題一一浮現，以前僅「少數的」學國文，到後來「全國的人」皆須具備讀寫的基本功[17]。新時代的中學生得面對文白兼雜的教科書，因此教科書選文的標準、書寫語言的拿捏立即成了問題，正因中學國語文教育議題繁複，更須各界研討。

　　筆者近年訪搜大量的原始第一手材料，在翻找、閱讀舊報刊雜誌

---

16 朱自清分析中學生國文程度低落的原因，主要是：「五四以前的中學生，入學校之先，大都在家裏或私塾裏費過幾年工夫，背誦過些古文，寫作過些窗課——不用說是文言。這些是他們國文的真正底子。到了中學裏，他們之中有少數能寫出通順的文言，大半靠了這點底子。中學校的國文教師，就一般而論，五四以前只有比五四以後差些，那些秀才舉人作教師，決不能在一星期幾小時裏教學生得多少益處。學生在入學校之前沒有寫通文言，到了中學，除非自己對國文特別有興趣，自己摸索到門徑，畢業的時候大概還是不能寫通文言的，但背古文，作窗課，都是科學（按：科舉）的影響的殘存。到了五四以後，這種影響逐漸消失，學生達到學齡，就入學校，不再費幾年工夫去先學文言；這些學生是沒有國文底子的。在中學的階段裏，教師漸漸換了新人，講解比秀才舉人清楚些，但只知講解，不重訓練，加上文言之外，還得學白話，文言教材又是各體各派，應有盡有，不像舊日通用的古文觀止等教本，只選幾體，只宗一派。學生負擔（按：擔）加重，眼花撩亂……訓練既不嚴，範文又雜亂，沒有底子的人又怎樣寫得通順呢？程度低落，是必然的。」以上，見朱自清：〈中學生的國文程度〉，《國文月刊》第1期（1940年6月），頁3。

17 蔡元培說：「從前的人，除了國文，可算是沒有別的功課，從六歲起，到二十歲，讀的寫的，都是古人的話，所以學得很像。現在應學的科學，很多了，要不是把學國文的時間騰出來，怎麼來得及呢？而且從前學國文的人是少數的，他的境遇，就多費一點時間，還不要緊。現在要全國的人都能寫能讀，那能叫人人都費這許多時間呢？」見蔡元培：〈國文之將來〉，《教育叢刊》第1集（1919年12月），按：此文係蔡元培在女子高等師範學校演講辭，由周鑅筆記。

以及老課本的過程中，發現多筆五四文學革命以降，一九二〇至一九四〇年間文教界反覆論辯中學語文教學或實際各種語文調查成績之文獻材料，初步歸納，以教學為主的議題，即有：概論國語文教學、語音（國語）、文字、錯別字、寫作、書面語（文言、白話、大眾語）、語法、詞類、句法、修辭、演說等，牽涉層面廣泛。雖各側重有別，但彼此交流平面（文字書寫）或立體（教學活動）的經驗，形成這個時期非常明顯的語文教育景觀。本文即探究新文化運動以後的現代國語文教育如何建構，以中學為研討重心[18]，鎖定國語文教科書、報刊雜誌以及國語文教學專著三端，反思新文化運動既有的觀察視角及其後續對臺灣國語文教育發展的影響。

二　現代國語文教科書的產生

近代教科書編纂之前奏，與教會學校、洋務學堂的引進西學教科書密切相關，前者如傅蘭雅的《格致須知》、艾約瑟的《西學啟蒙》，後者如京師同文館的課程與教材、江南製造總局翻譯館及其譯著。晚清維新思潮湧起，知識菁英力呼教育救國，編纂符合時代所需的新式教科書已然成為趨勢，新式學堂如上海南洋公學（交通大學前身）即嘗試自編《蒙學課本》（參圖一）：

---

18 中小學國語文教育的發展過程裡，小學、中學（初中與高中）、大學這三者往往又互相糾葛（1922年學制曾倡三合一的綜合中學），就共時橫向的角度，雖聚焦普通中學，但實際討論又不能孤立地侷限中學一隅；從歷時縱軸去看，中學銜接了小學與大學，自不能忽略前後期，因此研究時仍須參照。

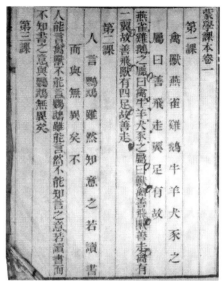

圖一　《蒙學課本》封面及課文局部

（感謝馮斌先生提供）[19]

　　然屬初創而不免粗糙，例如教材鉛字印刷、亦乏插圖，以今日眼光衡量，「無現代標點，也無具體教學課時的建議，最重要的是還沒有配相應的如何使用教科書的教授書（相當於今天的教學參考書），沒有按嚴格的學年學期（實際上當時還沒有現代意義的學制）以及學科編寫，所以只能稱之為現代意義的教科書的雛形。」[20]與南洋公學一樣加入自編教科書行列的，尚有：上海三等學堂、上海澄衷學堂、無錫三等公學堂、求是中學堂等校。

　　須特別指出的是，這階段與新式學堂有關的師生，不少後來成為

---

19 翻拍自馮斌先生之藏品。按：馮斌係「中國百年語文教科書博物館」及「角直作文博物館」創辦人，筆者曾赴蘇州諮訪，其收藏近現代多種語文課本。

20 石鷗、吳小鷗：《中國近現代教科書史》（長沙市：湖南教育出版社，2012年），上冊，頁75。

現代文教事業的重要推手，如南洋公學第二任總理張元濟，在任內成立特班，聘請蔡元培為班主任，招收包括黃炎培、邵力子、李叔同等優秀學生；而澄衷學堂著名弟子也有胡適、竺可楨，在學堂講學的馬寅初、章太炎、陶行知、馬君武、章士釗、林語堂、陳鶴琴、夏丏尊等師長，亦皆一時之選，蔡元培甚至當過這所學堂的校長。此與新學堂關聯的重要人物，部分或轉往官方或深入民間，從體制內外，共同參與現代意義的國語文教育事業的建設。

就體制外的民間出版機構而言，自一九○二年頒布「欽定學堂章程」、一九○四年實施「奏定學章程」之後，民間書坊編製語文課本，以商務印書館及中華書局的編輯團隊最為可觀，且大家居多，如張元濟、高鳳謙、蔣維喬、陸費逵、蔡元培等。商務印書館（創立於一八九七年）網羅了近代許多人才，其經營的業務廣泛、出版的種類繁多、服務對象亦眾，該館負責人張元濟志以文教救國，他在一九二一年曾說：「本館教科書約有七成供全國學生之用，自覺責任甚重。」[21]曾任該館編輯的葉聖陶高度評價：「現在的任何一家出版社都不能和商務相比」、「解放前進過學校的人沒有不曾受到商務的影響，沒有不曾讀過商務的書刊的」[22]。後起的中華書局（創辦於一九一二年），實則是「商務精神」的延續，誠如創辦人陸費逵所說：「我國大規模之出版、印刷事業，殆只有商務、中華兩家，且均以學校教科書為主。」[23]中華書局初期幾位創辦人均來自商務印書館，而奠立該局

---

21 張元濟：《張元濟日記》（北京市：商務印書館，1981年），下冊，1921年9月21日條，頁799。按：此係張元濟與美國教育家孟羅會談時的言論。

22 葉聖陶：〈我和商務印書館〉，《1897-1987商務印書館九十年──我和商務印書館》（北京市：商務印書館，1987年。按：以下本文所引，簡稱《商務印書館九十年》），頁301、302。

23 陸費逵：〈我國書業之大概〉，此文原是陸費逵於一九二一年在上海中國公學的演講稿，載《中華書局月報》第4期（1922年），今收於俞曉堯、劉彥捷編：《陸費逵與

根基的教科書編纂事業，亦得益於當年在老東家的經驗。商務印書館
與中華書局皆因教科書的編印、發售，獲致豐厚利潤而在出版界取得
重要的地位。在商務印書館方面，以編寫於清末的《最新國文教科
書》（全套十冊，封面標註「初等小學用」，通稱《最新初等小學國文
教科書》）為例（參圖二）：

圖二　《最新國文教科書》第一冊書名頁、課文及彩色插圖
（光緒三十三年〔1907〕第40版，個人藏品）

　　參與者往往是博學通儒分任編輯及校訂，國內除張元濟（張菊
生）外，尚有：蔣維喬、高鳳謙（高夢旦）、莊俞等專家學者，尤其
還借重日本前文部省圖書審查官小谷重、日本前高等師範學校教授長
尾槙太郎[24]，顯示商務印書館非常重視教科書事業。在編纂之初，他

　　中華書局》（北京市：中華書局，2002年），頁461。按：筆者曾赴北京諮訪陸費銘
　　琇女士（陸費逵之女），感謝其惠贈《陸費逵與中華書局》。
24 筆者保有的初等小學堂用書《最新國文教科書》第六冊（光緒三十一年〔1905〕九

們反覆討論編寫體例,「由任何人提出一原則,共認有討論之價值者,彼此詳悉辯論,恒有為一原則討論至半日或終日方決定者。」[25]當時幾乎每編成一課,集體討論至大家無異議後,始能定稿[26],蔣維喬記下了當時編纂的實況:

> 癸卯年十二月初二(按即1904年1月18日)星期一十下半鐘回編譯所。張菊翁來,述蒙學讀本東西各國考定者皆以筆劃繁簡定淺深,已編之稿須將第一編重編。午後日本人小谷重、長尾槙太郎來,遂與張菊翁、高君夢旦會商體例,至五下鐘議畢。定第一冊為六十課,每課又分為二。第一課至六課皆用單字(半課四字,一課八字),六課至十課二字相聯(半課六字至八字),第十一課至第二十課二、三字相聯(半課十字),第二十一課至第四十課短句(半課二十字),第四十一課至六十課短文(半課二十字)。自六課以下加入生字,每半課四字,十一課以下遞加至五字。晚間試編成八課,擬於明日午後再會議。[27]

月,再版本),書名頁即標示「日本前文部省圖書審查官小谷重」、「日本前高等師範學校教授長尾槙太郎」,與張元濟、高鳳謙並列校訂人。

25 蔣維喬:〈編輯小學教科書之回憶〉,《商務印書館九十年》,頁57。

26 曾任商務印書館編輯的鄭貞文也提到編輯小學教科書的過程,他說:「編輯小學教科書,這在中國是創舉,大家都沒有經驗。初期的商務印書館是和日本商金港堂合夥的,編小學教科書,就請日本人長尾槙太郎、加藤駒二及小谷某(忘其名)(筆者按:小谷重)三人作顧問,並聘留日早稻田大學出身的劉崇傑(子楷,福州人)作翻譯,由張元濟、高夢旦、蔣維喬(竹莊)、莊俞(百俞)等四人共同編輯。採取日本維新時期教科書的編制經驗,字斟句酌,每編一課必經四人協議一致,而後定稿。」見其〈我所知道的商務印書館編譯所〉,《商務印書館九十年》,頁203。

27 見蔣維喬:《鶴居日記》手稿本,藏於上海圖書館,此轉引自張人鳳〈商務印書館《最新初等小學國文教科書》的編纂經過和特色〉,收入其編著:《張元濟研究文集》(上海市:上海辭書出版社,2007年),頁121。

依《最新國文教科書》首冊所附〈編輯大意〉，其編纂動機是鑑於市面的現行教材多不合用——「近來新編訓蒙各書，無非可取，然施諸實用，尚多窒礙」。這篇署以「商務印書館編譯所同人」名義所寫的編輯大意，對現有教材不厭其煩地羅列多達十八項未符實用之由：「單字講授，索然無味」、「筆畫太繁，不易認識」、「連字介字助字等，難於講解」、「深僻之字，不適目前之用」、「生字太多，難於認識」、「語句太長，難於上口」、「全用短句，不相連貫，則無意味」、「數語相連，不能分句解釋，難於講授」、「語太古雅，不易領會」、「語太淺俗，有礙後來學文之初基」、「陳義太高，不能使兒童身體力行」、「墨守古義，不能促社會之改良」、「外國之事物，不合於本國之習俗」、「不常見聞之事物，不易觸悟」、「不合時令之事物，不易指示」、「文過詼諧，有礙德育」、「文過莊嚴，兒童苦悶」、「進步太速，失漸進之理」[28]，故認為編輯適合時代發展的教科書，極其必要。商務印書館標榜所編教材「一字不苟，經營數月」[29]。《最新初等小學國文教科書》第一冊甫發行即獲肯定，蔣維喬在光緒三十年二月十五日（一九〇四年三月三十一日）日記裡寫道：「國文教科書第一冊已出來，未及五六日已消完四千部，現擬再版矣。」[30]張元濟之嫡長孫——張人鳳曾親見光緒三十一年四月十五日（一九〇五年五月十八日）第一冊第十版的教科書，他翻檢該書的版權頁後，說：「短短一

---

28 以上所引，均見商務印書館編譯所：〈編輯大意〉，收於《最新國文教科書》（上海市：商務印書館，1907年，第40版），第1冊，頁1-2。

29 上海商務印書館：「最新初等小學國文教科書出版」，《東方雜誌》創刊號（1904年3月），未註頁碼。

30 蔣維喬《鷦居日記》手稿本，轉引自張人鳳：〈商務印書館《最新初等小學國文教科書》的編纂經過和特色〉，《張元濟研究文集》，頁119。按：蔣維喬在〈編輯小學教科書之回憶〉也提及熱銷的情況：「甲辰年（1904年）12月，第一冊出版，不及兩週，銷出五千餘冊，可知當時之需要矣。」《商務印書館九十年》，頁59。

年零兩個月的時間內，初印、重印（包括少量修訂）達十次之多，足
見市場需求之大。」[31]張人鳳所寓目的一九○五年第十版《最新初等
小學國文教科書》，距離初版的一九○四年僅逾一年光景，其間再
版、改版多次，甚至坊間出現不少翻印本[32]，商務印書館的教科書所
獲青睞，可以想見。特別的是，這套最新系列的教科書，出現了彩色
插圖，且印製的品質良好，即使經過百年，顏色猶亮。此外，尚編配
教授法，裨於教學參考，更帶動同業精編教學書籍之風。

　　至於中華書局，陸費逵輩認為立國之基在教育，而教育的根本在
教科書，鑑於前清舊本不敷使用，編製新的教科書乃刻不容緩，書局
創立即與教科書編纂事業緊密結合，陸費逵明白宣示要進行教科書革
命，謂：「立國根本在乎教育，教育根本實在教科書。教育不革命，
國基終無由鞏固。教科書不革命，教育目的終不能達也。」[33]教科書
事業，兩家位居近現代出版機構編印及銷售的前兩名，近現代眾多學
子正是透過其編印的教科書而奠下了基礎的國語文能力，也成了許多
人的共同記憶。例如讀者之一的于卓回憶，就讀國民學校時，開學首
日就是讀商務印書館的課本，他說：

　　　第一堂課上的就是國文。國文課用的就是商務印行的共和國教
　　科書，供國民學校用的《國文》課本第一冊。據商務的老同志
　　告訴我，這套《國文》課本是張元濟（菊生）老先生親自主持

---

31 張人鳳：〈商務印書館《最新初等小學國文教科書》的編纂經過和特色〉，《張元濟
　　研究文集》，頁119。

32 筆者已蒐集到若干翻印本，有關教科書初版、改版、正版、盜版等版本議題考述，
　　將另文考辨。

33 陸費逵：〈中華書局宣言書〉，《中華教育界》創刊號（1912年1月）。按：陸費逵之女
　　陸費銘琇女士對父親創辦中華書局，認為定名「中華」有其意義：「既是對革命的紀
　　念，也包涵著培育共和國民的責任感。」見其〈我國近代教育和出版業的開拓者——
　　回憶我的父親陸費伯鴻〉，收於俞筱堯、劉彥捷編：《陸費逵與中華書局》，頁27。

編寫的。正如一切新生事物剛剛出現的時候那樣，它可能存在這樣或那樣的缺點和不足之處，但即使從現代教育學的眼光來看，這套教科書的取材也還是符合「由遠及近、由淺入深，由具體到抽象……」這些基本的教學規律的。因此，儘管時間過去了六、七十年，這套《國文》課本第一冊絕大部分課文的內容，不少和我年歲差不多的人，仍然可以記憶猶新地「背誦如流」。有意思的是，有幾位同時代的老同志碰到了一起，有誰從「人、手、足、刀、尺……」開了個頭，大家便不約而同地「山、水、田；狗、牛、羊；小貓三隻、四隻；白布五匹、六匹……」地不絕如縷地來個「大合唱」。然後，彼此情不自禁地會心一笑。[34]

文藝理論家、語文教育家徐中玉（1915-2019），也回憶上小學時「語文課本開頭教『人、手、足、刀、尺』，不是《三字經》」[35]，徐中玉於一九二〇至一九二六年間就讀初小及高小，他所讀的依舊是商務印書館出版的教科書《新國文》，顯示了該書係長銷的屬性。此外，其他書局，如：文明書局（一九一五年被中華書局合併）、世界書局也出大量的國語文教科書，以文明書局為例，陸費逵曾一度任職該局，而世界書局創辦人沈知方也參與過文明書局的出版活動。晚清學部首次審定初等小學教科書，文明書局行的書種即占近三分之一[36]，當時

---

34 于卓：〈我和商務印書館〉，《商務印書館九十年》，頁447-448。

35 徐中玉：《徐中玉文集》（上海市：華東師範大學出版社，2013年），第1冊，頁2。
　按：筆者曾赴上海華東師大探訪徐中玉教授，此行徐教授賜贈簽名大作《徐中玉文集》（一套六冊），對後續瞭解其文藝觀念及語文教育實踐，甚有裨益。感謝徐教授及其女兒徐平老師的協助。

36 學部審定了四十六種一〇二冊初等小學教科書，而文明書局出品就有十九種三十三冊，此統計數字可見《中國近現代教科書史》，上冊，頁107。

僅次於商務印書館。

　　晚清民初，教科書編纂市場，除了集中在商務印書館、中華書局、文明書局、世界書局等較大型的機構，亦有如雨後春筍般湧現的小型書坊，這些大小不一的文教機構每每在近現代教育發展的關鍵時刻，發揮了一定的作用，其中某些重要人物對學制、行政、課程多有議論，甚至部分意見為官方採納，影響了語文教育政策，例如一九一二年一月九日教育部成立，蔡元培擔任教育總長，旋即改革前清的學制，同月發佈首項改革教育的命令，即制定十四條「普通教育暫時辦法」，在新學制尚未形成之前，以此辦法施行教育，通令各界遵守，而「中華民國教育部普通教育暫行辦法通令」、「普通教育暫行課程之標準」即出自陸費逵及蔣維喬之手筆。

　　民國以後時勢移易，教育方針每每變動，從學制對「講經讀經」、「國文」到「國語」的名稱規範，除可見國語文發展的趨勢，也呈現了國語文領域其實涵蓋了語文、文學、義理、文化，而其中又以語文為最基礎。張元濟在五四新文化運動之前，就非常留心國文教科書編纂事宜，檢視他的一九一六至一九一七年間的日記，有多處觸及：

　　　◎與夢旦談編譯《國文》事。前四冊可用語體。（1916年7月20
　　　　日，日記，頁91）
　　　◎發見《共和國文》「平等」、「自由」兩課未恢復原稿。（1916
　　　　年7月27日，日記，頁93）
　　　◎裘公勃來告，范靜生將行開談話會，小學教科擬用白話。
　　　　（1916年7月31日，日記，頁95）
　　　◎《初等國文》用白話編。亞泉以為難。謂內地讀官話與文言
　　　　無異，且官話亦不準，將來文理必不好，而官話又不適用。
　　　　夢旦謂，教授甚難。（1916年8月1日，日記，頁95-96）

◎ 稚暉之意不以用俗語入教科。如「這麼」、「那嗎」等字，總不宜，仍用之乎者也。將來新語言中，亦須用此字。又言，凡初學及普通用，每字旁均用注音字母。（1916年8月28日，日記，頁112）

◎ 約夢旦、伯俞、竹莊，商編教案事。擬參考加詳，預照《國語》對照材料，並選日本教授案成書，以備參考，又擬年前先出四冊。擬編《初小教員教授用詞書》。盡現行諸書採集。（1916年9月8日，日記，頁120）

◎ 顧復生交來李仲試編《共和新體國文》樣本。交伯俞閱看。不能全用，覆信送還。……告竹莊、伯俞，擬速著手趕編《初小國文》。目前應辦之事：一求才、二選字、三擬編輯草案。（1916年9月22日，日記，頁128）

◎ 與蔣、莊、高商定募集國文材料辦法。一、用簡明國文生字，請增減。二，擬定若干難作題目，募人撰稿。三、請人各將本地風俗物產，撰稿寄示，給與報酬。（1916年11月29日，日記，頁142）

◎ 竹翁昨日交徵集國文材料簡章。擬請將各種國文匯齊分類，再定題目。（1916年12月5日，日記，頁144）

◎ 昨晚談編輯新教科書事，《國文》主張先編言文一致者若干。又句法宜順不宜拗。又選字宜先習見者，不拘單體複體，例如先見「狗」、後見「犬」。又稍深之字，宜先有解釋之課，然後再見。例如「牧童」之字，宜先有「牧」字一課，不能先用「牧童」。又每隔若干，宜有練習課，用俗譯。又編纂時，每成一課，即譯一句。又隨將所以如此編纂之故錄出，以備後來編教授書，即對付外人之用（1917年2月5日，日記，頁161-162）

◎ 昨托筱莊，訪能編白話書人才。（1917年3月13日，日記，頁
　　184）[37]

一九二〇年教育部於法規制度面確立「國語」的科目名稱，語體文的
合法地位就此定格。胡適形容此舉是一項「大事」、「把中國教育的革
新，至少提早了二十年。」[38]正因是重大的變革，引發了各方的討
論，有的主張應先建立所謂的國語標準以及實施進程，而胡適則認為
標準與否，不須被動地等待官方制訂，他說：

> 現在有許多人很怪教育部太鹵莽了，不應該這麼早就行這樣重
> 要一樁大改革。這些人的意思並不是反對國語，不過他們總覺
> 得教育部應該先定國語的標準和進行的手續，然後可以逐漸推
> 行。例如最近某雜誌說：教育部應定個標準，頒布全國。怎樣
> 是文，怎樣是語，那個（按：哪個，下同）是語，那個是文體
> 絕對不用的，那個是語體絕對不用的：把他（按：它）區別出
> 來。國語文法，國語話法，國語字典，國語詞典，應該怎樣編
> 法？發音學是怎樣講？言語學是怎樣講？自己還沒有指導人
> 家，空空洞洞登個廣告，叫人家把著作物送去審查，憑著極少
> 數人的眼光來批評他。卻沒有怎樣（當作什麼。）辦法發表出
> 來。種種手續沒有定妥，就把學校的國文科改掉。這不是「坐
> 在黃鶴樓上看翻船」的主義麼？這種批評，初看了很像有理，
> 其實是錯的。國語的標準決不是教育部定得出來的，也決不是

37 以上所引，均據張元濟著、張人鳳整理：《張元濟日記》，上冊。按：原引文之標點
　　符號，並無書名號及引號、冒號等，為便閱讀與統一體例，逕改以新式標點符號。
38 胡適：〈國語講習所同學錄序〉，收於胡適編：《五四新文學論戰集彙編》（臺北市：
　　長歌出版社，1976年），下冊，頁119。

　　少數研究國語的團體定得出來的，更不是在一個短時期內定得
出來的。我們如果考察歐洲近世各國語言的歷史，我們應該知
道沒有一種國語是先定了標準纔發生的。沒有一國不是先有了
國語然後有所謂「標準」的。凡是國語的發生，必是先有了一
種方言比較的通行最遠，比較的產生了最多的活文學，可以採
用作國語的中堅分子；這個中堅分子的方言，逐漸推行出去，
隨時吸收各地方言的特別貢獻，同時便逐漸變換各地的土話：
這便是國語的成立。有了國語，有了國語的文學，然後有些學
者起來研究這種國語的文法，發音法等等；然後有字典，詞
典，文典，言語學等等出來：這纔是國語標準的成立。[39]

　這段文字顯示胡適與蔡元培那派北京國語研究會學者立場有異（儘管
胡適後來也申請加入國語研究會，由原先白話取代文言的文言批判轉
入言文合一的新國語建設），胡適主張「標準國語不是靠國音字母或
國音字典定出來的。凡標準國語必須是『文學的國語』，就是那有文
學價值的國語。國語的標準是偉大的文學家定出來的，決不是教育部
的公告定得出來的。」[40]而國語研究會派主張要先統一國語——建立
一種標準國語，且需要教育部行政力量的支持[41]。一九二〇年代前後
關於「國語」建設的話題，主要有二大論調：一是憑藉官方力量、學
校教育途徑以推行標準國語，如國語研究會成員屬之；一是提倡以國
語文學創作途徑建設新國語，胡適〈建設的文學革命論〉即屬此調。

39　胡適：〈國語講習所同學錄序〉，收於胡適編：《五四新文學論戰集彙編》，下冊，頁
　　119-120。
40　胡適：〈導言〉，胡適選編：《建設理論集》，收於趙家璧主編：《中國新文學大系》
　　（上海市：良友圖書印刷公司，1935年），第1集。
41　此前，民初國音（語音）的採定亦是經過教育部召開的讀音統一會而確立，民間雖
　　能推波助瀾，但收效仍有賴官方。

不管兩派如何爭論，終究在權力機構的命令下，國語（白話）進入了
教材，從一九一八年公布注音字母、一九一九年公布新式標點符號
案、一九二〇年公布《國音字典》並把小學一二年級的國文改為國
語、一九二三年中學也改稱國語科，這一連串的語文政策變革，如同
前引胡適所轉述其他對新制度的異見，其實對出版界衝擊非常大，這
也顯示了部分時人對變革所可能產生的影響存在不少疑慮，即使得風
氣之先的出版龍頭商務印書館，在教科書是否隨之應變，在變與不變
之間，幾位編輯高層也多次商議，不敢遽下定論，《張元濟年譜長
編》以下的文獻記載即可見出端倪：

◎ 告符干臣，《新體國語教科書》速發京、津、晉三館，次日
又加發湘館。（1919年8月22日，年譜，上卷，頁554）

◎ 函催《新體教科書》速登告白。（1919年8月23日，年譜，上
卷，頁555）

◎ 與陶保霖商定，胡君復專修《人名詞典》，勿撰國文。（1919
年9月17日，年譜，頁558）

◎ 與陶保霖、江翕經商注音字母推廣印件及教授方法之印刷
事。（1919年10月8日，年譜，頁561）

◎ 晚約莊俞、江翕經、高鳳謙、方毅、李宣龔、陶保霖、王顯
華在寓便飯。商談各事：一、《初等小國文》參用行書及西
文原名，並注譯音。二、《高小國文》用行書兼宋體，史地
等用橫行。三、中學師範文科令編。各舉所知最時髦者，可
以編書之人，再與接洽。如果求版稅，亦可允許（先查中學
銷數）。四、舊有各書，就次級人與商改訂。（1919年12月7
日，年譜，頁567）

◎ 本日會議，談及小學教科書改用新聞紙洋裝。（1920年1月6日，年譜，頁574）

◎ 致江翰經、莊俞函。曰：教部令行改國文為國語，本館又出《新法國文》，有無不便？《新體國語》應寬備。（1920年1月19日，年譜，頁575）

◎ 與伯訓、伯俞商《新法國文》應否改為《國語》，緣有許多字句距語體尚遠。伯俞不主張，謂國文具稿時不預備部令遽改國語，然此書出版決不虧本。伯俞主張高小編國語、國文兩種，理科用語體。余謂歷史、地理只要翻譯，既出版後再改恐人又有嫌話。伯俞允商作者。又算術余謂可用語體，伯俞亦以為然。（1920年1月21日，年譜，頁575-576）[42]

商務印書館在歷次的語文政策變革中，除了民國肇建時期被中華書局搶得教科書市場的先機外，始終保持領頭羊的地位，在教育部訓令全國各國民學校一二年級國文改為國語之前，商務印書館就提前於一九一九年編印我國首部語體文教科書《新體國語教科書》八冊（由莊適、黎錦熙等編校），同年還出版《國音字典》、《國音學生字彙》，推廣注音字母。

因應時代的推演，商務印書館陸續編纂了新法系列、新學制系列、新撰系列、復興系列的國語文教科書，這些教科書課文句讀使用新式標點符號。新法系列及新學制主採語體文，小學教授注音符號。新法國語教科書取材兼具情感的文藝及實用智識的實科材料，為供教學國語而增加語體文，如教應用文則以行書字表現、課後附列習題供

---

42 以上所引，均據張人鳳、柳和城編著：《張元濟年譜長編》（上海市：上海交通大學出版社，2011年），上卷。按：感謝上海交通大學出版社惠贈《張元濟年譜長編》。

學生自習之用[43]；而新學制乃配合北洋政府教育部於一九二二年頒定的「學校系統改革案」（引進美制中小學「六三三制」，慣稱「壬戌學制」），以及一九二三年全國教育聯合會發布「新學制課程標準綱要」，順勢推出《新學制國語教科書》，以周予同等編、胡適等校的初級中學用書《新學制國語教科書》（參圖三）為例，共出六冊，每冊字數「二萬字至六萬字」、「分量按年遞增」，文體以記敘文、寫景文與抒情文為大宗，間有少數說理及議論文。由於配合新的課程綱要，故課文選輯、文白配置及過渡時期的權宜作法，商務印書館也有相對應的規劃：「選輯，以具有真見解、真感情、真藝術，不違反現代精神，而又適合於學生的領受為標準。至於高深的學術文，以非初中學生能力所勝，概不加入。」、「第一二冊文言文占十分之三；第三四冊文言文占十分之五，第五六冊文言文占十分之七。這樣配置，要使與小學及高級中學相銜接。」、「第一二冊酌採語文對譯方法，以便語文過渡。」、「文章的深淺，不在篇幅的長短；故本書各冊遞進的標準，概以課文的質量為限，並不拘定各篇字數的多少。」、「有字義及典故較為艱生的，或外國人名、地名等，一律加以注釋附在篇末，務使學生在課外可以考查。」[44]面對語體文的時代，這些編輯設想為讀者考慮周詳，不過，儘管當局已通令中小學教科書改語體白話，但因國家疆域幅員遼闊，各地學子一時之間無法適應劇變，故商務印書館仍權宜地編寫文言文的《新撰國語教科書》以為過渡之用。

　　一九二七年南京國民政府成立，商務印書館發行了相應的《新時代國語教科書》（參圖四），內容包括：宣揚黨義、多選政要作品、灌

---

43 以上，見〈編輯大要〉，《新法國文教科書》高等小學校用（上海市：商務印書館，1921年，第5版），封面裡頁。

44 以上，見〈編輯大意〉，《新學制國語教科書》初級中學用（上海市：商務印書館，1932年，國難後第5版），第1冊，頁1-2。

輪革命與進步思想、培育實用與科學的技能，以及養成學生平民化與
團體化的性格，取材「注重新時代之國民性，以獨立、平等、堅忍、
勇敢、同情為背景寫成，富於興趣的文章。」[45]一九三二年一月上海
遭日軍轟炸，商務印書館亦遭殃，當時的上海名醫陳存仁（1908-
1990）即是這場災難的見證者，其云：

> 「一・二八」戰事一起，第二天早晨，我起身出去買報，只見
> 大風中飄著成張的紙灰，我仔細的看一下，都是商務印書館印
> 成的教科書的單頁，初時還不知道是什麼原因，後來才知道閘
> 北商務印書館的印刷廠已全部被炸毀，所以這種紙灰飛到了租
> 界上。[46]

又，葉聖陶之子葉至善（1918-2006）也回憶：

> 有一件大事，給我的印象極深，……。商務印書館的工廠和東
> 方圖書館那座高樓，第三天上就起火了；日本轟炸機輪番低空
> 投彈，在蘇州河南岸看得清清楚楚。文化機關成了攻擊目標，
> 白天黑烟滾滾，夜晚火光燭天。被西北風卷起的紙灰像黑色的
> 雪片，飄得哪兒都是。有人撿起紙灰，細細辨認上面殘句斷辭
> 的痕跡，說這是哪部善本，這是哪本名著，最後加上一聲嘆
> 息。商務受的損失可大了。[47]

---

45 以上，見〈編輯大要〉，《新時代國語教科書》小學高級用（上海市：商務印書館，
　1927年，第145版），第1冊，封面裡頁。
46 陳存仁：《銀元時代生活史》（桂林市：廣西師範大學出版社，2007年），頁418-419。
47 葉至善：《中了頭彩的婚姻——葉聖陶與夫人胡墨林》（北京市：同心出版社，2008
　年），頁87。按：筆者曾赴北京諮訪葉聖陶之孫、葉至善之子——葉永和及其夫人
　蔣燕燕女士，感謝惠贈葉至善著：《中了頭彩的婚姻——葉聖陶與夫人胡墨林》、龐

許多珍貴的圖書文獻毀於戰火，國難當前，幸賴王雲五等領導階層扛起復興的重任，迅速地遵行國民政府教育部頒布的課程標準，出版《復興國語教科書》（參圖五）、《復興說話範本》等系列課本，供應各地所需[48]。

圖三 《新學制教科書》初中用第一冊封面（1931年國難後第5版，複印品）

圖四 《新時代國語教科書》高小用第一冊封面（1929年第145版，個人藏品）

圖五 《復興國文教科書》高中用第一冊封面（1947年第57版，個人藏品）

曉著：葉聖陶和他的家人〉、葉聖陶編與豐子愷繪：《開明國語課本》重印本及多幀珍貴照片。

48 一九三二年「一二八事變」，商務印書館儘管重創，猶積極從事復原工作，當時教育部還通令全國採用商務印書館所出的教科書，一九三二年八月二十日《申報》刊登一則消息〈教部通令各校采用商務教科書〉，謂：「商務印書館出版基本、新時代、新學制、現代、新撰、新著等各級學校用教科書，均經教育部及前大學院審定，早已風行全國，各書存貨，雖因國難而被燒，但該館以再接再厲之精神，業由平港兩分廠趕印齊全，足應本屆開學之需。該總館復業，曾將各情呈報教部，茲悉教部業已批復嘉勉，並通令各省市教育廳局及各市社會局，轉飭各校一體采用，令文錄次：『案據上海商務印書館呈請，刦（筆者按：即「劫」）餘復業，各級教科書印備充足，請通令採用等由到部，查該館努力於文化事業，歷時已久，此次國難□閒，損失甚鉅，至深惋惜，今既復業，所有已經審定之各級教科書，並已印備充足，所請自應照准，除批示外，仰即轉飭各學校，一體照常采用，此令』。」繫此備參。

　　其他裨於推行國語文教育的措施，商務印書館尚開辦國語講習所、邀請趙元任灌製國語留聲機片、辦理上海國語師範並聘請吳稚暉為校長。而與商務印書館同處競合關係的中華書局，在新文化運動的洗禮下，教科書遵照新課程標準，除了有新內容，亦關切注音及語體文、新式標點符號的學習，如《新學制國語讀本》、《新教育國語課本》即於此背景下問世（參圖六）；而後續出版適合中小學用的《新中華國語教科書》、《新中華國文教科書》則配合國民政府於一九二九年刊布的審查標準：適合黨義、國情與時代的三原則，編纂而成。此外，還印行《國語易解》、《國音實習法》、《注音字母教授法》、《注音符號傳習小冊》、《國語注音符號新教本》、《國語注音符號講習課本》、《國語注音符號發音法》、《國語常識會話》等以強化國語發音。中華

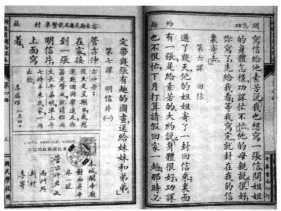

圖六　《新教育國語課本》第四冊封面及課文舉隅
（1922年第3版，感謝李潤波先生提供）[49]

---

49 翻拍自李潤波先生之藏品。筆者承上海良友生活記憶館胡新亮先生引薦，於二〇一二年八月至北京平谷區檔案局拜訪舊報刊收藏家李潤波先生，其已將個人收藏品包括清代以來的老報刊及珍貴文獻四千多種、五萬多件，捐贈給北京平谷區檔案局，並於檔案局內成立「世紀閣報館」。此次請益，感謝李先生提供數冊近現代國語文課本予筆者參考。

書局編輯所更於一九二一年成立國語部門，由黎錦暉主持，延攬人才如陸衣言、蔣鏡芙、馬國英、樂炳嗣編纂教科書，這批編輯隊伍另參與了國語研究會發行的《國語月刊》，倡導及研究有關漢字、字母等語文問題。中華書局在一九三三年則依一九三二年新頒布的「小學課程標準」、「初級高級中學課程標準」，編寫適合新課程標準的國語文教科書，此前還面向全國廣徵編輯意見。

　　以上所舉，雖僅局部零星，但已見得商務印書館與中華書局致力推展語文教材的積極作為，並始終留意最新的教育政策及審慎評估各界所需。至於其他如國立編譯館、正中書局、世界書局、大東書局、開明書店、文通書局等，也參與了國語文教育的建設，尤其開明書店推出的《開明活葉文選》更是教材編纂史上靈活應變的舉措，此構想源於開明書店創辦人之一的章錫琛（1889-1969），其鑑於當時語文讀物有兩大問題：一、坊間教科書各有其編輯上的缺陷，且被刻板的課文所限制，無法自由活用。二、學校油印講義，常由教師個人摘選篇章，再交書記手工作業——真筆板油印方式，但油印費時費工、字跡不清、容易刻錯字[50]。故開明書店委請有多年經驗的國文教師選文編印《開明活葉文選》。《開明活葉文選》內容從古到今，體裁多元（還有報刊文章），不論單篇出版抑或零星出售，校方均可任意選訂、隨選隨補（點篇預約，三天交貨）。書店可代為裝訂、配印封面及目錄，服務周到。

　　《開明活葉文選》的使用對象乃專供中學以上各校國語文科教師講習或學生自修之用[51]，選錄內容係廣收古代、現代著譯之散文及律

---

50 以上，參見〈開明活葉文選與學校油印選文的比較〉，載《中學生》第2號（1930年2月），版權頁後之附頁。

51 筆者寓目的幾冊《開明活葉文選》，依據原使用人所標示的校名，即有：廣東省立第一師範學校、武昌中華大學（高中部）、復旦學校（即上海復旦中學）、中法國立

語各體，且編印沒有一定的先後順序，任教師或學習者自由選用，從單篇零賣到定裝（參圖七）、分級合裝（參圖八）皆有。而為便利選用，還依內容難易與文體性質，就中學六學年，又劃為四種等級（甲種適用初中一二年級、乙種適用初中二三年級、丙種適用高中一二年級、丁種適用高中二三年級），並標注於題端。為便於誦習，課文加註新式標點符號句讀、劃分段落，且原文出處均註明在目錄頁上，便於講習時可以回查[52]。活葉系列的篇數，已達一千六百多篇可供選購[53]。至於宋雲彬、周振甫、蔣伯潛、王伯祥、張同光、韓楚原所參與的《開明活葉文選注釋本》十冊（參圖九），每篇架構都有三項：題解、作譯者述略、正文注釋。此乃為讀者設想——「正文注釋，一字一典，必詳其音義，究其來歷，無稍含胡（按：糊）。」、「務使教者、學者不必翻尋其他參考書，工具書，即可獲得豐富之見識，確當之理解，與他種潦草從事，敷衍塞責，錯誤擺出之注釋，完全不同。節省教學者之時間精力，蓋無限量。」[54]

工學院（上海理工大學前身之一）。此雖零星個案，卻也可略證開明書店教材行銷多處。又據開明書店的發售簡章所敘：「半年之內，銷行數目，已達數十萬。」見〈開明活葉文選發售簡章〉，載《中學生》第2號（1930年2月），版權頁後之附頁。

52 以上，參見上海開明書店編譯所：〈編印凡例〉，《開明活葉文選》乙種合裝冊第4（上海市：開明書店，未繫出版年），頁1-2。

53 此篇數估算，係據《開明活葉文選篇名索引》（上海市：開明書店，未繫出版年）所附數額記載：「活葉文選為本店所首創選印，已達千六百餘篇。」頁首。另老開明人金韻鑼也說過：「到一九三六年陸續選印的就有一千六百篇之多。」見其〈《開明活葉文選》和它『為讀者』的業務思想〉，收於中國出版工作者協會編：《我與開明》（北京市：中國青年出版社，1985年），頁252。

54 見《開明文選注釋》第一冊廣告文案，載《中學生》第18號（1931年10月），版權頁後之附頁。

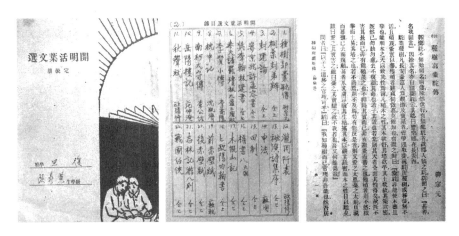

圖七　《開明活葉文選》定裝冊封面、目錄及課文
〈種樹郭橐駝傳〉舉隅
（個人藏品）

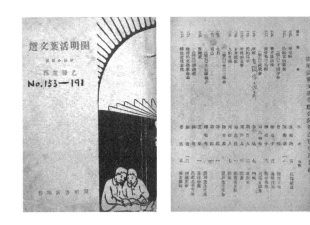

圖八　《開明活葉文選》分級合裝冊乙種第四之封面、
目錄及課文〈兩法師〉舉隅
（個人藏品）

圖九　《開明活葉文選注釋》第二冊之封面、注釋課文
〈兩法師〉舉隅[55]
（個人藏品）

　　其他與活葉文選相關的出版品，尚有：葉聖陶編輯《開明古文選類編》六冊、《開明語體文選類編》六冊（葉聖陶均撰寫〈編印凡例〉），此係為使學習收效更大、便於學生自習，葉聖陶等根據不同年級與需求，再將活葉文選編成《開明古文選類編》、《開明語體文選類編》兩部專集。另，葉聖陶編輯《開明戰時文選》專選抗戰發動以後的作品，供小學高級與初級中學語文科教學之用。事實上，商務印書館在一九一九年即「出版活頁（按：葉）文選1-60」[56]，其他如北新書局[57]、兒童書局、世界書局、新華書局雖也出活葉文選，然論影響

55　開明書店編輯向以嚴謹著稱、校對不苟，不過，筆者掌握的《開明活葉文選注釋》第二冊這本之注釋課文〈兩法師〉，題目上方所標示的篇次為「135」，實則原文編號應為「153」。恐係一時不察所誤。

56　參見商務印書館110年大事記編寫組：《商務印書館110年大事記》（北京市：商務印書館，2007年），1919年條。

57　文史掌故專家鄭逸梅（1895-1992）早年執教時即採北新書局的教材，其謂：「我忝為人師，擔任語文課，教材用的是北新書局的活葉文選，這種文選，比較有靈活性，針對學生程度的高下，選取適當的教材，理論、抒情、記事，或多或少衡量配

及銷數仍不及開明書店，而開明書店陸續編印的中學國語文課本，也是在《開明活葉文選》基礎上進一步開展，《開明活葉文選》或可謂為開明書店編印中學國語文課本的先聲。

值得一提，開明書店的編輯群擁有多年教書經驗，能編、能校、能寫，葉聖陶曾說：「在一九三二年，我花了整整一年的時間，編寫了一部《開明小學國語課本》，初小八冊，高小四冊，一共十二冊，四百來篇課文。這四百來篇課文，形式和內容都很龐雜，大約有一半可以說是創作，另外一半是有所依據的再創作，總之沒有一篇是現成的，是抄來的。」[58]此外，開明書店、商務印書館、中華書局、正中書局、世界書局、大東書局、文通書局這七家出版機構，因中小學教科書印製的重地──上海受到轟炸，以致供書吃緊，南京國民政府遂於一九四三年在重慶成立「七聯處」（七家出版社聯合供應處之簡稱），共同承擔特殊時期的中小學教科書出版的重任，此七家又依各自的條件承擔額度：「正中、商務、中華各百分之二十三，世界百分之十二，大東百分之八，開明百分之七，文通百分之四。」[59]以國定本、標準本之姿，緩解戰時書荒的問題。唯戰爭時期的「國定」教科書之過渡作法，在戰事結束後並未解除，文教界認為政府這樣會壟斷編輯與出版市場，又因灌輸黨化教育，且內容有復古傾向，故存在不少異見。

合。」見鄭逸梅：〈學和教的回溯〉，《鄭逸梅選集》（哈爾濱市：黑龍江人民出版社，1995年，第2刷），頁626。

58 葉聖陶：〈我和兒童文學〉，《葉聖陶集》，第9冊，頁323-324。

59 以上數據，引自北京人民教育出版社附設「中國百年中小學教科書陳列館」之「七聯處」解說文件所載。按：承出版史料研究專家汪家熔先生（1929-2019）引薦及陪同，曾參訪北京人民教育出版社設立的「中國百年中小學教科書陳列館」，並由館長唐燕明女士導覽解說。該館致力蒐藏不同時期的中外教科書，迄今已收逾二十幾萬冊，在此基礎上，成立了專業的教科書圖書館。該館不僅珍藏傳統的啟蒙讀物，更收藏民國以來多種中小學的教科書。

三　報刊雜誌裡的國語文教學討論

　　國語文教育的討論及實踐成果，往往又見於報刊雜誌，筆者目前所掌握的一九二〇至一九四〇年代的局部篇章，整理其出處，影響較大的綜合刊物如《教育雜誌》（參圖十）、《中華教育界》（參圖十一）、《中學生》（參圖十二）、《中等教育季刊》、《江蘇教育》（參圖十三）、《新教育》、《廣西教育》、《京報副刊》、《教育論壇》、《教育季刊》、《教育通訊》、《教育研究》、《浙江中等教育研究季刊》、《國立師範學院旬刊》、《教師之友》、《嶺南學報》、《教與學月刊》等；語文專刊則有《國語月刊》（參圖十四）、《國文月刊》（參圖十五）、《國文雜誌》等。

圖十　《教育雜誌》
第十一卷第三號封面
（臺重印版，翻拍自政治大學
圖書館藏品）

圖十一　《中華教育界》
第十八卷第十一期封面
（翻拍自大成老舊刊全文數據庫）

圖十二　《中學生》
創刊號封面
（翻拍自大成老舊刊全文數據庫）

圖十三　《江蘇教育》
第一卷第六期封面
（翻拍自大成老舊刊全文數據庫）

圖十四　《國語月刊》
創刊號封面
（翻拍自大成老舊刊全文數據庫）

圖十五　《國文月刊》
第六十四期封面
（個人藏品）

　　此外，還有更多的論述分見於各地報刊雜誌，這些大大小小的傳播媒介，資料非常豐富但也瑣碎，而且彼此往往又有共同的讀者及作者，例如關於教師批改國文習作的問題，讀者王銳聰說：

> 記得《國文月刊》上提過，有人主張不要批改。最近看見龔啟昌先生在教育雜誌三十三卷第九號上有一篇題為「中學國文教學問題之檢討」的文章，裏面也作了這樣的主張。他說：「教師指導學生多多獲得練習寫作的機會，比了費力的批改，成效要大得多。教師對學生的自由的寫作，倘若學生要批改，如講演稿，重要函件等，教師可以予以批改，作為一期堂上作文成績；其他的作品教師作一檢查工作，略閱一二段，簽註一日期，就很夠了。」王季思先生在《中華教育界》一卷三期上，也曾為文主張作文次數應多，時間應短，練習以後，也不必一一批改，單改一二篇給全級傳觀也就夠了。[60]

王銳聰分別讀過《國文月刊》、《教育雜誌》、《中華教育界》所登是否廢除國文習作批改的文章，很多人主張廢除批改，但他認為批改不可廢，應廢的是舊有的批改方式，文中觀點有破有立，除提出廢除舊式批改的六大理由外，提點「集體批改」的新作法──「每週至少作文一篇，習作交齊之後，並不每次本本都改，而祇從全部卷子中抽取一二篇，油印出來，發給全體學生，然後在課堂上由教師從旁指導，對這一二篇習作集體討論批改。」王銳聰覺得與其「個個批改」，不如走「集體批改」的新路，此法，在教師端，費力少而收效大，並有餘裕去備課與進修，或指導課外的學習活動；在學生端，透過集體討論

60　王銳聰：〈中學國文習作批改的新路〉，《中華教育界》復刊第2卷第11期（1948年11月），頁27。按：為便閱讀，原引文未標書名號者，逕標以《》。

批改，學生可實際運用文法、修辭等等知識，在體會觀摩及共同檢討中，「不僅被批改者個人獲得實益，全體學生都能吸取經驗教訓，磨鍊取材運思與表現的技巧。集體批改中又帶有集體寫作的意味。學生的觀察力、想像力、思考力、理解力，甚至說話的能力都可在這種活動中鍛鍊出來。」[61]而他這個辦法已實行於桂林女子師範學校的國文教學，學生反映良好。

再如國文教師阮真，教過中小學及大學，對國語文的教育改革頗有心得，諸多刊物常出現他的名字，其中，又以發表在《中華教育界》為大宗，如：〈中學生國文課外讀書選目及研究計畫〉（第18卷第2期）、〈國文科考試之目的及方法〉（第20卷第5期）、〈與無錫師範學生談國文教學〉（第21卷第6期）、〈時代思潮與中學國文教學〉（第22卷第1期）、〈國文教學的基本問題〉（第21卷第11期）、〈師範國文教材選擇問題〉（第23卷第8期）、〈目前高中師範課程之嚴重問題〉（第25卷第2期）等。

阮真在《嶺南學報》也有不少篇章，如：〈幾種現行初中國文教科書的分析研究〉（第1卷第1期）、〈近五年來中學作文題目之統計〉（第1卷第3期）、〈中學國文課程之商榷〉（第1卷第2期）、〈初中國文教材程度的比較研究〉（第1卷第2期）。

其他零星篇什，阮真寫有：〈戰時中學國文教學〉（《益世週報》第2卷第15期）、〈中學國文教學研究概論〉（《浙江教育》第3卷第6期）、〈如何訓練中學國文科最適合的師資〉（《高等教育季刊》第1卷第3期）、〈全文法初中讀文教案示範〉（《國文評論》第1卷第1期）、〈國文教學的基本問題〉（《教育研究》第51期，與艾偉合撰）、〈我的讀書經驗〉（《江蘇教育》第4卷第7期）、〈對於中學師範國文課程標準

---

61 以上，請見王銳聰：〈中學國文習作批改的新路〉，《中華教育界》復刊第2卷第11期（1948年11月），頁29。

之意見〉（《江蘇教育》第4卷第8期）、〈中學國文課程標準之討論〉（《教與學月刊》第2卷第6期，與汪懋祖合撰）等。單從題目即可窺其涉足了中學國語文教育的多個方面，進一步檢視其內容，亦多切中核心問題（詳後述）。

王銳聰、阮真的例子，正說明無論是語文專刊或綜合雜誌所登載的一些文章，都不等程度地關切語文教育。限於篇幅，以下將研討焦點置於刊期長影響大的《教育雜誌》、《中華教育界》以及致力建設專業語文教育的《國文月刊》。

在很長的歲月裡，在教科書市場上，商務印書館及中華書局彼此競爭，商務印書館的各類暢銷雜誌，中華書局亦多追摹，發行過著名的八大雜誌[62]。其中歷時最長、影響最大的莫如發刊在前的商務印書館《教育雜誌》以及中華書局緊接在後的《中華教育界》，兩園地聚攏了當時具影響力的專家學者以及從事教育工作的一線教師，不少議題先於雜誌上刊布，而引起各方注意，進而成為近現代幾次文教改革的推手。商務印書館、中華書局不僅專致教科書，亦戮力出版各類報刊雜誌；在推動與提升新式國語文教育水準方面，商務印書館的《教育雜誌》以及中華書局的《中華教育界》，扮演相當重要的角色。綜合教育性質的《教育雜誌》以及《中華教育界》，至少有兩大特色：

其一　刊期長、影響大

商務印書館的長青刊物《教育雜誌》創於一九〇九年而終刊於一九四八年，歷任主編為：陸費逵、李石岑、唐鉞、何炳松、黃覺民等；中華書局的《中華教育界》則辦於一九一二年至一九五〇年停刊，歷任主編是：陸費逵、汪濤、陶行知、張宗麟等。兩大綜合雜誌

---

62 八大雜誌，係指：《中華教育界》、《中華小說界》、《中華實業界》、《中華童子界》、《中華兒童畫報》、《大中華》、《中華婦女界》、《中華學生界》。

存在的時間將近四十年，遠遠超過了一九四〇年代的語文專刊如《國文月刊》、《國文雜誌》之刊期。[63]以歷時性的觀察角度言，《教育雜誌》、《中華教育界》提供了更全面的材料。

其二　內容多元、關涉廣泛

《教育雜誌》、《中華教育界》的內容與史料非常豐富，前者共三十三卷、後者則有二十九卷，儘管國語文議題在綜合性質的《教育雜誌》及《中華教育界》只屬局部，但因其發行時間長，累積了可觀的篇幅。

《教育雜誌》創刊於一九〇九年一月（清宣統元年），終刊於一九四八年十二月，期間曾兩度停刊（因對日抗戰），將近四十年的光景裡，總計發行三十三卷三百八十二期，屬月刊性質[64]，每期約八十至一百頁。《中華教育界》創刊於一九一二年一月[65]，終刊於一九五〇

63　《國文雜誌》有成都及桂林兩版，均創刊於一九四二年，一前一後，成都版一月創刊但僅出了六期，由開明書局經銷，接續的桂林版則於八月發行，時間逾三年多，計有十八期，由桂林國文雜誌社出版。又，兩份《國文雜誌》雖同名，但創辦人不同（一是馮月樵，另一是宋雲彬與傅彬然）、發行地不同（成都、桂林）、創刊時間有別（1942年1月、1942年8月），亦即屬兩種刊物，但參與的作家卻互有關聯，葉聖陶曾執編兩刊，而撰稿群也互見。

64　原則是每月出一期，但有例外，即：第一年出了十三期，二十四卷僅出四期（一九三四年九月復刊，故出至一九三四年底只有四期）。又，辛亥革命期間因脫期而後補出刊，以致卷期及年月註明有混亂的現象，直到第七卷才正常，年月及卷期始相符。又，前三年（1909年1月至1912年3月），以「年」、「期」為序，題為「第一年第一期」、「第三年第十二期」；一九一二年四月起才改為「卷」、「號」，如「第四卷第一號」、「第三十三卷第十二號」。《教育雜誌》編序初期混亂的現象，也見於《中華教育界》，唯註記方式，稍有不同，一九一二年一月創刊號註為「第一年第一號」，但八月出刊則標為「第一卷六七合冊」；第二年封面則改標「民國二年一月號」，此「民國年月號」編序模式一直延續至第三年（期間年月與號次混亂），第四年起改為「卷」、「期」，此後的卷期與年月相符了。

65　《中華教育界》創刊時間，歷來眾說紛紜：一九一二年、一九一二年一月、一九一

年十二月，期間也因日本戰火而休刊，發行時間近三十年，計出二十九卷三百零五期，每期約五十、八十至一百二十頁，專號可達二百八十頁。兩刊的宗旨，《教育雜誌》是「以研究教育，改良學務為宗旨」[66]，《中華教育界》為「扶助教育，促進文化」[67]。「教育」是它們的共通目標，而彼此較大的區隔則在：《教育雜誌》訴求改良學務、偏向實際個案的微觀考察，而《中華教育界》拉高到了宏觀的文化層次，雖然創刊旨趣各有偏重，但兩刊發行時間長，因此版面、欄目、選文比重都曾有相當的調整，舉凡中西之教育理論學說、教育典範人物、各科教學實踐、教育歷史發展、法令規章辦法、各地民間教育實情等，盡收其內。不僅發表內稿，兩刊皆長期向全民徵集教育或教學相關的文字或圖片，《教育雜誌》創刊號即有〈第一期懸賞徵集教授案：初等小學第二年國文科教授案〉、〈徵集文字圖片簡章〉，而《中華教育界》在發刊的第一年也主動向讀者發送調查表，請求回報各地最新的教育施行狀況。

（一）《教育雜誌》裡的國語文教學討論

就筆者目前掌握的《教育雜誌》篇目，討論的國語文議題，大致有下列分項：一、國語文運動類；二、國語文教學法類；三、文、白教學類；四、國音類（注音字母）；五、讀法教學類；六、漢字、繁簡字類；七、識字掃盲類；八、習字、書法類；九、文法類（作文、範文、釋詞）；十、課程及學制類；十一、教科書、教材、參考書

二年二月、一九一二年三月、一九一三年一月，筆者考辨應以一九一二年一月為確，見劉怡伶：〈舊刊新辨：從上海圖書館所藏《中華教育界》釐清三個基本問題〉，收於中華檔案暨資訊微縮管理學會編印：《2013年海峽兩岸檔案暨微縮學術交流會論文集》（臺北市：中華檔案暨資訊微縮管理學會，2013年），頁39-46。

66 〈教育雜誌簡章〉，《教育雜誌》創刊號第1年第1期（1909年1月），頁1。

67 〈本社告白〉，《中華教育界》第6、7號（1912年7月），未註頁碼。

類；十二、教學經驗反饋、師資培育類。以上係初步歸納而得的十二大類，為便說明，下表再酌列其中篇目：

表一　《教育雜誌》涉及國語文議題篇目舉隅簡表

類別	篇目（卷期）
國語文運動類	黎錦熙〈國語研究調查之進行計劃書〉（第10卷第3-4號）、張一麔〈我之國語教育觀〉（第11卷第7號）、洪北平〈新文談〉（第12卷第2、4號）、我一〈提倡國語的難關怎樣過渡呢？〉（第12卷第4號）、天一〈創設「國語週」〉（第12卷第8號）、何仲英〈國語標準問題平議〉（第12卷第12號）、余尚同〈國語教育的新使命〉（第13卷第2號）、劉儒〈考察國語教育筆記〉（第13卷第6號）、慈心〈標準語問題〉（第13卷第6號）、黎錦熙〈國語教育上應當解決的問題〉（第13卷第2號）、李剛中〈怎樣纔能打破國語的難關？〉（第13卷第6號）、黎錦熙〈國語的標準語與話法〉（第13卷第6號）、雲六（按：范雲六）〈國語教育的過去與將來〉（第13卷第6號）、（未繫拍攝者）〈新嘉坡國音講習會同人攝影〉（第13卷第9號）、郭秉文講〈暑假講習所及國語統一之重要〉（第13卷第11號，華超記）、胡適講〈國語運動的歷史〉（第13卷第11號，嚴既澄、華超記）、劉儒〈國語的體用〉（第13卷第12號）、范雲六〈推行國語教育我見〉（第14卷第2號）、〈全國國語運動之盛況〉（第18卷第2號）等。
國語文教學法類	吳人英、葉封、王景虞、顧樹森〈龍門師範生國文科試教教授案〉（第1卷第1號）、沈頤〈論小學校之教授國文〉（第1卷第1號）、蔣維喬〈論小學校以上教授國文〉（第1卷第3號）、潘樹聲〈論教授國文當以語言為標準〉（第4卷第8號）、黎際明〈初年級生國文練習法〉（第4卷第8號）、錢基博〈國文教授私議〉（第6卷第4號）、志宜〈論國文科施受之質性與運作〉（第6卷第9號）、趙銓年〈中學國文教授芻議〉（第7卷第10號）、錢基博〈中學校教授中國文學史之商榷〉（第9卷第2

類別	篇目（卷期）
國語文教學法類	號）、范祥善〈國文教授革新之研究〉（第10卷第1號）、范祥善〈怎樣教授國語〉（第12卷第4號）、何仲英〈國語教授與虛字〉（第12卷第4號）、種因〈對於現在中學國文教授的批評及建議〉（第12卷第5-6號）、錢穆〈中等學校國文教授之討論〉（第12卷第6號）、太玄〈美國幼學年之國語教授〉（第12卷第8號）、成章〈研究小學國語教授問題〉（第12卷第8號）、知我〈設計教學法的研究〉（第13卷第5號）、范祥善〈教學國語的先決問題〉（第13卷第6號）、王家鰲〈試行國語教學後的大略報告〉（第13卷第8號）、范雲六〈國語修辭法述概〉（第13卷第12號）、姜超我〈報告實行「國語教學」後所發現的幾個困難〉（第13卷第12號）、王家鰲〈我第一次試行「設計教學」的情形〉（第13卷第12號）、吳研因〈文字的自然教學法〉（第14卷第3號）、黎錦熙〈國語「話法」教學的新案〉（第14卷第4號）、邵爽秋〈科學化的國文教授法〉（第14卷第8號）、沈仲九〈國文科試行道爾頓制的說明〉（第14卷第11號）、孫俍工〈文藝在中等教育中的位置與道爾頓制〉（第14卷第12號）、朱光潛〈在道爾頓制中怎樣應用設計教學法〉（第14卷第12號）、杜佐周〈國文教學的記幾個問題及現在一般兒童讀書能力的測驗〉（第15卷第7、9號）、俞子夷〈小學教學法上的新舊衝突〉（第15卷第9-12號）、舒新城〈道爾頓制與小學國語教學法〉（第16卷第1號）、吳研因〈小學國語教學法〉（第16卷第1號）、何仲英〈國語詞教學法〉（第16卷第1號）、沈仲九〈中學國文教授的一個問題〉（第16卷第5號）、沈百英〈設計教學法〉（第16卷第9號）、任白濤譯〈一個柏林勞作小學的國語教學的實例〉（第16卷第11號）、朱自清〈中等學校國文教學的幾個問題〉（第17卷第7號）、張九如〈小學語文測驗法〉（第17卷第11號）、洪北平〈中學國文教學底先決問題〉（第17卷第2號）、胡鍾瑞〈兒童課外閱讀指導法〉（第18卷第5號）、趙欲仁〈小學默讀教學法〉（第19卷第4號）、艾偉〈初中國文成績之實驗研

類別	篇目（卷期）
國語文教學法類	究〉（第19卷第7-8號）、沈百英〈小學讀文教學的新貢獻〉（第19卷第8號）、吳增芥〈小學生閱讀的缺陷及其拯救的方法〉（第20卷第7號）、吳增芥〈小學生高年級學生閱讀能力之訓練〉（第20卷第8號）、沈百英〈小學低年級讀文遊戲法〉（第20卷第11號）、吳增芥〈小學高年級國語教學的兩個研究〉（第21卷第5號）、儲子潤〈無錫中學實驗小學三四年級閱讀實驗報告〉（第21卷第6號）、張達善〈注音符號教學方法的實驗研究〉（第26卷第10號）、王驤〈最常用一百字的書寫正誤調查〉（第27卷第8號）、阮真〈抗戰時期的中學國文教學〉（第27卷第11-12號）、倫朝練〈怎樣指導兒童課外閱讀〉（第30卷第12號）、阮真〈全文法的讀文教學法〉（第31卷第2號）、俞子夷〈讀書——小學實際問題〉（第31卷第4號）、沈百英〈國語科的初步教學法〉（第32卷第3號）、龔啟昌〈中學國文教學問題的檢討〉（第33卷第9號）等。
文、白教學類	庾冰〈言文教授論〉（第4卷第3號）、陸基〈師範生小學教員都應練習白話文字〉（第11卷第3號）、葉公夐〈教學白話文的研究〉（第11卷第12號）、何仲英〈白話文教授問題〉（第12卷第2號）、錢穆〈研究白話文之兩方面〉（第12卷第4號）、艾偉〈關於語體文言的幾種比較實驗〉（第24卷第4號）等。
國音類（注音字母）	李澹愚〈國語正音南話五類二十五音圖說〉（第9卷第10、12號）、范雲六〈注音字母之研究〉（第11卷第3號）、范祥善〈注音字母之效用及推廣法〉（第11卷第3號）、吳敬恆〈論注音字母書〉（第11卷第3號）、方毅〈滬語注音字母會議始末〉（第11卷第4號）、雲六（按：范雲六）〈國音教授的研究〉（第12卷第4號）、方叔遠〈我之注音字母觀〉（第12卷第4號）、叢圻〈教學國音字母的商榷〉（第12卷第4號）、楊世思〈國音管見〉（第12卷第8號）、太玄〈國語科發音底處理〉（第12卷第8號）、退之〈我的統一國語觀〉（第12卷第10

類別	篇目（卷期）
國音類 （注音字母）	號）、李剛中〈關於國音的種種商榷〉（第12卷第11號）、黎錦熙〈ㄓ韻表字〉（12卷12號）、何仲英〈介紹修正國音的兩個建議〉（第13卷第6號）、方毅〈注音字母決疑〉（第13卷第6號）、劉孟晉〈注音字母問題〉（第13卷第6號）、楊世恩〈國音與京音異同考〉（第13卷第6號）、沈復初〈初年級生學習國音之測驗〉（第13卷第6號）、王家鰲〈對劉孟晉君一年級先教注音字母的質疑〉（第13卷第9號）、王樸講〈注音字母之由來及功用〉（13卷第11號，胡枕歐記）、吳敬恆講〈注音字母本身的價值〉（第13卷第11號，嚴既澄、華超記）、周越然講〈語音學的定義〉（第13卷第11號，徐名驥記）、高元〈學理的系統的潤母符號〉（第13卷第12號）、黎錦熙〈漢字改造論〉（第14卷第3號）、周予同〈注音字母原字的形音義〉（第14卷第4號）、華超〈英人之注音字母觀〉（第14卷第4號）、陸志韋〈關於拼音文字的幾句話〉（第27卷第1號）、俞子夷〈教學注音符號的先決問題一小學實際問題〉（第31卷第8號）、俞子夷〈教學注音符號的過渡方法——小學實際問題〉（第31卷第10號）、黎錦熙〈注音符號與國語教學〉（第32卷第3號）、金輪海〈介紹一套主「音」的國民基本新字彙〉（第32卷第5號）、張公輝〈我們需要的國字政策〉（第32卷第5號）等。
讀法教學類	潘樹聲〈矯正口音說〉（第2卷第7號）、〔英〕司密斯〈教授誦讀法〉（第4卷第1號，楊恩湛）、天民〈自習主義讀法豫習法〉（第9卷第11號）、太玄〈縱斷式讀法教授〉（第9卷第11號）、孫本文〈中學校之讀文教授〉（第11卷第7號）、太玄〈葛雷教授關於讀法教授之研究〉（第11卷第8號）、太玄〈經濟主義之讀法教授〉（第12卷第7號）、太玄〈最近讀法教授之進步〉（第13卷第2號）、慈心〈讀法教授的各問題〉（第13卷第2號）、无我〈主情意的讀法教學底原理〉（第13卷第12號）、見洪〈朗讀的研究〉（第13卷第12號）、葉紹鈞

類別	篇目（卷期）
讀法教學類	〈說話練習〉（第16卷第6號）、俞煥斗〈國語文讀法的研究〉（第18卷第2號）、吳增芥〈小學低年級讀法教學的研究〉（第21卷第9號）、吳增芥〈幾個增進小學生閱讀興趣的具體方法〉（第22卷第1號）、徐亞倩〈小學默讀練習的試驗〉（第23卷第6號）、Williams S. Gray〈近百年來讀法教學的改進〉（第23卷第10號，徐錫齡譯）、盧冠六〈小學默讀教學實施計劃之嘗試〉（第23卷第12號）、葛承訓〈小學閱讀教學示例〉（第27卷第4號）等。
漢字、繁簡字類	陸費逵〈普通教育當採用俗體字〉（第1卷第1號）、〈答沈君友卿論採用俗字〉（第1卷第3號）、方毅〈字學雜說〉（第6卷第11號）、胡適〈漢字改造論〉（第14卷第3號）、錢玄同〈漢字改造論〉（第14卷第3號）、俞子夷〈語言文字的誤用〉（第19卷第6號）、艾偉〈漢字之心理研究〉（第20卷第4-5號）、顏良杰〈吾人對於簡體字表應有的認識〉（第25卷11號）、周學章〈繁簡字體在學習效率上的實驗〉（第26卷第1號）、高覺敷〈關於標準行書的一個實驗的研究〉（第26卷第9號）、周學章、李愛德〈繁簡字體在學習效率上之再試〉（第27卷第5號）、沈有乾〈漢字的將來〉（第27卷第5號）、陳孝禪〈讀物字體格式對於閱讀效率影響之研究〉（第27卷第7號）、艾偉〈漢字心理學之總檢討〉（第32卷第3號）、楊繼本〈漢字構造在學習上之影響〉（第33卷第4號）等。
識字掃盲類	戴克敦〈論識字〉（第1卷第2號）、〈蘇撫瑞奏開辦簡易識字學塾片〉（第1卷第10號）、〈學部奏遵擬簡易識字學塾章程摺〉（第2卷第1號）、莊俞〈論簡易識字學塾〉（第2卷第3號）、〈學部改定簡易識字學塾章程及授課表〉（第3卷第3號）、吳研因〈識字教授之商榷〉（第10卷第3號）、王克仁〈識字問題之研究〉（第16卷第6號）、徐錫齡〈文盲標準與文盲測驗〉（第20卷第8號）、徐錫齡〈識字學校的謬誤與其改進途徑〉（第22卷第12號）、黃裳、楊敏祺、李智〈識字測

類別	篇目（卷期）
識字掃盲類	驗經過的報告〉（第26卷第11號）、鍾靈秀〈三十年來中國之識字運動〉（第27卷第3號）、何從〈識字運動的先決問題〉（第27卷第3號）、何從〈識字運動的先決問題〉（第27卷第3號）、朱若溪〈掃除文盲運動的清算及其動向〉（第31卷第10號）、董渭川〈戰後中國的文盲問題〉（第32卷第1號）等。盧海珊〈上海市不識字民眾調查報告〉、吳鐵城〈上海市推行識字教育專號弁言〉、童行白〈上海市識字教育協進會工作概況〉、蔣建白〈上海市識字教育服務團之理論與實際〉、呂海瀾〈上海市識字教育宣傳報告〉、陶百川〈上海市識字教育規劃綱要及進行概況〉、姜文寶〈上海市識字教育實驗計畫及其經過〉（以上均見第25卷第8號「上海市推行識字教育專號」，另收12篇對推行識字運動的感想心得）等。
習字、書法類	劉子蓉〈習字教授之研究〉（第6卷第3號）、天民〈實用的習字教授〉（第7卷第12號）、蔣昂〈自學輔導之書法教授〉（第11卷第3號）、黃希傑〈小學國語科書法教學法〉（第18卷第3號）、邢綺莊〈小學生練習中楷採用映寫與自由書寫的實驗研究〉（第25卷第4號）、俞子夷〈低級寫字——小學實際問題〉（第31卷第6號）、朱慕周〈小學書法臨映試驗研究〉（第21卷第5號）、俞子夷〈關於書法科學習心理之一斑〉（第18卷第7號）等。
文法類（作文、範文、釋詞）	賈豐臻〈小學校作法教授要領〉（第5卷第7號）、錢基博〈論學校作文之文題〉（第7卷第3號）、天民〈寫生主義之作文教授〉（第7卷第7號）、錢基博〈學校文題之討論〉（第7卷第7號）、太玄〈範文之研究〉（第7卷第10號）、錢基博〈中學校國文科教授文法之商榷〉（第8卷第12號）、天民〈作文教法之新分類及其活用〉（第9卷第8號）、張顯光〈實用主義潮流中之作文教授〉（第9卷第8號）、太玄〈自由選題之指導法〉（第11卷第10號）、太玄〈適於表現本質之文題提供法〉（第12卷第7號）、何仲英〈國語釋詞〉（第12卷第8號）、何仲英

類別	篇目（卷期）
文法類 （作文、範 文、釋詞）	〈答寒蟾君〉（第12卷第12號）、寒蟾〈國語釋詞的商榷〉（第12卷第12號）、何仲英〈水滸傳釋詞〉（第13卷第6號）、陳承澤〈「得」字的用法〉（第13卷第6、8、10號）、王菩生〈讀何仲英先生的水滸傳釋詞〉（第13卷第10號）、何仲英〈國語分量詞的研究〉（第13卷第10號）、王菩生〈再讀何仲英先生的水滸傳釋詞〉（第13卷第12號）、黎錦熙〈國語文法表解〉（第14卷第1號）、孟憲承〈初中作文教學法之研究〉（第17卷第6號）、吳震春〈作文指導方法的比較實驗〉（第25卷第4號）等。
課程及學制類	歷年政府的法令規章宣達之外，其他尚有針對政令而發的意見，如：陸費逵〈減少授課時間〉（第1卷第7號）、陸費逵〈採用全日二部教授〉（第2卷第3號）、朱經農〈初級中學應否採用選科制〉（第15卷第1號）、朱經農〈對於初中課程的討論〉（第15卷第3、11-12號，第16卷第3-4、7、9號，第17卷第5號）、朱經農〈關於編制初中課程原則之爭議〉（第17卷第6號）、朱經農〈職業指導與中學課程〉（第20卷第3號）、朱經農〈參加遠東區基本教育研究會議後所發生的幾點感想〉（第32卷第5號）等。
教科書、 教材、 參考書類	〈定州中學通告學生購用教科書文〉（第1卷第10號）、張世杓〈論教科書與教育進化之關係〉（第2卷第5號）、潘樹聲〈論教科書與教育進化之關係〉（第2卷第5號）、莊俞〈論審查教科用書〉（第4卷第4號）、嚴既澄〈兒童用書之研究〉（第14卷第2號）、唐小圃〈童話教材商榷〉（第14卷第4號）、既澄（按：嚴既澄）〈神仙在兒童讀物上之位置〉（第14卷第7號）、何仲英〈小學教師的國語參考書〉（第16卷第10號）、胡叔異〈編輯兒童讀物的我見〉（第18卷第4號）、沈百英〈編輯幼稚園讀物的研究〉（第20卷第10號）、蔣息岑〈小學新課程標準產生後之兒童用書編輯問題〉（第21卷第7號）、王人路〈兒童讀物的分類與選擇〉（第21卷第12號）、

類別	篇目（卷期）
教科書、教材、參考書類	葉聖陶〈皇帝的新衣〉（第22卷第1號）、葉聖陶〈含羞草〉（第22卷第2號）、石順淵、張匡〈兒童讀物的新研究〉（第22卷第11號）、嚴倚雲〈光緒三十一年的初小一年級國文教科書之分析——與民國二十六年同年級復興國語教科書之比較〉（第29卷第8號）、陳兆蘅〈小學的國語教材教法〉（第33卷第12號）、（未繫撰者）〈複式學級國文教科書教授案說明〉（第11卷第6號）、帥群〈論採用教科書〉（第5卷第1號）、浮邱〈教科書與時令〉（第2卷第12號）、賓四〈中學校教科用書之商榷〉（第5卷第7號）、太玄〈日本之打破國定教科書制度論〉（第7卷第1號）、沈亮棨〈學校教員自編講義之利弊〉（第7卷第7號）、楊祥麐〈今之教科書問題〉（第8卷第12號）、賈豐臻〈今後小學教科之商榷〉（第9卷第1號）、沈佩弦、余光藻〈小學教材選擇與組織之原則〔Bonser〕〉（第14卷第10號）、壽勉成〈我國大學之教材問題〉（第17卷第3號）、沈仲九〈初中國文教科書問題〉（第17卷第10號）、華超〈大學教育用書問題評議〉（第18卷第3號）、杜佐周〈橫行排列與直行排列之研究〉（第18卷第11-12號）、楊賢江〈教科書教授之利弊與採用補充教育之研究〉（第18卷第12號）、杜佐周〈橫直行排列之科學的研究〉（第22卷第1號）、鄭鶴聲〈三十年來中央政府對於編纂教科圖書之檢討〉（第25卷第7號）、張一勇〈上海市民眾識字讀本編輯旨趣〉（第25卷第8號）、陳漢標〈中文橫直讀研究的總檢討〉（第25卷第10號）、陳禮江、王倘、喻任聲合編〈一個新的嘗試——一年制短期小學混合課本的編輯〉（第26卷第9號）、趙演〈我所見到的教科書編輯問題〉（第27卷第1號）、章頤年〈我國學校教材重復與浪費問題〉（第27卷第1號）、陳孝禪〈讀物字體格式對於閱讀效率影響之研究〉（第27卷第7號）、陳伯吹〈兒童讀物的編著與供應〉（第32卷第3號）、楊晉豪〈抗戰時期小學國語教材問題〉（第27卷第11-12號）等。

類別	篇目（卷期）
教學經驗反饋、師資培育類	錢基博〈師範學生宜練習批改文字〉（第8卷第3號）、匡互生〈青年教育者的修養〉（第18卷第1號）、江問漁〈師資問題——關於普通中學的一部分〉（第25卷第7號）、江學乾〈十年來中等學校服務之體驗〉（第30卷第12號）、何仲英〈教師怎樣可以長進〉（第12卷第1號）、余真〈中學國文科的師資訓練〉（第25卷第7號）等。
備註：本文所據《教育雜誌》，使用國立政治大學圖書館庋藏《教育雜誌》重印原刊本，此係臺灣商務印書館於一九七五年所重印。	

　　以推行國語議題為例，一九二一年十一月出刊的《教育雜誌》登載了胡適〈國語運動的歷史〉講稿，還有王樸〈注音字母之由來及功用〉、郭秉文〈暑假講習所及國語統一之重要〉、吳敬恆〈注音字母本身的價值〉、周越然〈語音學的定義〉、膺公〈在國語講習所暑假班聽講記〉。〈國語運動的歷史〉原是胡適赴商務印書館開辦的國語講習所之演講稿，由於聽講的對象都是未來要到各地推廣國語的種子教師，誠如胡適所言「諸君是國語的傳道者、國語的先鋒隊，為國語下種子的人」，因此他特別講述了國語運動的發展歷史，把整個發展脈絡分為分為五期：一、白話報時期；二、字母時期；三、國語時期；四、國語的文學時期；五、國語的聯合運動時期。透過脈絡的釐清，以強化他們推動的信念，並且期勉要對於國語的語音、語法、文法有詳細的研究，胡適同時不忘肯定商務印書館對推進國語教育的貢獻，說道：「商務印書館印行了許多國語的書本，又開辦這國語講習所，於國語教育史上占個重要的地位。」[68]這期《教育雜誌》除了有講師的聲音，還有學員角度的聽講記，這是以民間團體組織的立場去協助政府推行國語（一九二一年教育部訓令各省培養國語教師）。

---

68 胡適講，嚴既澄、華超記：〈國語運動的歷史〉，《教育雜誌》第13卷第11號（1921年11月），頁8。

（二）《中華教育界》裡的國語文教學討論

　　中華書局關注教科書事業，《中華教育界》更見證了歷年的教材選編觀念以及相應的語文教育思潮，《中華教育界》中單以「國語文」為題的篇章，除了專號，筆者目前所掌握的即有：

　　陸費逵〈中華國音留聲機片〉（第10卷第4期）；艾偉〈中學國文理解程度之研究〉（第19卷第1期）；程其保〈初中國語教材之研究〉（第19卷第1期）；胡哲敷〈高中國文教學的理論與實際〉（第24卷第10期）；沈百英〈新修小學國語課程標準的特點〉（復刊第3卷第5期）、〈小學國語教學上值得注意的幾個問題〉（復刊第3卷第10期）；司琦〈國語科掛牌閃片教學方法〉（復刊第3卷第3期）；陰景曙〈低級國語課本的混合編製〉（復刊第3卷第4期）；阮真〈中學國文教學目的之研究〉（第22卷第6期）、〈對於中學師範國文課程標準之意見〉（第23卷第3期）、〈師範國文教材選擇問題〉（第23卷第8期）、〈怎樣方能改進現在的中學國文教學〉（第24卷第4號）、〈中學國文課程標準之討論〉（第24卷第5期）、〈中學國文教本應如何指示學文途徑〉（第25卷第1期）；王季思〈中學國文教學問題〉（復刊第1卷第3期）；鄭海瀾〈注音符號的缺陷與改革運動——國語運動新方案之一〉（復刊第1卷第9期）；吳廣〈我的三位國文老師〉（復刊第1卷第10期）；趙榮光〈小學國語字彙研究報告〉（復刊第2卷第4期）；徐中玉〈中學生論中學國文學習上的問題〉（復刊第2卷第7期）；王銳聰〈中學國文習作批改的新路〉（復刊第2卷第11期）；何紹甲〈改革中國文字芻議〉（復刊第2卷第11期）；李良肱〈中國文字排檢方法之檢討〉（復刊第2卷第11期）等。

　　其他非以國語文為題，而與之相關的篇幅也不少，如：陰景曙〈筆順教學的新實施〉（復刊第2卷第4期）；宋家惠〈小學低年級拼字

片的試用〉（復刊第2卷第11期）；陳泰元〈小學讀書教學深究課文舉
隅——「書上說的是騙人的」，我不能再用騙的方法〉（復刊第2卷第
11期）；沈百英〈創作兒童讀物的實例〉（復刊第2卷第11期）；葛承訓
〈清季繪圖釋字課本〉（復刊第2卷第12期）；陳伯吹等〈兒童讀物的
用字和用語問題〉（復刊第2卷第12期）；朱振方〈我怎樣給中學生出
作文題〉（復刊第3卷第2期）；潘大白〈如何指導高級兒童作文〉（復
刊第3卷第5期）等。

　　小到寫字筆順、繪圖識字、國文習作批改、拼字卡片、錯別字的
問題，大到國語文教材編纂、學科成績調查、國語文政策，甚至反省
教材的大膽言論、或他科與國語文關涉的文章[69]，於《中華教育界》
皆未缺席，其中不乏具有新意或值得省思者，以陰景曙為例，他分享
了教學筆順的原則及編製一套筆順教材，教導讀者可按其教材依序演
示，分三個活動進行：教學前的準備、教學時的歷程以及教學後的練
習，還提供了自編的「筆順歌」：

> 筆劃有順序，總括兩條理；從左到右面，由上向下寫。多半字
> 開頭，一點與橫起。部首竝立字，左起向右移。部首疊（按：
> 疊）成字，從上寫到底。部首套成字，外面寫到裏。多部組成
> 字，中起左右齊。部首半圍字，先後看字體。記好筆順歌，寫
> 字很容易。[70]

---

69 如王志成則指出有一些小學把歷史科當成國語科教的弊病：特重字句的解釋、不重
　問題研究、死記人名地名朝代名，養成死讀書的習慣卻忽略學習歷史之主要目的
　「人類活動的因果關係」，這問題癥結就出在編法。見其〈國定本小學歷史的分析
　研究〉，《中華教育界》復刊第2卷第4期（1948年4月），頁43-54。
70 陰景曙：〈筆順教學的新實施〉，《中華教育界》復刊第2卷第4期（1948年4月），頁
　22。

這種寓教於樂的方法，可使兒童透過誦唱將各類字的筆畫順序清楚記憶，他站在兒童方便學習立場，為教師指導學童寫字提供可行的辦法。宋家惠發現學生在抄寫或寫作時，錯字連篇，且以部首錯最多，於是他在前人的研究基礎上，提供低年級試用拼字教學的經驗：「我在南京市遊府西街國民學校一年級上期班，試用了一套拼字片，覺得結果尚稱圓滿。該拼字片之製作是參考『廉方教學法』（即李廉方先生所編倡之國常合科教學法）及『國字自然排檢法』（丁德先先生著，青島出版）兩書，再根據書寫分部的方便加以補充或改組而成的。」[71]陳益君介紹因地制宜的「導生傳習教學法」，鄉村自編「兒童國常傳習課本」（國語及常識合科），課本內容「力求淺顯，適合兒童口味，引起兒童識字讀書的興趣。培養愛鄉愛國的思想」，如：「書，念書，放牛念書，放豬念書，看娃念書，打柴念書。」[72]這是為不識字的鄉村兒童所設計的。

　　須特別提出的是，《中華教育界》關注各級國語文教科書編纂的大議題，對實質的、學習上的問題，也騰出了論述的版面，以徐中玉〈中學生論中學國文學習上的問題〉為例，他調查一九四〇年代末期上海某私立高中三年級學生有關學習國文的感想，問卷答案呈現了以下問題：選文的文白比例、學習古文的方法、國文教學的恰當時數、重理工輕視人文的偏頗、學生消極的態度以及價值觀等。學生抱怨最多的是學習古文的困難，往往有沒興趣、乏味、畏懼、無用處的感受，而對白話語體文則表達願意多學習，但整體而言，學生普遍沒有自信：李子堅說「讀到高中，甚至畢業，連一篇清通的文章也寫不

---

71 宋家惠：〈小學低年級拼字片的試用〉，《中華教育界》復刊第2卷第11期（1948年11月），頁11。

72 陳益君：〈導生傳習教學之初步實驗〉，《中華教育界》復刊第2卷第11期（1948年11月），頁24。

好」、孫一德也說「自從進入高中以後，對於國文我已由乏味而漸漸的疏忽了」、王端五直言「幾年以來，國文的成績無甚進步」、薛志曾表示「自入高中以來，就很少進步」、秦麗珠不諱言「自初中生入高中，究竟肚中裝入了多少文墨，自己也感覺到非常可愧，根本就沒有獲得到什麼」。學生的心態如此，對教師講不清楚、指導馬虎的感受，這份調查結果也呈現了——教師的專業不足及教法不知變通，「無明師指導，引不起同學們的興趣」、「一些教師的馬虎，於是就感到更大的困難」、「一方面當然要自己自修，一方面也要先生講得清楚」，學生國文程度低落，學生認為教師也要負些責任。徐中玉提出補救之道：「把義古奧的古文逐出中學國文教材去；把妄想利用雜亂的古學術文以達到使中學生『深切了解固有文化』目標的觀念拋棄掉；應當選近代淺顯的文言文作教材；高中教材應增加語體文的分量，至少要有二分之一；中學各科所占的課外學習時間應該平均分配，糾正中學自然科採用外國文原本的惡風；普及語體文學教育，把課內課外的國文科訓練切實的聯結起來。」[73]與此類似的觀念討論與作法商榷，《中華教育界》有大量一手的討論。

徐中玉寫這份調查報告時，尚不具教授中學國文的經驗，他是以關注者的身分發言；而朱世德、阮真則以教學現場的實踐者立場表達，他們都是第一線的國文教師。關心語文建設事業，有來自各方或同或異的討論，其中有理念派也有實踐派。

中學國文教師祝世德曾拜讀朱經農的〈對於初中國語課程的討論〉一文，但對朱君所描寫當時的上課實境以及孟憲承回應朱文的按語，深感不安，並視在課堂上不被尊重的教師為恥。朱經農所述的國文教學情況，是：

---

73 上引，均見徐中玉：〈中學生論中學國文學習上的問題〉，《中華教育界》復刊第2卷第7期（1948年7月），頁10-13。

一個教員拿了幾張油印的講義（或現成的國文課本）在課堂上逐字逐句的講解。下面聽講的學生真是七零八落。那種精神渙散的樣子，實在叫人看了短氣。坐在前面的幾個學生，雖然「一心以為鴻鵠將至」，表面上總算還在那裏看講義。至於坐在後排的學生，有的在講義傍邊（筆者按：旁邊）放著一本英文教科書，自己在那裏閱讀；有的低着頭做他的算學題目；有的女生還在桌子下面打手工；有的偷看小說；有的簡直睡着了，教員勉勉強強敷衍完了一點鐘，夾着講義去了；學生也就一鬨而散。試問這樣研究國文，究竟有何結果？[74]

祝世德對此不無疑惑，認為朱文所描寫的是「舊式」中學，但「新式」中學的成績又是怎樣？他們如何「研究國文」的？又，其所得「結果」是否比「舊式」好？[75]

　　另一位國文老師孟憲承對朱文所敘的那一個場景也有回應：「朱先生這裏所描寫的，是那國文教學不好的學校，不能代表普通初級中學。但是我們對於初中，如果仔細調查起來，一定也能發現許多可驚的事實。」「『普通初級中學』的國文教學都不壞，只有『那國文教學不好的學校』才是如此的態度」。[76]孟憲承的說法，祝世德覺得他所謂的「許多可驚的事實」，或許也尚未去「仔細調查」，故依然無「發現」。祝世德說：

74　朱經農：〈對於初中國語課程的討論〉，收於光華大學教育系及國文系編纂《中學國文教學論叢》（上海市：商務印書館，1927年），頁4-5。

75　以上所引，見祝世德：〈初中國文教學經驗談〉，《中華教育界》第21卷第1期（1933年7月），頁57。

76　孟憲承：〈初中國文之教學〉，收於光華大學教育系及國文系編纂《中學國文教學論叢》，頁20。

如果照我的「調查」，卻是除掉了極少數國文教學好的學校，其餘全國最大多數，不管他是普通的或不普通的中學，差不多還是像朱先生所描寫的形狀。不特此也，朱先生寫那篇文章時是「十三年四月四日」，那麼他所說的當然是十三年以前的情形了。[77]

祝世德認為不管是新式抑或舊式中學、普通或非普通中學、好中學或壞中學，其實學生在國文課堂上的奇形怪狀表現，並沒有隨時間而改善，他甚至覺得一九三○年代學生的表現比以往更不理想，他又說：

我們不要忘記，十三年以前「舊式」的國文教師在學生面前還有老師的尊嚴，所以課堂上到底還有一群學生在那裏「一心以為有鴻鵠將至」地為老師維持一點面子；十三年以後，全國各處學校的學潮迭起，老師的尊嚴差不多已經到了「掃地無餘」的地步；又加上受了十五十六年以後革命潮流的洗禮，依了矯枉過正的老例，學生就幾乎一變而為學校裏的主人公，教員更到了一個可憐的地位了，一不如意，打倒隨來，誰個教員敢在學生面前哼一個不字。所以我敢告訴朱孟二先生，現在的「新式」中學，除了幾個國文教學好的學校而外，其餘的比以前更見「進步」，進步到一個「更見太好看的情形」去了！那情形是：「一個教員拿著幾張油印的講義或教科書在手上，最好是遮著臉」，在講堂上講。如果是好講的字句便儘講，不好講的地方便馬馬虎虎地唸過去，──不要緊，反正學生是沒有聽的。學生在下面，好一點的便讀英文，演數學，看小說，睡覺；……不好的便談天，說故事，做鬼臉……；更不好的（也

77 祝世德：〈初中國文教學經驗談〉，《中華教育界》第21卷第1期（1933年7月），頁58。

許是更好的）便乾脆逃下講堂去打球或做其他的各種遊戲。但是，不要緊，反正教員是用油印或教科書遮著臉的。鐘點到了，便一鬨，不，也許不鬨而散！」因此，我說老實話，我每當一個朋友把我介紹不相識的人，說是：「這是某某學校的國文教師」時，我便忍不住要羞得臉紅，我真怕別人誤會我是那樣的教師！[78]

祝世德複製朱經農筆下的國文教學場景，模仿朱文的書寫形式，並重新改寫內容，不論是教師在臺上照本宣科、還是學生在臺下玩得不亦樂乎，他所勾勒出的教學畫面極盡挖苦不專業的教師以及怠忽功課的學生。看似令人發噱的一篇戲謔文，但祝世德的撰文用意應非博得讀者的歡笑，而是突顯了歷來討論國文的教學問題其實很多，但發現問題不代表解決了它，因為他眼下的學生依舊國文程度低落。祝世德發表前述言論是在一九三三年，距離朱經農道出的那番話，時間已過了近十年，祝世德認為儘管這期間各界發揮議論的文章非常豐富，但實際他所感受的狀況卻更不如以往，因此他急切地呼籲：

> 我們該覺悟了，高談學理的空洞議論是不對的！我們要的是實驗！我們要的是實驗後的教材，實驗後的教學法！我們要的是實驗後的教訓，失敗與成功的！所以，學理是可貴的，經驗是尤其可貴。而我願意把我個人的經驗寫一點兒出來，希望由此引出更多人的經驗，以補助或匡正我的不足！……一說到教材，我們首先應當想起現在滬上各書局出版的初中國文教科書。我不知道編這些教科書的人有沒有教初中國文的經驗，如果以我的經驗來說，則學生大多數對於是項教科書沒有情感，

---

78 祝世德：〈初中國文教學經驗談〉，《中華教育界》第21卷第1期（1933年7月），頁58。

　　　　大有「爾為爾，我為我」之概（按：慨）。這教師之不善教是
　　　　一個原因，教材之不適合也有很大的關係。[79]

祝世德在一連串地陳述教學場域的種種怪狀之後，並沒有停留在指摘
的層次，而是進一步分享切身的教學經驗，針對教科書的編纂妥適與
否，從自己的調查及實踐經驗出發，建構一套改良國文教科書的論
述，他先分析現行初中國文教科書的若干缺點，特別點出書局的編輯
先生沒有分清楚精讀與略讀的教材，於是他建議應使用兩種課本，姑
且名為：「正讀本」、「副讀本」，前者是作為精讀之用，後者是供略讀
之用。他解釋所主張之精、略讀的內涵，與旁人的說法不同，他說：
「我所謂的精讀不特要深思，而且要熟讀；不特要熟讀，而且要『能
背誦』。我所謂的略讀也真是要讀，要澈底瞭解，要能成誦，至少也
要能記憶。——這些明白規定後，不負責任的教師大約多少也要負一
點責任，好玩的學生多少也會多用一點功。近年來我國教育的大弊，
大概要算一般教師的因循，苟且，『照例』敷衍了吧！如果有正副教
本出來，我相信纔有一點新的變化。」[80]他把教國文的實際經驗轉化
為具體的建議：精讀正讀本至多不超過三十篇、略讀副讀本至少不少
於四十篇，且正讀本要詩文參半、副讀本則以語體文為主，又正副讀
本所選教材的比例分配亦應依部頒標準。閱讀多少篇數，並不是他憑
空想出來的，他解釋：

　　　　一個學期內，除去考試及紀念等放假日，差不多只剩下了十五
　　　　週行課的日子。以我這兩三年來教國文的經驗，一個學生大約

79　祝世德：〈初中國文教學經驗談〉，《中華教育界》第21卷第1期（1933年7月），頁59。
80　祝世德：〈初中國文教學經驗談〉，《中華教育界》第21卷第1期（1933年7月），頁62-
　　63。

三週內只能背誦兩篇文章（一週內卻可背誦短詩小詞四五首乃
至十首）如果遇著〈柏林之圍〉或〈愛爾蘭愛國詩人〉那一類
的長文，則兩週內始能背誦一篇。假如把絕句詩或小詞以五首
算一課，那麼一個學期大約可讀文十篇（或說十課）詩詞共十
課（當得詩詞四五十首）其餘多了的幾課，留作教師的選擇。
這是顧及學校的作業時間。還有，替一般學生著想，精讀的課
文也不能太多。我們知道，現在一個學生差不多每天受六小時
的課（自然，星期日及星期六日除外）還要自修兩小時；在自
修的兩小時內，又幾乎還不夠他們翻英文的生字，演數學習
題，如果八小時的工作制可以適用於精神的勞動者，那他們就
委實不應再被加上一個重擔了，所以責備他們背誦的國文，不
宜過多。[81]

祝世德衡量校方的授課時數以及學生的吸收程度，合理的推算精讀的
篇數，而且他希望正副兩讀本列入每學期的必讀教材，而副讀本的語
體恰可補充正讀本偏古詩文的不足。值得一提的是，祝世德雖有己見
及主張，但他討論的態度是開放的，此可證諸其云：「教初中學生，
是要注意訓練他們的思想形式的，換句話說，是應當使他們學會各種
文章的體裁，不是專門來造成一般文學家或準文學家的。現在正讀本
內既都是文學的或文學化的教材，則其他不能文學化的——如議論文
應用文等自不能不放到副讀本裏去！所以這裏應特別聲明：我之所以
主張有正副讀本，絕對不含有輕視副讀本的意思。我要學生在正讀本
裏背熟一些模範的文章，以取得作文的技巧；在副讀本裏觀摩取法，
以學得各種文章的體裁；是並重的，並無輕重於其間的！為避免誤會

---

81 祝世德：〈初中國文教學經驗談〉，《中華教育界》第21卷第1期（1933年7月），頁63。

起見，不稱正、副，換個名稱，亦無不可！」「還有在這兩種讀本
裏，各種教材的分配問題，當然應該依照部頒標準」、「還須討論」
[82]。祝世德的論述依據，來自切身經驗及多次調查所得（就廣義言，
調查也是一種經驗），他把近期調查結果臚列出來——江西省立四中
初三甲組國文教材調查表。這份調查表顯示：施測時間是一九三二年
十二月二十八日，有十八人接受調查自己喜好的篇章，當時該校所選
教材是初級中學適用的《新中華教科書國語與國文》第五冊（古文十
一篇、詞四首、古風兩首）及補充教材（散文一篇、劇詩一篇、詩詞
約二十首）。祝世德表列的數字非常具體，雖然僅僅是局部的投票統
計成果，但已能見其以「學生」立場去思考教材編纂（筆者按：這是
指祝世德考慮學生的吸收力，而非傾向以學生喜好為依歸，他甚至批
評某些教師之自由選授的教材，全投合學生嗜好，此舉不當[83]），並以
科學量化的方式試圖為教材編纂找出病徵，進而投以藥方改善。祝世
德不是在書房裡建構國文教材，此與晚清民初之際屬於菁英決定的模
式，已有很大的不同[84]。

---

82 祝世德：〈初中國文教學經驗談〉，《中華教育界》第21卷第1期（1933年7月），頁65。

83 有些教科書不大合用、與部定的標準多不相應，於是某些教師就主張自己選授，對
此，祝世德說：「與部定的標準多不適合。自己選授的教師，他所選授的標準大約
不外兩項：1.以自己為中心，自己高興的文章就選。結果是他自己高興國學的就盡
選國學的文章，高興文學的就盡選文學，高興學術思想的就盡量談學術思想；教授
的結果，好的學生可以變成準國學家，準文學家，準思想家，壞的還是莫名其妙。
2.以學生的趣味為中心，而投合學生的嗜好，這結果更見糟糕！我們知道引起學生
的興趣當然重要，但應當是教育在『引起』，而不是去『投合』。並且，老實說，學
生的興趣每每是低級的，就是談思想，也止於淺薄的『新』『奇』上面，不易再向
深處走，教師不去引導或糾正他們，使他們向正道，向深處走，已經是未盡教師的
職責，再要去投合他們的嗜好，便簡直是罪過了。」見其〈初中國文教學經驗
談〉，《中華教育界》第21卷第1期（1933年7月），頁59-60。

84 例如曾為商務印書館編纂國文教材的張元濟、蔡元培、高夢旦、杜亞泉、夏曾佑、
蔣維喬、莊俞、葉聖陶等輩，雖組織了編輯小組反覆討論推敲，但畢竟還是寡人論

　　以下再舉資深國文教師阮真探討教材為例，他曾研究國文科考試之目的與該採取何種方法檢測。首先，他將國文分為「讀」（讀文）、「作」（作文）兩項：

　　　　就讀文言，平日講授所以增進學生閱讀之基本能力者，而課外讀文則使其應用此種基本能力而求其擴展。讀文考試之一方面，所以察其平日講讀之能否理解記憶；而他一方面，尚須察其閱讀能力進於何種標準程度。不徒令其日知所無，月無忘所能；且須令其閱讀速率之增高，理解能力之進步也。就作文言，一面須察其內容之思想與事實之材料；一面當察其所以發表思想與運用材料之能力。思想與材料，基於學生之知識經驗；凡讀書聞見之所得，皆足以助其對於文題之剖解與判斷而發表思想，運用材料之能力，則在單字複辭典故成語之選用適切，文句之構造，而篇章層次清楚，佈置妥善。苟能此，則已盡普通作文之能事矣。若夫所謂修辭之簡潔雅馴，琢句之隱秀雄健，立意之警闢（按：精闢）超卓，聲調之鏗鏘和諧，與夫對仗工整，結構謹嚴，則非所望於今日之高中學生者，以其超乎普通作文能力之範圍也。而作文之考試，即由其思想材料而判其知識經驗達於何種程度；由其選辭造句佈局謀篇而判其發表思想運用材料之能力達於何種標準也。[85]

定的方式，如葉聖陶所云：「解放以前，我在商務印書館和開明書店都編過課本。那時候不通行調查研究，也不開什麼座談會，三幾個人商量一下就動手編寫了。」（1980年11月8日於中學語文教材編輯座談會上發言紀錄，見《葉聖陶集》，南京市：江蘇教育出版社，2004年，第16卷，書前圖版，頁3）不過，葉聖陶描述的是晚清民國初年的情況，他離開商務印書館後，在1930、1940年代的作法已調整為開會討論、實施調查、演講宣傳，匯集各方意見。

85 阮真：〈國文科考試之目的及方法〉，《中華教育界》第20卷第5期（1932年11月），頁7。

考國文的目的，阮真認為即欲考知「讀文」與「作文」的能力（閱讀及習作）。許多參加入學考試的學生反應國文往往只考作文（而且體限文言），縱有其他，亦多侷限斷句類型。阮真認為這樣無法客觀確認學生真實的國文程度，於是擬出一套「國文基本能力之測驗」六項檢測項目：一、字彙；二、詞彙；三、典故及成語；四、讀文速力及理解力；五、文法；六、造句。其中，第四項建議在當時是較新穎的作法，在習慣以一文定優劣的思維下，誦讀列入了判斷國文程度好壞的一項依據，此突顯了阮真想建立更完善的語文檢測標準，他說：

> 現今一般大學中學之讀文，幾至全無考試，此其原因有三：一、向來習慣，只考作文以定國文成績。如教師欲考試讀文，鮮有不為學生反對者。二、國文教師之能負責於改文者，其勞作已倍於他科教師，實無精力再為考試閱卷。三、不負責任之教師，畏麻煩而圖省事，不欲作法自斃。因為讀文不考試，故學生每以其他功課忙迫，放棄讀文。讀文既可放棄，聽講亦不認真。即每二星期作文一次，國文豈能進步？而很多中學有每學期作文僅三四次，大學則有作文僅一二次者。如是敷衍教學，則國文一科等於學校虛設之課程矣。[86]

其所制訂的讀文測驗，具體方法為：

> 取假定適合於各級程度之文數篇，先經多次之試行測驗，（至少須測驗各級學生數千人以上。）而後確定某年級學生閱讀之標準速率及標準理解力。如欲提高程度，可將試行測驗結果之

---

86 阮真：〈國文科考試之目的及方法〉，《中華教育界》第20卷第5期（1932年11月），頁9。

　　平準速率及平準理解力提高一四分差。然後以原材料為測驗材
　　料，在規定之標準時間內，令學生閱讀。讀至何處令各作一鉛
　　筆記號。然後測驗其對於文章內容之理解，達於何種程度。例
　　如閱讀速率已及八十分，而其理解僅及六成。則其於標準時間
　　內，閱讀某級標準程度之文章，僅得四十八分。若其理解及於
　　九成，則已得七十二分矣。（如欲以此種測驗為研究材料者：被
　　測驗之學生須年齡相同，學級相同，智力相等。尤須避免外界
　　刺激之影響。如大寒大暑，學生疾病，或功課繁劇等等。）[87]

　閱讀力並非不可測知，重點在如何有效擬定施測的方法，阮真很客觀
地看待閱讀及其成效，所勾稽的改善方法並非憑空捏造，而是累積很
多試行的例子後，從中提取可參考的標準。阮真發掘問題並嘗試各種
解決之道，他在現代國語文教育的建構史上應有不可被忽略的位置。
　　此外，教材編纂向來是《中華教育界》關切的焦點，以審定本與
部編本（國定本）的爭論為例，抗戰階段為解書荒，故教科書多由教
育部統籌，可是，戰後政府還持續統編作業，這個模式引發「統制思
想」、「與民爭利」的爭議，對此，《中華教育界》在主編的安排下也
有對話交流的機會。主編姚紹華一方面徵集各界的意見，另方面也登
出國立編譯館的說法，編譯館的代表人陸殿揚即撰寫了〈中小學國定
教科書編纂之經過及其現狀〉[88]。陸殿揚文中述及：國定教科書與部
編教科書之名稱差異、說明部編教科書的動機、編纂歷史及過程，並
檢討部編的教科書內容，文末臚列已出版及已編成之教科書種類。陸

---

87 阮真：〈國文科考試之目的及方法〉，《中華教育界》第20卷第5期（1932年11月），頁
　　8-9。
88 陸殿揚係「國立編譯館編纂中小學用書編輯委員會主任委員」，此據復刊第1卷第1
　　期《中華教育界》「作者簡歷」介紹確定，頁61。

文的基調是肯定部編課本有其優點，大部分也會徵集專家學者的意見，並在充分討論、縝密研究後下筆，即使編訂後，亦非一成不變，無論是暫行本、修訂本或標準本，都可因時、因地繼續修訂。部編的教科書非全由專任編譯在館編輯，館外專家亦是網羅的對象，陸殿揚說：「每一稿本總須經過許多人士編輯、校閱、審查、批評、修改或實驗教學，才能作為標準課本。所以部編教科書並非部、館少數人包辦，實乃用全國的力量，集合全國的優秀人才而編輯校訂的課本。各出版家貢獻版權，各專家協助校訂，各學校實驗教學，使部編教科書可以達於理想標準，是最榮譽高尚的表現。」[89]被陸殿揚高度評價的「最榮譽高尚」的部編教科書，在吳一心看來卻有不同的看法，他認為「教科用書應該開放」，他在文章開頭先肯定《中華教育界》因提出部編教科書制度存廢問題，引起了文教界注意，進而使教育部思考是否非得部編不可，此或可看出《中華教育界》發揮了輿論力量。

　　接著，陸殿揚先跳脫部編及自由編的立場，從教科書的實質內容以及方便選購的角度，探討兩者之優劣，書局自編的好處是「由於自由企業的競爭性，所以內容務求其精彩，外表務求其美觀，售價務求其低廉」、「從事教育的人，也有自由選擇的餘地」，但自從抗戰時期規定由鈞部統編統印統銷以後，「不僅售價高昂，使學生增加負擔；而且印得一塌糊塗，有礙學生視力；至於內容，尤不免有類『聖諭廣訓』，主張偏頗，有時甚至不惜歪曲歷史事實。其不宜於民主思潮澎湃的今日，彰彰明甚。」[90]他認為取材是否適合時代的需要才是選擇教科書的重點，且基於普及教育的速度，建議可以開放民間根據部頒

---

89 陸殿揚：〈中小學國定教科書編纂之經過及其現狀〉，《中華教育界》復刊第1卷第1期（1947年1月），頁92。

90 上引，均見吳一心：〈教科用書應該開放〉，《中華教育界》復刊第1卷第2期（1947年2月），「教育論壇」，目錄頁之前。

標準撰就之後，再予送審。以上可見《中華教育界》對教科書編製的重視，且正反意見併陳，甚至影響政府決策。[91]

（三）《國文月刊》裡的國語文教學討論

《國文月刊》共發行了八十二期，又可分為抗戰期間、抗戰勝利後的兩階段發展：自創刊號至第四十期（一九四〇年六月至一九四五年十二月），自第四十一期至第八十二期（一九四六年三月至一九四九年八月），該刊主要是由西南聯合大學的教授群執筆、開明書店協助出版、目標讀者是中學及大學師生，《國文月刊》卷首語即云：

> 這一個刊物是由西南聯合大學師範學院國文系中同人所主編，同時邀西南聯合大學文學院國文系中同人及格外熱心於國文教學的同志合力舉辦的。我們久想辦這樣一個刊物，因為經費及出版的問題，耽擱到現在。這一次獲得黃子堅先生的贊助在師範學院內籌劃出一部分經費，又蒙開明書店的贊助，貼補了另外一半的出版費，替我們印刷發行，我們非常感謝。……本刊的宗旨是促進國文教學以及補充青年學子自修國文的材料。根據這一宗旨，我們的刊物，完全在語文教育的立場上，性質與

---

91 不只是政策面的討論，陳泰元的〈小學讀書教學深究課文舉隅──「書上說的是騙人的」，我不能再用騙的方法〉，更直陳國定的高級國語課本第一冊第一課〈可愛的中華〉內容昧於實情、誇大民族及盲目愛國，以致他在教學過程中屢受學生質疑──「書上說的是騙人的」。詳陳泰元：〈小學讀書教學深究課文舉隅──「書上說的是騙人的」，我不能再用騙的方法〉復刊第2卷第11期（1948年11月），頁12-14。又按：《中華教育界》與《教育雜誌》，均將政府發布的方針、政策、律令及措施報導，列為長期的刊載內容之一，都設置固定的「法令」、「紀事」等專欄，即時宣達政府的相關措施。這樣的編輯安排，從創刊到終刊，其間容或篇幅有別，始終沒有離開雜誌的編輯視野，這是兩刊很大的特色，但並不意味淪為政府的教育公報，因為它在掌握教育新訊的同時，能為變化的趨勢做出相應的商討。

專門的國學雜誌及普通的文藝刊物有別。[92]

相對於《教育雜誌》、《中華教育界》觸角擴大至小學、師範、職業乃至大學教育，議題的範圍龐大、廣吸各級學校師生的目光，《國文月刊》則致力於提升抗戰時期的國語文教學，且明顯與國學、文藝取向的刊物區隔，專就改革國文教學而發，提示了學習的實例，期以「明中探討」以補過往「暗中摸索」的費時費力。《教育雜誌》與《中華教育界》有教學實例，也有法律規章的研擬及論辨，尤其西南聯大以及開明書局陣營的人物如葉聖陶、朱自清等意見亦在列，唯論涉的面向，《國文月刊》專注於中學國文教學的種種討論及國語運動的實踐成績。

《國文月刊》在一九四〇年代後期曾載〈中國語文誦讀方法座談會記錄〉，這篇記錄主要聚焦一九四六年十二月十三日在北京大學的蔡孑民先生紀念館所舉行的「中國語文誦讀方法座談會」，筆者檢視與會的現代語文教育先驅者之觀點及教學方法，發現這場會議與臺灣後來推行國語運動有緊密的連結關係。這場座談會的邀請人是當時負責推行臺灣國語運動的魏建功，根據會議記錄[93]，該日出席的有：黎錦熙、朱光潛、馮至、朱自清、徐炳昶、潘家洵、沈從文、游國恩、余冠英、鄭天挺、顧隨、毛準、孫楷第、周祖謨、吳曉鈴、石素真、陰法魯、李松筠、趙西陸、鄧恭三、李長之、劉禹昌、陳士林、周定一、趙萬里、向達、錢炳雄、柴德賡。魏建功開場白，即謂：

　　諸位先生：我們以為本國語文教學上的誦讀方法，是一個值得

---

92 編者：〈卷首語〉，《國文月刊》第1期（1940年6月），頁1。

93 會議記錄後來刊登在開明書店發行的《國文月刊》第53期（1947年3月），由陳士林、周定一合記。

　　注意的問題。抗戰勝利，我們光復了淪陷五十年的臺灣。在臺
　　灣從事於國語推行工作的一幫人，更感到誦讀方法的迫切需要。
　　就是，怎樣才可借重語文誦讀以促進國語的推行。目前內地各
　　省的小學教學國語似乎只有每兩字一頓的讀法，這當然無補於
　　事，而且毛病很多。我們非常希望獲得這一問題完善而具體的
　　解答，所以本人謹代表臺灣省教育當局和國語推行委員會邀請
　　諸位來這兒給我們一些指示。希望諸位不吝珠玉，多賜南針。[94]

魏建功懇請與會者儘量提供解決語文教學上誦讀問題的妙方，整場
會議從下午二時至晚上七時，談論了五小時[95]。茲酌列發言者之要點
如下：

1　黎錦熙

　　率先發言的是黎錦熙，他的經驗談也是這場座談會裡最占篇幅
的。黎錦熙提到自從一九二〇年教育部通令改小學「國文」為「國
語」後，誦讀國語卻仍是《百家姓》、《千字文》的「二字一頓」唸
法，不顧及文義與句讀，然誦讀一旦發生問題，「欣賞和寫作都受影
響」[96]，於是他分享了一九三八年在西北師範學院教授誦讀的經驗

94　〈中國語文誦讀方法座談會記錄〉，《國文月刊》第53期（1947年3月），頁1。
95　關於出席人數及座談時間，朱自清的說法是：「最近魏建功先生舉行了一回『中國
　　語文誦讀方法座談會』，參加的有三十人左右，座談了三小時，大家發表的意見很
　　多。我因為去診病，到場的時候只聽到一些尾聲。但是就從這短短的尾聲，也獲得
　　不少的啟示。」〈論誦讀〉，《朱自清全集》（南京市：江蘇教育出版社，1996年），
　　第3卷，頁185。朱氏之說，繫此備參。按：朱自清因就診，中途才加入，故其云會
　　議座談了三小時，恐係以其進場之後的時間而論。至於出席人數，正式會議記錄為
　　二十九人，朱自清云「三十人左右」。
96　〈中國語文誦讀方法座談會記錄〉，《國文月刊》第53期（1947年3月），頁3。

（即〈中等學校國文「講讀」教學改革案〉一文）[97]，該方案重點是：首先點出病徵——「中等學校國語文成績不佳，其癥結是在教學講讀時，不知道把白話文的教材和文言文的教材分別處理，而只知道籠統的用一種大概相同的教學法」，他不僅為中學語文教育把脈，也開處方——讀白話文，「先須耳治（初讀時學生不可看書本）」、「注重朗讀（須用美的說話式，並隨時矯正字音、語調和語彙）」；讀文言文，「必須背誦（預習時，即宜熟讀；已讀者，分期背默）」、「澈底翻譯（逐字按句，譯成白話，確依文法，勿稍含糊）」[98]。黎錦熙點出誦讀教學三部曲：「耳治」、「口治」、「目治」，不只提示教學原則，也提及如何落實於課堂。他提供教師講讀白話文及文言文時可利用的具體方案，拈出了七步教學程序：一、預習；二、教師範讀；三、學生齊讀；四、學生個讀；五、學生質疑；六、教員試問；七、創作和活用。這套教學程序曾實施於校園，不過，令人氣餒的是，該方案在西北各項實驗所獲的成績並不太好，黎錦熙認為並非方法本身不好，問題是出在「人」。他舉了試驗於「西北中等學校教員暑期講習會」國文組的一百多位教師為例，他們對誦讀很有壓力且感到「威脅」，理由是「關中一帶的教師對於標準國語的聲調最感繁難，不過對於文言

---

97 該文發表於《中等教育季刊》第1期（1941年3月）。按：黎錦熙撰文動機是：「國立北平師大國文系四年級，向有國文教學法及教材研究一門；兩年來，上課於西北聯大及西北大學，寫定中等學校國文教學法大綱，其第四章『講讀』之第三節，為『白話文和文言文教學法改革的要點』。今者全國中等學校之本國語文成績，殊不見佳，教材教法，均宜實行改革，故示實例，以便實驗。改革的國文教學法，白話文與文言文各具一大原則，每一原則又各具實踐的兩要目，合為兩綱目。」見前揭文，頁66-67；黎錦熙後來完整寫出一篇〈中等學校國文「講讀」教學改革案〉發表於《中等教育季刊》第1卷第1期（1941年3月），頁66-81；幾年之後，又撮取該文精義並補充說明，另成〈中等學校國文講讀教學改革案述要〉一文，刊於《國文月刊》第51期（1947年1月），頁21-24。他在「中國語文誦讀方法座談會」上所談論的內容，即引述早年所拈出的國文講讀之原則及作法。

98 〈中國語文誦讀方法座談會記錄〉，《國文月刊》第53期（1947年3月），頁1-2。

文尚可以用方音誦讀，困難還不大。中學教員又每每為改卷上課等工作占去大部時間精力，要他們勉強那樣去施行，也是事實上無法辦到的。」[99]儘管黎錦熙的專業設想在落實時遇到了瓶頸，不過，他相信癥結在實踐者，並非教學法本身的窒礙難行。

2　朱自清

朱自清抱病出席[100]，指出了中、小學生誦讀白話文只管「瞎唸」，雖然師生也覺得這樣「兩個字作一頓而延長」的讀法不對，卻又想不出別的方法，朱自清認為「朗讀」應優於「誦讀」，他說：

> 我以為不一定須「朗誦」，而必須有對於白話文忠實的「朗讀」。朗讀的作用更大於誦讀。朗讀要像紀念週時讀總理遺囑，而比較慢一點兒，要把作品的意義清楚地表達出來。換句話說，像宣讀文件似的。已故詩人朱湘曾經以讀舊詩調子和舊戲中的道白法去讀白話詩，都恐怕不合式。有人以為白話詩文不能吟唱是他的缺點，而我以為白話詩文只宜乾唸，本不能吟唱，幹嗎要唱？唱不見得有什麼好處。乾唸倒能注重詩文的意義。宋朝律詩唸起來不如唐律響亮好聽，然而宋律內容的精深博大超過了唐律。詞離開音樂獨立後才擴大了意境。曲子的文學地位所以始終不如詩詞，原因也就在他（按：它）始終沒脫

99　以上所引，均見〈中國語文誦讀方法座談會記錄〉，《國文月刊》第53期（1947年3月），頁1-3。

100　魏建功說：「現在朱佩弦先生從醫院趕回來了，請他談談這問題。」見〈中國語文誦讀方法座談會記錄〉之附記，《國文月刊》第53期（1947年3月），頁5。按：筆者查閱朱自清當天的日記，他是因腸胃問題到醫院檢查身體，他寫道：「進城，到中和醫院做腸胃X光透視。下午參加中國語文誦讀方法座談會，魏建功為主席。」見一九四六年十二月十三日的日記，《朱自清全集》，第10卷，頁435。

離音樂。這些事實，都可以助我們反省。[101]

朱自清提倡「朗讀」是讀白話詩文的合適方式，並舉律詩、詞、曲的
文學地位高低為例，強調吟唱並非一體適用。他認為在語文教學及文
藝宣傳上，朗讀是很重要的。朱自清還特別強調白話文裡的歐化句式
及新詞彙可以豐富國語的內容，因此也有必要讓歐化中文朗朗上口，
他說：

> 歐化成分，青年在筆下多方接受，在口語裏卻不能接受似的。
> 我以為歐化成分應當有意的勉力使他上口，經過相當時期以
> 後，習慣就成自然了。新詞彙在清末因來源迫促而繁多，故受
> 到當時許多士大夫的反對。例如張之洞說他的幕客「用新名
> 詞，殊堪痛恨！」而幕客回答他：「你那『新名詞』就是新名
> 詞，尤堪痛恨！」可見拒絕新詞彙的人也得無意間接受了。到
> 今天，清末所謂新詞彙更多半已成為口語了。所以我們對於歐
> 化白話文成分應當漸漸放寬尺度，如不過分，就勉力使牠
> （按：它）上口。如果自小學即開始注重白話誦讀，即使是歐
> 化句式，亦可漸漸上口。[102]

朱自清舉張之洞反對新詞彙卻也受到影響為例[103]，說明歐化句法及文

101　〈中國語文誦讀方法座談會記錄〉，《國文月刊》第53期（1947年3月），頁5。

102　〈中國語文誦讀方法座談會記錄〉，《國文月刊》第53期（1947年3月），頁5。

103　張之洞厭惡外來新詞彙，曾電致學部論學政：「近時惡習，無論官私何種文字，率
　　喜襲用外國名詞，文體大乖，文既不存，道將安附？」見《清張文襄公之洞年譜》
　　（臺北市：臺灣商務印書館，1978年），頁241。另，《盛京時報》（1908年2月1
　　日）也曾載「張中堂禁用新名詞」短訊。又，民國其他筆記小說如江庸《趨庭隨
　　筆》也流傳張之洞為保存國粹而排斥新名詞的軼事：「光緒季年，日本名詞盛行於

言詞句，都無可避免地夾雜於白話文，尤其歐美的制度觀念透過日本所帶進來的新名詞如民主、科學等，由於是急速而量大地被傳到中國，如朱自清所言「新詞彙在清末因來源迫促而繁多」，許多的制度觀念或物質是古代所沒有的，現有的詞彙很難去描述，非得造新詞不可。但新詞彙多屬陌生且新穎，一時之間讀書人反應不及以致反對者眾。但歐美新事物已無法阻擋，進入到中國人的方方面面，且隨時間而習慣成自然，因此朱自清認為理想的白話文，重點不在是否夾存歐化或文言成分，而是以朗讀「上口」為衡量依據。

3　其他與會者

朱光潛則從詩歌看誦讀問題，主張「讀文言文應注重形式化的節奏。至於語體散文，誦讀要依語言的節奏為主。何時參互並用兩種節奏，則誦讀人應當看文意而定。」[104]朱光潛強調詩文和諧與否，往往與節奏密切相關，而節奏可從誦讀中去學習和模仿，他說：

> 寫作時，節奏對於表現有什麼功用呢？我以為過去所謂詩文中「氣勢神韻」，所謂「諧與拗」等等問題，都是生理的反應而已。作者把這種反應表現於詩文中，叫讀者也感到相應的生理

世，張孝達（筆者按：張之洞，字孝達）自鄂入相兼官學部，凡奏疏公牘有用新名詞者，輒以筆抹之，且書其上云：『日本名詞』。後悟『名詞』兩字即新名詞，乃改稱『日本土話』。當時學部擬頒一檢定小學教員章程，張以檢定二字為嫌，思更之，迄不可得，遂擱置不行。」見江庸：《趨庭隨筆》（臺北市：文海出版社，1967年，收入沈雲龍主編「近代中國史料叢刊」第九輯），頁7；包天笑也曾述及：「有一個笑話，張之洞有個屬員，也是什麼日本留學生，教他擬一個稿，滿紙都日本名詞。張之洞罵他道：『我最討厭那種日本名詞，你們都是胡亂引用。』那個屬員倒是強項令，他說：『回大帥！名詞兩字，也是日本名詞啊。』張之洞竟無詞以答。」見其《釧影樓回憶錄》（香港：大華出版社，1971年），頁168。

104 〈中國語文誦讀方法座談會記錄〉，《國文月刊》第53期（1947年3月），頁3。

節奏。每個作者和每個時代又各有一種原型的節奏，這種節奏我們是可以從誦讀中去學習模仿的。其次我們要問到誦讀時要用那（按：哪）一種節奏好呢？在詩歌方面，我從前在英國嘗聽英國詩人誦讀他自己的作品，音調都極平穩，很少極高極低或極快極慢的變化，其特別著重處，只在協韻的地方。過後，在法國聽詩人誦詩也是這樣。不過我以為誦讀詩歌通常可以用這兩種方式：即戲劇式與歌唱式，都是在形式的節奏之中流露語言節奏的讀法。至於在散文方面，我以為誦讀古文的法子原則上應該與唸詩相同，才可抓住原作的氣勢神韻，無形中得到某一作家或某一時代文章的空架子。等自己下筆為文時，也就不期而然的有某一作家或某一時代的氣勢神韻了。[105]

朱光潛從學習與模仿的觀點立論，主張誦讀應注重形式化的節奏及文意。朱光潛對詩歌的誦讀發生興趣，實可溯源早年學習古典詩文的經驗、接受了桐城派詩人的薰陶，其業師教讀詩文時，一定要朗誦及背誦，如此才能抓住文章的氣勢和神韻。

顧隨表示自己的國語是從聽戲學來的，尤其是伶人王長林的咬字令他印象深刻：「咬字最緊，最有勁兒，往往把一個字的『頭』『腹』『尾』都唸得清清楚楚。聽之既久，我的口語就大大受了他的影響。」[106]顧隨還提出三點誦讀的條件：一、好嗓子、不怕差及對作品要能理解。現場他還範讀魯迅《阿Q正傳》偷蘿蔔那段內容。

游國恩沒有學理可說，但分享了從先祖父學習唸韻文的經驗，「小時先祖父教唸韻文，凡律詩無論五言或七言，遇平聲字皆須稍停而延其尾音；古詩在平仄方面都有很自然的節奏，惟碰見意義有停頓

---

105 〈中國語文誦讀方法座談會記錄〉，《國文月刊》第53期（1947年3月），頁3。
106 〈中國語文誦讀方法座談會記錄〉，《國文月刊》第53期（1947年3月），頁4。

處，聲音亦不妨稍作停頓。後來學習古文，先祖父亦謂誦讀時應當特別注意虛字的神韻。」[107]游國恩當場示範，唸了一首杜甫〈月夜〉詩。馮至、潘家洵及鄭天挺均認為誦讀詩文應自然，而非過分形式化、相聲化、舞臺化，鄭天挺則強調誦讀時的腔調問題，他轉述黃季剛唸書有自創的特別腔調，名之為「黃調」；毛準以為話劇語言之所以不自然──「不得不說慢一點，或說高一點，或加點腔調，這是沒有辦法避免的」[108]，因為須考慮臺下聽眾是否聽得清楚。

　　潘家洵批評中國話劇難聽，而一般人卻以話劇為師，他認為這是語文教育上的一大問題。孫楷第與潘家洵的意見有些出入，孫以為：「誦讀技術與作品本身的好壞是兩回事。劇曲中，往往有不好的作品而演唱出來娓娓動聽者，例如沈自晉的『望湖亭』便是。我以為中國語文誦讀，照國語說話式就得。」徐炳昶表示誦讀的最高準則是「自然」，他不覺得誦讀是一個嚴重的問題──「因為本有自然的語音作主。若是想求得發音的標準化，教學者就反而困難重重了。」徐以自己在法國生活的經歷佐證：巴黎人與馬賽人所唸的法語就不同，即使是巴黎大學的教授之發音也不標準，但皆不妨其應用。他堅信「語言是天然的社會契約，不容少數人標新立異」、不贊成「不自然的誦讀方法」[109]，誦讀文言文旨在傳情以助理解，可以高聲誦讀文言，但應求自然，毋須刻意追求什麼形式。

　　魏建功則強調標點符號以及理解文義對誦讀的作用，他說：「我國標點符號成立甚晚。我個人感覺，各地的誦讀腔調雖互有不同，然而誦讀詩文之停逗和抑揚頓挫，即是標點的作用。所以理解文義，實

---

107 〈中國語文誦讀方法座談會記錄〉，《國文月刊》第53期（1947年3月），頁4。
108 〈中國語文誦讀方法座談會記錄〉，《國文月刊》第53期（1947年3月），頁4。
109 以上所引，見〈中國語文誦讀方法座談會記錄〉，《國文月刊》第53期（1947年3月），頁4-7。

在是誦讀方法中的要事。可是自學校國文改為國語以來，國語的讀法未定，而國文的讀法已壞。目今學生能用腦用眼而不能用口。」[110] 座談會召開前，來臺灣輔導的魏建功就在《新生報》「國語副刊」上，發表了系列如何學習國語的文章，內容包括：從方言學國語、認識國字、推行注音符號等，其中又以方言可與國語互相發明的觀點及相關研究，成果值得注意。

待在北平的魏建功十一月二十四日及十二月四日還回覆了彰化「月琴」女士的來信，信裡談論了許多臺灣民眾具體的國語發音問題，並表示此行要物色能赴臺灣教授國語之合適者，但尋覓後發現嗓音好卻拙於教學技術居多，魏建功對此不免發出「知難行易」之嘆[111]。儘管推行之路崎嶇，他仍對臺灣應可推展成功充滿信心，說道：

> 我這次到北平對一些朋友談起國文教學問題來，就把我的「三從」主張提出來。「三從」就是：（1）從語言到文字，（2）從語句到文章，（3）從語言到文學。綜合起來便是一句口訣「從語到文」。如今的教學，一般現象是「無所適從」，大家對於（1）根本看不起，於是就滿口念別字了，而（2）（3）兩事，只是毫不講求方法的瞎摸，我們也許在臺灣可以得到這一個正軌的成長以至成熟而成功。[112]

魏建功稍後接受了中央社記者的訪談，呼籲政府應重視推行注音符號以及培育專業的國語教育人員[113]，為了避免「瞎摸」，尋求具體的學

---

110 〈中國語文誦讀方法座談會記錄〉，《國文月刊》第53期（1947年3月），頁4-5。

111 見魏建功：《魏建功文集》（南京市：江蘇教育出版社，2001年），第4卷，頁366。

112 此段話，係魏建功致月琴女士信函內容，見《魏建功文集》，第4卷，頁368。

113 魏建功曾於一九四六年十二月接受中央社訪問，提到當時推行國語的困難，朱自

習國語之道，魏建功促成了多方意見交流的「中國語文誦讀方法座談會」。

　　以上諸位發言，又以黎錦熙、朱自清最引人注意。黎錦熙為解決實際教學上的難題，曾多處調查研究及講演教學法，他在座談會提示的新讀法，實脫胎於一九二二年在天津直隸省國語講習所的發言內容[114]，當時他倡導一項新教段，名為「自動主義的形式教段」（「形式教段」即「教學程序」），這是一套「三段六步」的教讀法，藉由三階段及其所屬的各兩步驟，實現「自動的研究與欣賞」之語文教學目標：一、理解階段：預習、整理；二、練習階段：比較、應用；三、發展階段：創作、活用。以三階段來看，教師的角色主要發揮在理解階段的兩步驟：預習──「只是目的，喚起學習的動機」、「預備的指導」[115]；整理──「教師試問」。而練習及發展階段，則以學生表現為重

清對魏建功的發言有所感觸，也在北平《時報》發表一篇文章闡述國語教育的重要。（見其〈論國語教育〉，《朱自清全集》，第3卷，頁191）對於培植專門從事語文辦理國語教育人才，朱自清即贊成北平師範學院設國語專修科，後來臺灣大學及臺灣師範大學也曾仿此制而設國語專修科。魏建功於一九四七年甚至為臺灣大學擬過一份開設國語課程的旨趣，設想國語課程的教學內容，應包含：發音、會話、讀講三方面。魏建功強調「說」與「讀」應在國語課程占多一點比例。見魏建功：〈國立臺灣大學一年級國語課程旨趣〉，《魏建功文集》，第4卷，頁388-391。

114 黎錦熙一九二二年在天津講演時，胡適曾來與他晤面，談論所編《國語文學史》講義的章節編排問題，黎錦熙在一九二七年二月十六日寫給友人的信裡即謂：「次年（西元一九二二年）三月，我在天津的直隸國語講習所講演，胡先生也前來，他在旅館裡把這本講義的章節次序移動一些。那年十二月，教育部辦第四屆國語講習所，他又把它刪改了幾處──這就是現在的付印本。」見其〈致張陳卿、李時、張希賢等書〉，收入胡適著：《國語文學史》（臺北市：五南圖書出版公司，2013年），「代序」，頁8。黎錦熙在北京師範學校等校講國語文學史，所使用的講義底本即據胡適該書。

115 黎錦熙提示課前要預習，考察他的「預習」觀，實受十九世紀前期德國著名教育家海爾巴脫（Herbart, 1776-1841）學派之五段教學法啟發。限於篇幅，筆者將另文研討。

心了。扼言之，黎錦熙看待教與學，較偏向學習者的立場，而把教師定位於輔助層次；在國文講讀教學上，黎錦熙看重的是誦讀展現於作文教學的補益作用，相關看法可見其〈中等學校國文講讀教學改革案述要〉、〈中等學校國文「講讀」教學改革案〉，後文所提示的兩綱四目，也正是他在座談會上所揭示的教學法。黎錦熙認為不管文言或白話，都應強化誦讀教學，若是文言文可藉由方言音誦讀[116]，但白話文，其讀音標不標準則是能否順利推行誦讀的關鍵。從他在西北若干學校試驗的成效來看，阻力主要來自各校師資本身對所謂的標準國語的聲調之認知及學習感到煩難，對此，黎錦熙也不諱言這是嚴重的問題。他在座談會中就冀望讀音的標準化能得到滿意的解決，更寄望魏建功未來在臺灣國語文教育取得成效後，能把成果提供給內地推行者參考。

朱自清關心臺灣的國語教育，身體不適仍赴約參加座談會。事實上，在開會之前的十一月二十九日朱自清還先寫了一篇雜論（後題為〈誦讀教學〉）[117]，針對黎錦熙所指出彼時國文教學存在的「文字和語言脫了節」之問題，進一步闡發認同及不認同的觀點，強調誦讀教學有益於糾正過分歐化以及夾雜方言的現象。次月，他又花了兩天（十二月十二日完稿）撰寫應當重視誦讀教學的雜論（後題為〈誦讀教學與「文學的國語」〉，該文認為比起「國語的文學」，所謂的「文學的國語」尚處於自然成長階段，為將其拉到自覺努力的階段，推動

---

116 方言在推行國語文教育的角色上，黎錦熙與魏建功都不否認可借助方言。當時來臺灣輔導的魏建功，沒有敵視方言，反而認為是推行國語的利器之一，相關論述可見其〈「國語運動在臺灣的意義」申解〉、〈國語運動綱領〉（1946年5月21日《新生報・國語副刊》第1期）、〈何以要提倡從臺灣話學習國語〉（1946年5月28日《新生報・國語副刊》第2期）、〈學國語應該注意的事情〉（1946年7月16日《新生報・國語副刊》第9期）諸文，皆收入《魏建功文集》，第4卷。

117 朱自清的〈誦讀教學〉，原載他所主編《新生報》副刊「語言與文學」第7期，後收入《標準與尺度》，見《朱自清全集》，第3卷。

誦讀教學有其必要。在座談會上的發言論點，朱自清即多取摘會前的這兩篇文章。

四　國語文教學專著

　　新文化運動文學革命後至一九四〇年代關注國語文教學的專業研究或討論，集中在以下諸家如：夏丏尊、朱自清、葉聖陶（葉紹鈞）、呂叔湘、劉薰宇等人，尤其一九三〇年代他們憑藉《中學生》園地，與各地中學生、第一線的中學國文教師交流意見，他們為《中學生》撰寫文章，連載結束又再結集成冊，發售單行本，加乘其影響力。知名的語文學習指導書，即有：夏丏尊與劉薰宇的《文章作法》；夏丏尊與葉聖陶的《國文百八課》；朱自清與葉聖陶的《國文教學》（參圖十六）及《文章講話》；夏丏尊與葉聖陶的《文心》（參圖十七）；葉聖陶與朱自清的《精讀指導舉隅》及《略讀指導舉隅》（參圖十八）等。

圖十六　《國文教學》封面（1946年再版，開明書店，個人藏品）

圖十七　《文心》書名頁（1949年第22版，開明書店，個人藏品）

圖十八　《略讀指導舉隅》封面（1946年上海初版，商務印書館，複印品）

（一）商務印書館專著舉隅

　　《精讀指導舉隅》與《略讀指導舉隅》是葉聖陶及朱自清合寫的[118]，主要在培養閱讀習慣與寫作技巧，專供中學國文教師參考之用。這兩冊指引中學國文教學的書籍，原是四川省立教育科學館「國文教學叢刊」之一，後亦收入商務印書館的「人人文庫」、「新岫廬文庫」、「新中學文庫」，海峽兩岸迄今亦有多種版本流通，風行久遠，影響亦大。

　　《精讀指導舉隅》選取六篇文章當例子，有敘述文一篇、短篇小說一篇、說明文一篇、議論文兩篇。《略讀指導舉隅》則收六部書作，包括經籍、名著節本、詩歌選本、專集、小說類。葉、朱分別解釋精讀略讀含意、閱讀應注意事項，以及詳細說解文白範文，尤其是《精讀指導舉隅》對白話範文的解說，頗費筆墨，有別於坊間國文教本註釋簡略或全不註明，打破新文學運動以來對白話文無可解析的偏見。

　　前述編寫者，以夏丏尊、朱自清、葉聖陶為重要，三人都當過中

118 有關《精讀指導舉隅》、《略讀指導舉隅》的編寫者，目前存在混淆的現象。臺灣商務印書館「新岫廬文庫」把《精讀指導舉隅》、《略讀指導舉隅》列為文庫之一（臺北市：臺灣商務書館，2009年，臺2版）。兩書篇章均照原書，但兩書版權頁卻均註明「朱自清」所寫，且內文各篇亦未標示各自的作者，總編輯方鵬程指出：「合作到甚麼程度，以朱自清擅長寫散文、葉聖陶常寫小說與童話來看，可能是由朱自清執筆撰寫、葉聖陶提供討論與意見吧？這段故事兩人均未明說。」（〈編者的話〉）另外，王雲五主編的「人人文庫」亦收進《精讀指導舉隅》、《略讀指導舉隅》（臺北市：臺灣商務書館，1969年，臺1版），同樣僅標示朱自清著，不見葉聖陶。筆者覆查葉聖陶及朱自清的日記，如葉的日記：「余與佩弦所編之《精讀指導舉隅》近已出版，今日得贈書十冊」（1941年2月26日，《葉聖陶集》，第19卷，頁347）、「余獨往商務印書館，取《精讀指導》第一期之版稅，居然有七百餘元，與佩弦分用之。」（1942年11月2日，《葉聖陶集》，第20卷，頁86），以及朱的日記：「上午聖陶來，……我們並一起定了《略讀指導舉隅》一書的目錄」（1941年2月6日，《朱自清全集》，第10卷，頁90）等，是知，兩書應由朱自清與葉聖陶合作編寫，至於分工情況，將另文研討，此不複贅。

學老師，對語文教育都有深刻的體悟。夏丏尊早年留日，五四階段曾在浙江第一師範教國文，後又受聘於白馬湖春暉中學擔任國文教師，一九二○年代翻譯過世界名著《愛的教育》在商務印書館的《東方雜誌》連載，頗受讀者歡迎。他與葉聖陶還以辦學的心態編輯《中學生》雜誌，「把讀者當做自己的學生來對待。在學校學生不過幾十幾百，而《中學生》的讀者卻是成千上萬」[119]，除編雜誌，夏丏尊與葉聖陶合編教科書如《開明國文講義》。至於朱自清，一九二○年適從北京大學哲學系畢業，時任哲學系主任即胡適，胡適提倡白話文運動，朱自清亦受啟發及影響，擅寫白話文、致力散文創作，早期也加入文學研究會，他和葉聖陶於一九二一年均在上海中國公學教授國文，兩人頗有交誼。此前，葉聖陶即任商務印書館附設尚公小學國文教師，葉聖陶參與組織文學研究會，而朱自清也是會員，兩人作品亦曾發表在商務印書館的《小說月報》，後來葉聖陶於一九二三年進入商務印書館編譯所服務，編輯國文教科書，一九三○年才離開商務印書館轉進開明書店編輯《中學生》雜誌及編寫多種國語文書刊。朱、葉先後與商務印書館、開明書店結緣，同備教授中學國文的經歷，抗戰期間兩人撤退到大後方，葉聖陶任職四川省教育廳，朱自清則在昆明西南聯合大學中文系教書，且均身兼《文史教學》編輯委員。

（二）開明書店專著舉隅

《文章作法》原是夏丏尊於長沙第一師範及白馬湖春暉中學的講義，後來劉薰宇在原講義的基礎上，融入個人的教學經驗後改編而成。該書依據各種文體的特性，介紹語文知識以及寫作方法。《國文百八課》主要供應初中國文科教學與自修使用，夏丏尊及葉聖陶不滿

---

119 王久安：《我與開明，我與中青》（北京市：中國青年出版社，2012年），頁64。

意當時國文教材教法，多數未能顧及各年級選文的內在聯繫與合理的循序漸進原則，遂按初中三年六學期之一百零八週的時程（每學期十八週，一年即三十六週，三年即一百零八週），按週次設計教材，並取名為《國文百八課》。這套書原規劃出六冊，但因抗戰而中斷，最後僅出四冊，其體例特色是每課都有「文話」、「選文」、「文法修辭常識」、「習問」，兼顧了閱讀及寫作、練習及問題思考訓練，尤其文話部分設計了七十二個主題，論述閱讀、寫作之道[120]。《文章講話》共十章，由夏丏尊及葉聖陶合寫，其中七章原刊於《中學生》一九三五年至一九三七年的「文章偶談」專欄（其中〈開頭與結尾〉是葉聖陶執筆[121]，餘皆夏丏尊所為），另三章則是夏丏尊後來新寫的。這本書主要是以名家名篇為範例，說明寫作及閱讀的諸多問題，包括：句讀和段落、開頭和結尾、句子的安排、文章的省略、文章中的對話、文氣的使用等等。

　　《國文教學》分編為上、下兩輯及附錄，主要針對中學國文教學，大學國文則兼及若干。上輯收葉聖陶之文，計八篇（〈對於國文教學的兩個基本觀念〉、〈論國文精讀指導不只是逐句講解〉、〈論寫作教學〉、〈談語文教本〉、〈論中學國文課程的改訂〉、〈認識國文教學〉、〈中學國文教師〉、〈關於大學一年級國文〉）；下輯為朱自清之文，亦收八篇（〈部頒大學中「國文學系科目表商榷」〉、〈論大學國文選目〉、〈中學生的國文程度〉、〈再論中學生的國文程度〉、〈論教本與寫作〉、〈論朗讀〉、〈剪裁一例〉、〈寫作雜談〉）；附錄則是一篇浦江清所寫的〈論中學國文〉。該書序由朱、葉共筆，序文特別說明兩人重視「教學的技術」，並認為青年學生們應該要具備兩種能力：「寫得

---

120 詳夏丏尊、葉聖陶合編：《國文百八課》（北京市：生活‧讀書‧新知三聯書店，2008年）。

121 葉聖陶這篇文章，原載《中學生》第58號（1935年10月）。

通」、「讀得懂」。寫、讀之間，他們從課程及實際教學角度分析，原本應該是兩者並重，但現實面卻是「講讀的時數既多，而向來教師也沒有給予作文課足夠的注意，便見得讀重了。其實重讀也只是個幻象，一般的講讀只是逐句講解，甚至於說些不相干的話敷衍過去」，朱、葉也指出學生們畏懼讀文言，這方面可透過白話注釋或題解或導讀補強，且學生還是要有相當的咬文嚼字訓練才能閱讀文本大意。此外，朱、葉對課程標準規定初中採混合教學的模式不以為然，而是贊成白話與文言分別教學，就教本選文來說，所選的文言「花樣太雜」，學生「不易摸著門路」；就教學方法，混合教學也易使學生「徬徨」——「弄不清文言和白話的分別」[122]。這本書根據兩人多年的教學經驗寫成，是很實際的指導書籍。

《文心》亦由夏丏尊及葉聖陶執筆，採小說故事體裁敘述學習國文的智識和技能，內容虛構了一位國文教師王先生，在王老師與學生們的教學互動中，很自然地融入了國語文的相關知識和方法，故事裡的王老師教學認真、態度和藹，與學生親切互動，讀者王旬對這種故事體，高度讚賞而視之為「創舉」，他說：「這本書，沒有一些教訓的態度，沒有板著面孔說理的地方，他把青年日常可以遇到的事情，都具體的記述出來，使得你感到親切有味；又因為他把應當所學的智識，都於不知不覺之間，一一的告訴了你，當你讀的時候，只是有味，快意的讀，等到讀了之後，不知不覺的，你得到他想要告訴你的一切了。」[123]夏丏尊、葉聖陶利用故事把語文的讀法及作法打成一片，有別其他教條瑣碎或籠統空泛的指引，他們設計了三十二個中學生應具有的國文常識題目，例如：領略文章境界、區別文言與白話、

---

122 以上所引，朱自清、葉紹鈞（葉聖陶）：〈序〉，《國文教學》（未繫出版地：開明書店，再版），頁1-5。

123 王旬：〈介紹「文心」〉，《眾志月刊》第1卷第6期（1934年9月），頁54。

認識字的性質、閱讀課外書籍、文章的組織、文章的修改、讀書筆記作法、鑑賞的態度、讀文章的聲調、讀古書的態度等等。由於寫得生動又實用，一位來自杭州民教實校的讀者方時傑形容《文心》正像「牛奶那樣的既富營養又多興味」[124]。

（三）重要教學專著評析

以下舉《略讀指導舉隅》、《文心》為例，說明這類語文參考書對提升國語文程度的益處，以及一九三○、一九四○年代如何持續建設與深化新文化運動以來的國語文教育。

關於《略讀指導舉隅》，朱自清在書前附了一篇〈例言〉說明使用的對象以及內容特色，該書專供中學國文教師參考，書內舉了七部書作，包括：適合高中生閱讀之《孟子》、《史記菁華錄》、《唐詩三百首》、《胡適文存》以及初中生閱讀之《蔡孑民先生言行錄》、《吶喊》、《愛的教育》，這些書的選錄依據，除源於兩人的語文專業判斷，部分也是回應了教育部訂定的課程標準，以《史記》為例，中學以上的國文教材常常列為選文，然卷帙浩繁，欲飽覽通讀，學生恐力有未逮，且若侷限為歷史而讀，亦非中學生所能勝任，但若著重其中之敘人敘事的文學性，則對中學生未嘗不宜。

為便閱讀，朱、葉遂推薦了清朝姚祖恩所編的選本《史記菁華錄》，姚於《史記》篇章與相關人物事蹟亦附加評點，葉聖陶指出：

> 中學生讀《史記》，目的並不在也能寫出像《史記》一般的古
> 文，而在藉此訓練欣賞文學的能力和寫作記敘文的技術；換句
> 話說，藉此養成眼力和手法，以便運用到閱讀和寫作方面上去，

---

124 方時傑：〈牛奶一般的書——文心〉，《中學生》第57號（1935年9月）。

　　　　得到切實的受用。……教育部頒布的「中學國文課程標準」，
　　　　在「實施方法概要」項的「教材標準」目下，初中的略讀部分
　　　　列著「有詮釋之名著節本」一條，高中的略讀部分列著「選讀
　　　　整部或選本之名著」一語，就是這個意思。現在提出的《史記
　　　　菁華錄》，就是一種「名著節本」或「選本之名著」。[125]

朱、葉二君把《史記》視為文學名著，直言節本裨於「訓練欣賞文學
的能力和寫作記敘文的技術」，並可以培養「眼力和手法」，進而運用
在「閱讀和寫作」。葉聖陶基於國文教學立場而發，所謂指導如何精
讀及略讀，這僅是訓練學生有效閱讀及培養書寫技能的手段，從精讀
而略讀，葉聖陶以孩童學走路比喻，初由大人扶肩牽手或在旁邊護
著，防其跌跤，待孩子步履純熟而能自由行走時，大人便無須再亦步
亦趨了。所以精讀時教師給予「纖屑不遺」的指導；略讀時，給予
「提綱挈領」的指導，以養成學生的習慣，待習慣養成未來即可自由
閱讀了[126]。

　　葉聖陶與朱自清對於中學生閱讀課內、課外讀物，已指出具體的
學習步驟，教材選取也顧及多面向，並強調文字及思想上的「應用」
價值，《史記》可提升敘述文的寫作力，而《蔡孑民先生言行錄》的
說明及議論技巧亦可借鏡。蔡書原印行於一九二〇年，列為新潮社編
輯之「新潮叢書」第四種，蔡元培早年即看重應用文，葉、朱將蔡文
為學習範本，此無疑也是實踐蔡元培的理念，朱自清對該書所呈現的
蔡元培言論，分門別類，指出：

---

125 葉聖陶：〈《史記菁華錄》指導大概〉，《葉聖陶集》，第14卷，頁278-279。
126 以上，可參見葉聖陶：〈《略讀指導舉隅》前言〉，《葉聖陶集》，第14卷，頁161-
　　162。

第一類共十八篇，論世界觀與人生觀，哲學與科學，勞工神
聖，國文的趨勢等等。第二類共十六篇，論教育方針，新教育
與舊教育，美育，平民教育，「五四」運動等等。第三類共十
八篇，說明辦北京大學的宗旨和對於學生的希望，還有提倡學
生課外活動──音樂，畫法，新聞學等──的文字。關係重大
的〈致公言報並答林琴南君函〉便在這一類裏。第四類共十一
篇，所論以中法文化的溝通為主。第五類共十一篇，雜論修
養，學術教育。第六類共十篇，雜論學術，時事，教育，其中
有四篇是民國紀元年舊作。[127]

《略讀指導舉隅》收六類，含文言文、白話文，共計八十四篇。這些
篇章，朱自清特別點出蔡元培在五四運動的言行，並直言蔡元培在北
京大學的諸多建樹，「值得後人景仰」，因此，第三類關於當時北大的
文字應有閱讀的「興味」，且興味不低於其他幾類[128]。顯然《略讀指
導舉隅》除著眼蔡元培的文字，亦不偏廢其思想的影響力。其實，無
論精讀或略讀的取材，朱、葉都不忽略五四時期的領導者蔡元培、胡
適，他們亦把胡適新文化運動風潮中的代表作〈談新詩〉、《胡適文
選》均列為中學生該讀的書目。此外，葉聖陶在《文章講話》裡也引
用胡適作品當為解說樣本，如談到寫議論文該怎樣提出主張時，葉聖
陶歸納了兩種開頭的方式：一、所論題目廣為周知，文章開頭即可將
自己的主張提出；二、所論題目非大眾所熟悉，應先述說清楚，讓讀
者有考量的範圍而不至於茫然無所知，然後再端出個人的主張。葉聖
陶便將胡適〈不巧〉列為第二種開頭的範例，說道：

---

127 朱自清：〈《蔡子民先生言行錄》指導大概〉，《朱自清全集》，第2卷，頁242。
128 朱自清：〈《蔡子民先生言行錄》指導大概〉，《朱自清全集》，第2卷，頁242-243。

「不朽」含有怎樣的意義，一般人未必十分瞭然，所以那篇文章的開頭說：

不朽有種種說法，但是總括看來，只有兩種說法是真有區別的。一種是把「不朽」解作靈魂不滅的意思。一種就是《春秋左傳》上說的「三不朽」。

這就是指明從來對於不朽的認識。以下分頭揭出這兩種不朽論的缺點，認為對於一般的人生行為上沒有甚麼重大的影響。到這裏，讀者一定盼望知道不朽論應該怎樣才算得完善。於是作者提出他的主張所謂「社會的不朽論」來。在列舉了一些例證，又和以前的不朽論比較了一番之後，他用下面的一段文字作結尾：

我這個現在的「小我」，對於那永遠不朽的「大我」的無窮過去，須負重大的責任；對於那永遠不朽的「大我」的無窮未來，也須負重大的責任。我須要時時想著，我應該如何努力利用現在的「小我」，方才可以不辜負了那「大我」的無窮過去，方才可以不遺害那「大我」的無窮未來。

這是作者的「社會不朽論」的扼要說明，放在末了，有引人注意、促人深省的效果。所以，就構造說，這實在是一篇完整的議論文。[129]

朱自清及葉聖陶重視蔡元培、胡適之作，其實是延續了五四新文化運動的精神，朱、葉雖主要以語文工具視域看待蔡、胡作品，但取材的本身也將作品所呈現的新舊觀念（社會不朽論，大我、小我）一併帶給讀者了。

---

129 葉聖陶：〈開頭和結尾〉，收於夏丏尊、葉聖陶合著：《文章講話》（長沙市：岳麓書社，2013年），頁14-15。

　　至於《文心》，原連載於《中學生》，一九三三年六月由開明書店結集成單行本，陳望道與朱自清為這本寫了序文，因深入淺出，備受讀者歡迎。筆者收藏三冊不同年份發行的《文心》：一是上海開明書店一九四九年發行的第二十二版、一是開明書店一九六七年臺二版、一是臺灣開明書店一九八一年的重印七版。從一九三三年的初版到一九四九、一九六七、一九八一年的多次再版印刷，發行地橫跨上海及臺灣，這些都顯示它的長銷與暢銷，在中國近現代語文教育史上，《文心》絕不能被輕忽、其占相當重要的位置。

　　這本書面向中學的師生，除給中學生自修學習外，也提供國文教師閱讀參考，學習怎樣當一個稱職盡責的教師，因是故事體裁，故非死板或瑣碎，更非空泛籠統，誠如陳望道的評語：「這裏羅列的都是極新鮮的極衛生的喫食。青年諸君可以放心享用，不至於會發生食古不化等病痛。假使有一向胃口不好的也可借此開胃。」[130]《文心》內容豐富，下列舉其談誦讀教學、讀古書態度為例，以明其可觀之處。

　　關於誦讀教學，朱自清曾提到外界討論中學生的國文程度，多從寫作方面著眼、僅強調寫作技能，相對忽視了誦讀教學的重要，因此他對《文心》所提示的讀法及誦讀符號，特別認同。《文心》裡的王老師在教授學生之前，先在教本文字旁以紅字標示符號，而這些符號和普通的標點符號不同，有：「△」、「▽」、「‧」、「〉」、「〈」、「〈 〉」、「—」、「──」、「﹏﹏」。每種符號的代表意思，分別是：

　　　　△是表示全句須由低而高的，▽是表示全句須由高而低的，‧
　　　　是表示句中某一字或幾字須重讀的，這都是高低方面的符號。〉是表示句的上半部讀音須強的，〈是表示句的下半部讀

---

130 陳望道：〈序〉，收於夏丏尊、葉聖陶著：《文心》（上海市：開明書店，1949年，第22版），頁1。

音須強的，〈 〉是表示句的中央部分讀音須強的。這是強弱方面的符號。—表示須急，——表示須緩。這是緩急方面的符號。聲音的差異，不外高低、強弱、緩急三種。此三種符號以外還有一個﹏﹏，是表示讀到這裏須搖曳的。[131]

夏丏尊與葉聖陶執筆下的王老師，對於誦讀教學非常用心，他不但備課積極，還努力想為學生提升「讀」的能力，他對學生說：

> 讀，原是很重要的，從前的人讀書，大都不習文法，不重解釋，只知在讀上用死功夫。他們朝夕誦讀，讀到後來，文字也自然通順了，文義也自然曉解了。一個人的通與不通，往往不必去看他所作的文字，只須聽他讀文字的腔調，就可知道。近來學生們大家雖說在學校裏「讀書」或「念書」，其實讀和念的時候很少，一般學生只做到一個「看」字而已。我以為別的功課且不管。如國文、英文等科是語言學科，不該只用眼與心，須於眼與心以外，加用口及耳才好。讀，就是心、眼、口、耳並用的一種學習方法。[132]

王老師親自示範說明，與學生直接互動。以指導「·」符號為例，他在紙上作了一小「·」號，告訴學生這是某字須重讀的符號，然後再寫出三句同樣的文句，上頭分別加註「·」如下：

張君昨天曾來過嗎？

---

131 夏丏尊、葉聖陶著：《文心》，頁107-108。
132 夏丏尊、葉聖陶著：《文心》，頁107。

張君**昨天**曾來過嗎？

張君昨天**曾來過**嗎？

接著詢問學生：「這句疑問句，可有三種讀法，你們看，如果叫人回答，是否相同的？」學生答以：「不同。第一句可以回答說『張君的用（按：佣）人曾來過』，第二句可以回答說『張君前天曾來過』，第三句可以回答說『不曾來過』。因為三句的著眼點不同了。」[133]先讓學生經由實踐體會不同「讀」法，再由教師作結「文句之中，有特別主眼，或是前後的詞彼此相關聯照應的時候，通常都該重讀。」[134]這樣做中學的方式，增進了解誦讀的重要性。此處所援，僅是諸多誦讀教學示例之一隅，《文心》還有不少篇幅著墨在讀白話文及文言詩歌時，該怎樣控制升降調、聲音緩急的問題，學生依提示的符號試讀，「臉上都現出理解的喜悅」[135]。

至於怎樣看待讀古書，《文心》首先正視社會既存的兩派意見：其一、維持國學招牌，以正人心、隆世道；其二、拋棄古書，走進實驗室，注重科學。其次，指兩派皆一偏之見，說道：「既然有人把國學看作珍貴的寶貝，自然來了反響，另外有人把牠（按：它，下同）看作腐敗的『骸骨』。實則雙方都是一偏之見。」如何破除偏見，《文心》提示如下意見：「對待思想、學術不能憑主觀的愛憎的，最重要在能用批判的方法，還牠個本來面目。說得明白點，就是要考究出思想、學術和時代、社會的關聯；牠因何發生，又因何衰落。這樣得來的才是真實的知識，對於我們的思想、行為最有用處。在這樣的研究態度之下，古書就和現代的論文、專著同樣是有用的材料，而並不是

---

133 以上所引，見夏丏尊、葉聖陶著：《文心》，頁123-124。

134 夏丏尊、葉聖陶著：《文心》，頁124。

135 夏丏尊、葉聖陶著：《文心》，頁127。

甚麼『骸骨』。」[136]這裡強調不能為反對而反對，應要仔細研究材料的本身，而非拘泥是新是古，至於怎麼應用及研究材料，得看閱讀者的背景而區分，有些是學者的研究範圍，有些則是大學生可負荷的，而多數中學生《文心》認為是不必負擔研究之責的。《文心》問世的十一年前，一九二二年教育部頒布新學制課程標準辦法，當時胡適對新學制的內容規劃還有疑慮，他說：

> 學制系統的改革究竟還是紙上的改革；他（按：它）的用處至多不過是一種制度上的解放。我們現在需要的是進一步研究這個學制的內容。內容的研究並不是規定詳細的課程表，乃是規定每種學校的最低限度的標準。這件事決不是教育部的幾個參事司長能辦到的。我很盼望國內的教育家應該早日作細密的研究，把研究的結果發表出來，引起公開的討論。……我以為新學制的大部分（中學一段尤其如此）應該從試驗學校辦起。舊制之下的學校暫時不去改動；舊制學校非確有最高成效為專家公認的，不得改為新制。等到試驗學校的成效已證明了，然後設法推行這個新制。[137]

胡適當年對學制改革不放心，希望各界多多研討，且認為應該要有試驗階段而非一紙命令就塵埃落定；葉聖陶等人則在新學制課程標準施行文白混合教學多年後，反省了混合式不利於國文教學缺點，一九三〇年代先以《文心》輔助中學的國文教學，在書中清楚傳達了對文白的看法，分析了讀古書之目的以及客觀區分文言閱讀的層次，後又於

136　以上所引，見夏丏尊、葉聖陶著：《文心》，頁127。
137　胡適：〈對於新學制的感想〉，《新教育》第4卷第2期（1922年11月），頁191。按：《新教育》此期係「學制研究號」。

一九四〇年代編纂專選白話《開明新編國文讀本（甲種）》、《開明新編高級國文讀本》及專選文言《開明新編國文讀本（乙種）》、《開明文言讀本》的課本，改進教學。胡適發言之際仍是現代語文教育初期改革的階段，諸多體制的試驗色彩較濃；而葉聖陶等人則深入了教學的核心問題，所提示的革新作法更具體可行，較少陷入制度面的糾纏了。

五　結論

　　新文化運動後的國語文該怎樣建設？從晚清的混沌初開到民國的紛陳意見，舉凡教材、教法、學制、考試方法等，都成了有待深究的基本問題。從早期討論未臻成熟、屬於破壞式試驗，到後來針對國語文問題本身而談、撰文動機多基於純粹改進教學之設想，而參與討論及建設的人，學者、教師，或學者與教師兩種身分兼而有之，甚至是學生，他們反覆討論從各級學校之教與學諸問題。

　　阮真有多篇文章發表於一九二〇至一九四〇年代的報刊雜誌，非常重視學生的國文程度。阮真當年期盼：「教育行政官廳，要重視實際教者的意見，勿過於迷信名人專家的意見。」[138]他提出的意見看法及示範，對國文教學目標以及如何提高程度指引了一條明路。當時，與阮真一樣深懷使命感的國文教師不少[139]，可是他們的聲音往往被胡

---

138 阮真：〈對於中學師範國文課程標準之意見〉，《中華教育界》第23卷第3期（1935年9月），頁36。

139 例如擔任國文教師逾四十年的尢墨君，常在報刊撰寫語文教育的文章，一九三四年魯迅曾肯定尢墨君對建設大眾語的發言「那意見是極該看重的」，而吳稚暉也愛讀尢墨君的〈從中學生寫作談到大眾語〉。關於尢墨君國文教學事蹟，詳劉怡伶：〈以例示法：尢墨君對中學生作文的具體指引〉，《現代國語文教育的探索與建構》（臺北市：萬卷樓圖書公司，2014年），頁1-55。

適、魯迅、陳獨秀、夏丏尊、葉聖陶、朱自清、黎錦熙等名家所掩蓋；另一方面，學生的心聲幸有交流的園地如《中學生》讓不少默默無聞或非主流的心聲可以表達。一九三四年間，各界大規模討論文白議題，論戰的導火線是因為汪懋祖把學生國文低落的原因歸咎於學校多教白話，他主張學生應該要多讀經才能提升國文程度。一位署名吳大琨的讀者，談及身為中學生時的切身學習經驗，得出的結論恰與汪懋祖相左，認為國文程度低落的緣故正是「因為學校中多教了『文言文』的緣故」。雖然這僅是當中的一種聲音，卻也是部分教師與學生的真實想法，吳大琨指出當時上國文課普遍共通的現象是：打瞌睡、看閒書。他認為學生對國文興趣缺缺，甚至厭惡，不在於多讀文言文或多讀經書。他從現代青年所需要的知識以及學習國文的實用目去分析，主張：「在中學校中完全廢除文言文」、「澈底改革如今中學校中的國文教授法」。吳大琨說明要廢除與革新的理由，是因為中學生所處的時代與以往不同，他表示：

> 我們的頭腦比較熱烈，我們的血液比較沸騰，我們需要知道一切，我們尤其需要知道現社會的一切；因為只有現社會才是和我們發生直接關係。然而不知怎樣，我們的國文教師卻總是希望我們青年「古」起來，常要使我們讀古色古香的「載道」文章。這結果使得學生對於國文一課完全不發生興趣。

因教材的「道」不合學生脾胃，只好自尋「精神食糧」，又因國文老師們著重「道」，也就輕忽了「文」。吳大琨對汪懋祖提出中學生要讀完所謂的經典（初中讀畢《孟子》，而高中讀畢《論語》、《左傳》、《荀子》、《莊子》等選文），不以為然。吳大琨直言這些講歷史、政治、哲學之作，在大學才去研讀，而中學國文主要目的在於能夠應用

「活的工具」，他不客氣的說：

> 哲學，政治，歷史，這些都是專門學問。譬如教《莊子》的
> 〈天下篇〉，倘若對於中國古代的名學，哲學，沒有一些研究，
> 就只照了字義講講，試問到了「卵有毛，雞三足」等地方還有
> 那個學生會懂？可憐，我們大部分的青年，原是很歡喜用我們
> 的思想或者練習發表我們的文字的。但是如今學校中的國文
> 課，非但並不給我們一種適當的開導，反而充分地給我們以摧
> 殘。他們強迫著我們用孔孟時代的思維方式去思維，強迫我們
> 用孔孟時代的說話去說話。

吳大琨統計了各大學歷屆入學試題的種類，認為比較合理的國文題目
僅占百分之十三，他指出：「一個學生如果叫他做（按：作）『秋天的
景象』，他原是可以做得很通順的，但現在卻叫他作『秋聲賦』，這怎
麼會行呢？」學生的作文不通，他認為出在：一、思想不通；二、所
作的文字不通（既不像文言，又不像白話）。誰造成的？他說：「都是
學校中的『文言文』以及現在的一班不良的國文教師害了我們的！」
[140]吳大琨認定國文不通的原因乃不當的教材與教法，甚至認為大學的
入學考題也該檢討。正因課堂教材及教法無法吸引學生的目光，適應
現代公民需要的課外教材每每就成了精神糧食。這或可解釋為何開明
書店所出版的一系列國語文講義、活頁文選受到讀者的歡迎，也可佐
證校園內的語文教育確有檢討的餘地。這個時期的論述已不囿於以教
師為主軸的思考，學生的意見不容易為社會所重視，因此，本研究強
調若少了課室主體的參與，國語文教育的專業建構很容易失之片面。

---

140 以上所引，均見吳大琨：〈誰使得我們國文程度低落的──中小學文言文運動中一
　　個學生的抗議〉，《中學生》第49號（1934年11月）。

　　檢視現有的文獻資料，國文的兩大基本內涵是「閱讀」與「寫作」，此乃多數人主張的共同交集，但閱讀甚麼？怎樣寫作？歷來提供的意見不在少數，開明派文人夏丏尊與葉聖陶的觀點固然可視為重要的代表，而諸多第一線的教師如朱世德、阮真以及學生吳大琨聲音亦具建設性，晚清以來教育體制的方方面面在斟酌損益之後，議題與難題多在一九二○至一九四○年代成形及對話，不過，以目前的研究成績言，多數青睞知名的、影響大的專家學者，但國語文教育其實最根本的還是落實在各個學校、各個問題，不能只看臺面上幾位名家的理念，忽略了教學現場者所發現的問題、思考及對話論述，否則對於歷史是不能相應的理解。過去看待該時期的國語文教育，偏於名家身影，此不免流於粗疏或粗淺，故本研究認為來自教學第一線的聲音，其實對語文的建設更直接、可彌補既有的失之一隅之缺憾。

　　一九四九年臺灣與大陸分治之後的語文環境，因政治的緣故，大陸因文革、破四舊，各方面都受到影響，語文教育則遠離了專業設想；而臺灣從戒嚴時期至今，也每每因政治枝節而在不同程度上干擾了討論與思考。反觀一九三○、一九四○年代的語文教育環境相對單純，這時期的研討及其作法，對後來海峽兩岸語文教育的發展影響很大，臺灣更直接繼承此一發展，從一九四六年北京大學那場由魏建功出題的誦讀討論會已可印證，多人從不同面向嘗試解題，觀點或同或異，而許多問題表面上是新問題，骨子裡仍是老問題，他們的種種討論雖未必是最後的定論，而如魏建功的閉幕詞：「這兒雖然還未能得到一個具體的結論，但是諸位先生卻供給了我們無數寶貴的意見和啟示。」亦即多數已觸及了議題背後的原因，更值得注意的是，朱自清當時在會場表示：「胡適之先生當年作『建設的文學革命論』，提出『國語的文學，文學的國語』兩大目標；國語的文學經過三十年來有意的推進，已相當成功，但是文學的國語似乎還缺少自覺的有意的推

進。」[141]朱自清的發言時間是在一九四六年，而十六年前的一九三〇年周予同總結五四運動的成績時，也下過一個斷語：「配得稱成功的只有國語文學。」[142]至於文學的國語，若欲達到統一語言、言文一致（能用國語說話及寫作）的終極目標，國語文教育的種種專業設想不能有閉門造車，魏建功舉辦那場會議就是為促進臺灣的國語文教育的發展，因為「臺灣的教師多由內地聘請而往，對於誦讀方法還沒有什麼經驗」[143]，而取經的對象，皆是長期與語文教育有關的專家學者，該會議的記錄者吳曉鈴還協助籌辦赴臺灣教國語的教師甄選作業[144]。

一九四六年臺灣推行國語擬成立省縣市國語推行機構，需要召募推行人員，魏建功不但邀集專家學者在北京大學參與誦讀教學座談會，還在北平招考兩批人員共二十九人，魏建功主持臺灣國語推行委員會之後，為臺灣定下了推行方針──「臺灣省國語運動綱領」[145]，

---

141 以上本文所引朱自清、顧隨、游國恩、馮至、潘家洵、鄭天挺、孫楷第、徐炳昶、朱光潛等看法，均見陳士林、周定一合記：〈中國語文誦讀方法座談會記錄〉之附記，《國文月刊》第53期（1947年3月），頁1-7。

142 周予同：〈過去了的「五四」〉，《中學生》第5號（1930年5月）。

143 〈中國語文誦讀方法座談會記錄〉之附記，《國文月刊》第53期（1947年3月），頁5。

144 吳曉鈴云：「這本來是應該由我記錄的，但因為忙於辦理為臺灣甄選教員的事，不能參與座談會的全部，於是請了在北京大學中國語文學系任教的周定一、陳士林兩位先生代為記錄，在這兒要由衷地謝謝他們。同時，更希望藉著這份記錄的發表，能夠引起國內研治教育及中國語文的朋友們的討論和論見。這不獨是我們在臺灣致力進行國語工作的所渴望的，同時也正是有其全國性的重要的。」見〈中國語文誦讀方法座談會記錄〉之附記，《國文月刊》第53期（1947年3月），頁7。

145 該綱領發表在《新生報·國語副刊》（1946年5月21日），轉見世界華語文教育會編：《國語運動百年史略》（臺北市：國語日報出版社，2012年），頁243-244。該綱領有六條，是臺灣推動國語教育之依據。此六條為：「1.實行臺灣語復原，從方音比較學習國語。2.注重國字讀音，由『孔子白』引渡到『國音』。3.刷清日語句法，以國音直接讀文達成文章還原。4.研究詞類對照，充實語文內容建設新生國語。5.利用注音符號，溝通各族意志融貫中華文化。6.鼓勵學習心理，增進教學效能。」

而其學生俞敏、方師鐸也離開家鄉跨海來臺推動[146]。黎錦熙及其弟子對臺灣推行國語亦貢獻至大，黎錦熙自一九一五年受聘為教育部教科書特約編審員起，即熱心研究及推動國語，籌組「國語研究會」、「國語推行委員會」等，爾後臺灣師範大學開辦的國語專修科也仿黎錦熙一九四四年在西北師範學院等校倡辦之國語專修科；而由黎錦熙設計、中華書局鑄造的注音漢字銅模也於一九四八年搬遷到臺北，成為印製注音版《國語日報》之利器，該報的重要成員如何容、王壽康、梁容若等亦是其得意門生。黎錦熙多名弟子從大陸各省向臺灣集中，梁容若回憶其自一九二三年即於北平師大跟從黎老師「讀國語文法，以後做事讀書，多承先生指導。」、一九四八年「能拋棄北平一切牽掣，決定到臺灣辦《國語日報》，主要由於黎師的鼓勵。」[147]另一弟子王壽康更有宗教家的情懷，延續黎錦熙統一國語的志業，王壽康自言信奉「國語教」[148]，這位國語教牧師為達成「統一國語」、「言文一致」的目標，積極撰文立說、親自示範教學、環島考察語文教育等[149]；何容所寫的《簡明國語文法》即「根據黎錦熙先生的《新著國語

---

146 「北京師範大學中文系教授俞敏（1916-1995，生於天津）是魏建功的學生，聞魏建功到臺灣推行國語，也在民國三十五年夏到達臺北，擔任臺灣省國語推行委員會方言調查研究組組長，後兼任編輯審查組組長。」見《國語運動百年史略》，頁239。至於方師鐸，擔任臺灣省國語推行委員會常務委員。

147 梁容若：〈黎錦熙先生與國語運動〉，《文史精華》總第71期（1996年4月），頁46、48。

148 見中國語文學會：〈「國語發音圖說」初版前記〉，《中國語文月刊》第7卷第6期（1960年12月），頁59。按：該文描述王壽康「曾對朋友說過，他因為工作忙，常在晚間騎自行車出外上課，有時遇到傳教的教徒攔路，他的回答是『對不起！我信的是國語教。』這不是笑話，而是事實。」

149 例如：《中國語文月刊》創刊號撰寫〈關於朗讀〉，提到六點應注意事項：注意讀音、辨別輕重、別念錯字、分明句讀、掌握快慢、配合情感。王壽康、何容及趙友培甚至從一九五七年十二月十七日至一九五九年一月二十日以一年多的時間環島考察中小學國語文教育，提倡寫白話文及推行說國語。關於王壽康在臺灣致力

文法》編成的一本更簡明的書」[150]，何容的文法系統承繼了黎錦熙以圖解法分析語句的特色；而黎錦熙在北平國語大辭典編纂處主編的辭典，在臺灣也不斷再版。

　　創刊於一九五二年的《中國語文月刊》及其副刊《青年活頁文選》，以及創辦於一九四八年的《國語日報》（北平《國語小報》前身）及其副刊《古今文選》，長期以來是臺灣中小學師生的重要讀物，尤其《青年活頁文選》、《古今文選》實可視為《開明活葉文選》在臺灣的延續，《古今文選》即由梁容若、方師鐸、齊鐵恨、何容執編；而《青年活頁文選》則是有「臺灣夏丏尊」之稱的趙友培主編[151]。光復前後的臺灣中小學校，還有一段時間是沿用上海商務印書館、開明書店、正中書局等教科書[152]。前述諸事諸人皆於臺灣國語推行的工作

國語文教育的作為，詳見劉怡伶：〈環島紮根：從《國語文輔導記》考察一九五〇年代臺灣中小學語文教育〉，《現代國語文教育的探索與建構》，頁211-260。

150 何容：〈自序〉，《簡明國語文法》（臺北市：正中書局，1996年），頁1。

151 王鼎鈞稱趙友培為「臺灣夏丏尊」，王鼎鈞認為趙友培所致力的語文教育事業可媲美夏丏尊，他說夏丏尊以循循善誘之姿長期從事青年文藝工作，這樣的使命感使他想起夏丏尊。王鼎鈞直言：「我感念夏老，沒見過夏老，我覺得趙公很像夏老，他指導文藝寫作更精到完整。」見王鼎鈞《文學江湖：王鼎鈞回憶錄四部曲之四》（臺北市：爾雅出版社公司，2010年，第4印），頁100。按：王鼎鈞也受趙友培倡導的「創作六要」（觀察、想像、體驗、選擇、組合、表現）影響而為中學生寫了《文路》、《講理》，而為使讀者更親近他的文字，王鼎鈞仿照夏丏尊翻譯的《愛的教育》模式「觀察他們的生活，體會他們的想法，從中發現素材」（見前揭書，頁285），以講解記敘文、抒情文的寫法，又模仿夏丏尊及葉聖陶故事體的《文心》而寫成偏重議論文作法的《講理》，王鼎鈞不諱言：「我在《自由青年》開了一個專欄叫做『講理』，體例仿照夏丏尊的《文心》，專講議論文的寫法，這是我和夏老最貼近的一次。」（見前揭書，頁290）

152 如國文老師蘇寶藏即以《開明國文講義》所揭示的「文法與修辭」為教材，而另一位劉兆田老師指出光復初期「一般學生學國文，是自『人，手，刀，尺』學起的」，而高中使用開明書店的課本「在內地學生用來，原是很好，而在本省，還是稍微深了些。」以上見劉莘田：〈對於國文教材的一些意見〉、蘇寶藏：〈文法也有技巧〉，均載《南一中校刊》第3期（1948年5月），頁3-4。又如《大公報》特派員

上，發揮了很大的功能。黎錦熙視為比辛亥革命還要艱鉅的國語運動，經過半個世紀的光景，得以在臺灣實現統一語言及言文一致。

　　長久以來對新文化運動後的討論，多數集中於義理、文學層次的爭辯，而國語文及其教學研究的相對少了許多，本研究除突顯從語文切入的重要性，也鑑於近年臺灣主體意識出現，文教界屢屢發出包括教材、教法在內的改革之聲，儘管瞭解過去不必然能解決現在的問題，可是若在既有的經驗與成果上，參考一些具體的意見，再討論國語文、教學、教材、文言與白話配置等問題，瞭解如何選文、哪種教學法有效、怎樣培養基本功，則對現今國語文教育持續發展與建設或有參考價值。

高集於一九四六年隨記者團來臺灣考察，曾走訪彰化一所女子中學，遇到從上海到彰化教書的女老師，據該師說：「師資缺乏……。教科書，都是正中書局以國定本在臺重印的。」見高集：〈臺灣的教育──臺灣參觀紀行之四〉，收於洪卜仁主編：《臺灣光復前後（1943-1946）》（廈門市：廈門大學出版社，2010年），頁205。按：高文原載上海《大公報》（1946年11月7日）。

第二章
蔣伯潛與傳統辭章的現代轉化[*]

一　前言

　　蔣伯潛（1892-1956）（參圖一），名起龍，又名尹耕，浙江富陽縣人，幼承庭訓及家塾啟蒙，熟讀儒家經典，接受傳統人文薰陶；十三歲，值科舉取消之際，仍入經館轉益多師，續研經學、讀文史名著、試作文言與語體文；十六至二十歲於杭州府學堂（浙江省立第一中學堂前身），接觸新式教育；後負笈北京高等師範學校國文系，從語文專家錢玄同、馬敘倫等問學，並兼報刊編輯。北高師畢業後，在多所中學及師範學校執教，又抗戰時期在上海大夏大學、無錫國學專修學校服務，同時兼世界書局特約編審；國民軍北伐時期，與其師馬敘倫響應，主筆報刊社論，後灰心於蔣介石的統治，轉以教育為職志；其歷任嘉興浙江省立第二中學校長、杭州師範學校校長、浙江省圖書館研究部主任以及浙江文史館研究員。

　　他畢生鑽研經學、諸子學、文獻學、文學、文字學，並致力於國文教學，著作頗豐，問世於一九三〇至一九四〇年間者有《十三經概論》、《語譯廣解四書讀本》（參圖二）以及為開明書店所註釋的《活葉文選》；另與其嗣蔣祖怡（1913-1992）──合著「國文自學輔導叢書」及「國學彙纂叢書」；並編纂中學國文課本《蔣氏高中新國文》、《蔣氏初中新國文》以及《教育公牘》、《小學教師的語文知識》；又

* 本文係執行科技部人文社會科學研究中心計畫（MOST 105-2420-H-002-016-MY3-Y10601）之部分研究成果；曾載於《章法論叢》第11輯（2017年11月）。

圖一　蔣伯潛　　　圖二　《語譯廣解　　　圖三　《中學國文

（時任浙江省立第二　四書讀本》　　　　教學法》

中學校長[1]）　　　　（臺北市：粹芬閣，　　（上海市：中華書

　　　　　　　　　　1952年）　　　　　局，1941年[2]）

以二十餘年教學與研究經驗為基礎撰成《中學國文教學法》（參圖
三）。蔣氏於義理、考辨、註解、文獻整理、國文教學及寫作理論，
皆有可觀的著述與論述。目前學界對其印象偏於他在四書經義方面之
闡發，相對忽略耕耘更勤的國文教育。儘管學界對中學國文教育的研
究雖不少，但傾向通史式，材料也以教育家的回憶或非學術性質的雜
論居多，檢視現今研究情況，對蔣伯潛的探討，以往侷限國學、經學
表現，針對語文教育面向的研究，近期稍加進展，唯聚集中國大陸，
而臺灣方面迄今專門、完整的系統探討猶待開展。本文即關切蔣氏如

1　照片載於一九三〇年印行的《浙江省立第二中學一九級畢業紀念刊》。

2　感謝蔣紹愚教授提供。按：筆者曾赴北京諮訪蔣紹愚教授，此行諮詢重點為：請教
　蔣氏父子的生平事蹟、蒐集早期圖像及著述。蔣教授提供相關著作目錄表、全家福
　翻拍照，以及祖父蔣伯潛任職校長時的印章戳記、書法墨寶，並出示家中所藏《中
　學國文教學法》、《文體論纂要》及韓文版的《儒教經典和經學》。另外，針對蔣伯
　潛、蔣祖怡合寫的語文讀物，其書中人物之原型、地點場景的塑造，蔣教授解釋有
　部分是源自家人及切身的生活經歷。

何將傳統辭章轉化為現代文章的作法，並探究其觀念思想生成背景、具體操作模式、重要論述主張及其影響。歷來談辭章或辭章之學者眾，論涉範圍亦廣，若干名稱亦有相混或交互使用的情況，然諸多看法中，仍可找到交集，語文教育家張志公即謂：

> 古人說的「辭章」或者「詞章」，就是文章；「辭章之學」，就是文章之學。「文」「辭」「文辭」「文章」「辭章」，這些字眼，古人常常交互使用。在古人的筆下，這幾個字眼有時候有些區別，比如用「文」或者「文章」指寫成的作品，用「辭」「文辭」或者「辭章」指寫作的方法和技巧；也有時候沒有區別，既用它們指作品，也用它們指方法技巧。有一點是相同的：古人大都用這些字眼指作品的語言和語言的運用，也就是指作品的形式方面。[3]

又：

> 傳統的所謂辭章之學這個概念，從前人所談的有關辭章的各種具體問題來看，包括的範圍相當廣泛。可以說，凡是寫作（作詩和作文）中的語言運用問題，無論是關乎語法修辭的，關乎語音聲律的，還是關乎體裁風格的，都屬於辭章之學。就中談得最多，在寫作實踐中最注意的，是煉字煉句的工夫，再就是所謂文章的「體性」。[4]

3　張志公：〈談「辭章之學」〉，收於《讀寫門徑》（北京市：北京教育出版社，2014年），頁122。
4　張志公：〈談「辭章之學」〉，收於《讀寫門徑》，頁124。

語文學者陳滿銘也說：

> 辭章的主要內涵，都與形象思維、邏輯思維或綜合思維有著密
> 切的關係。其中有偏於字句範圍的，主要為詞彙、修辭、文
> （語）法與意象（個別）；有偏於章與篇的，主要為意象（整
> 體）與章法；有偏於篇的，主要為主旨、文體與風格。[5]

凡語法修辭、語音聲律、體裁風格，皆關乎辭章，而這些範疇，蔣伯
潛均涉及。然為免龐雜及囿於篇幅，本研究將以寫作為探析重點，尤
其是國文教學裡的基礎寫作，包括命題審題、字詞章句、謀篇布局以
及文體風格，鎖定蔣伯潛《中學國文教學法》，以及「國文自學輔導
叢書」及「國學彙纂叢書」所主筆的著述為考察文本，並兼及相關
篇什。

　　在研討之前，有必要先釐清蔣伯潛、蔣祖怡父子合纂「國文自學
輔導叢書」及「國學彙纂叢書」的分工情形。「國文自學輔導叢書」
初版的各冊書籍封面，原係父子聯名並列，蔣祖怡在編寫過程中的角
色，蔣伯潛說：「材料之蒐集，意匠之經營，文字之推敲，則兒子祖
怡臂助尤力。」[6]後來，蔣著在臺灣多次再版，臺灣的世界書局卻調
整作者名字，僅註「蔣伯潛」，略去蔣祖怡。筆者據蔣祖怡〈先嚴蔣
伯潛傳略〉初稿所載[7]，蔣伯潛主筆的有：《體裁與風格》（上、下兩

5　陳滿銘：〈緒論〉，《章法結構原理與教學》，收於中華章法學會主編：《辭章章法學
　　體系建構叢書》（臺北市：萬卷樓圖書公司，2014年），第4冊，頁12。
6　蔣伯潛：〈自序〉，《章與句》（上海市：世界書局，1940年，初版），下冊，頁3。
7　蔣祖怡：〈先嚴蔣伯潛傳略〉（初稿），收於蔣伯潛《校讎目錄學纂要》（北京市：北
　　京大學出版社，1990年）附錄，頁178。按：筆者早先僅見到〈先嚴蔣伯潛傳略〉
　　初稿，其在文末署「一九八七年於杭州大學中文系」。近期，筆者新掌握了最後的
　　修改稿，修改版對家族背景、各階段的學習狀況、師生互動、友朋往來，有更進一

冊)、《諸子與理學》、《經與經學》四冊；其餘《字與詞》(上、下兩冊)、《章與句》(上、下兩冊) [8]、《駢文與散文》、《小說與戲曲》、《詩》、《詞曲》，計八冊則由蔣祖怡負責。至於蔣氏父子為正中書局編寫的「國學彙纂叢書」十種，蔣伯潛實際負責：《文體論纂要》、《文字學纂要》、《校讎目錄學纂要》、《諸子學纂要》、《理學纂要》、《經學纂要》；由蔣祖怡執筆的是：《文章學纂要》、《詩歌文學纂要》、《史學纂要》、《小說纂要》 [9]。基於前述，本研究以蔣伯潛專述為主，唯蔣祖怡對材料、意匠、文字方面多所襄助，故叢書之間仍可勾連對參。[10]

步的描述，且增附〈蔣伯潛著作表〉，文末署「一九八○年載《傳略叢刊》第八輯，一九八七年四月第三次修改於杭州大學」，修改版收於《富陽文史資料》第2輯，頁3-16。

8　蔣祖怡後來修訂《章與句》部分內容，並以《文則》為書名，另由黃山書社於1986年出版。

9　依蔣祖怡的說法：「《文章學》、《史學》、《詩歌文學》三種，由我撰寫。」餘七種則由父親「親自撰寫」(見其〈先嚴蔣伯潛傳略〉初稿所記，頁180)。然北京大學中文系蔣紹愚教授提供筆者的〈蔣祖怡〉資料，把《小說纂要》列為其父蔣伯潛之作；而筆者擁有的《小說纂要》(臺北市：正中書局，1987年，臺初版第6次印行)亦署蔣祖怡編著。蔣祖怡本人未認寫《小說纂要》，而正中書局卻認定出自蔣祖怡之手，筆者推測，蔣祖怡〈先嚴蔣伯潛傳略〉寫於晚年的一九八七年，年老誤記不無可能，或該書受父親指點較多而不居功(此可詳〈讀寫示徑：蔣祖怡與一九四○年代的國文教育〉)。又按：蔣祖怡個人撰有「作文自學輔導叢書」六冊，分別是：《記敘文一題數作法》、《描寫文一題數作法》、《論說文一題數作法》、《抒情文一題數作法》、《文體綜合的研究》、《文章技巧的研究》。

10　父子雖各有主筆的書籍，然例舉與說解往往緊密關聯、互見，因此，蔣祖怡《字與詞》、《章與句》、《文章學纂要》仍可列為對照系，唯此部分已另文考察(〈讀寫示徑：蔣祖怡與一九四○年代的國文教育〉)，不再贅列。

二　學養奠基及師承關係

鴉片戰爭後，傳統的封建教育逐漸轉向開放，由私塾到新式學校、自菁英少數到國民普及，傳統教育不論觀念或制度上皆產生極大的變革，蔣伯潛適為新舊歷史的見證者：

> 我十三歲那一年，正是清廷下詔廢止科舉的一年。我於二十歲的冬天，畢業於杭州府學堂——不，那時已改稱浙江省立第一中學堂了；這年正是前清宣統三年。我畢業時，已是民國元年陽曆一月了。所以這時期正是清末停科舉興學校的時期。……在這短短的八年中（從十三歲到二十歲），我底（按：的，下同）求學，可以劃分做兩個時期：（一）前三年是家塾時期；（二）後五年是學校時期。在十二歲以前，我受的是母教和父教。……我於十六歲那年的春季入杭州府學堂肄業。和我同班的同學，有十五六歲的，有三十多歲的，有秀才，有廩生。班級教學，各種科目，尤其是日本籍的教員，都使我感覺到換了一個完全和家塾不同的新奇的環境。加以初從山鄉到省會，覺得什麼都是新奇而好玩的。[11]

這段就學的回憶即觸及政體革新、學制改易，科舉取消可謂為新舊中國的分水嶺，千餘年來的「國考制度」在清政府諭令停止後，原本皓首窮經於四書五經、期待透過科考以晉身官階的知識分子，一時之間，心理、生計無不受到嚴峻衝擊，對出路徬徨無已，誠如嚴復所稱：「此事乃吾國數千年中莫大之舉動，言其重要，直無異出古之廢

---

11 蔣伯潛：〈童年學習國文底回憶〉，《新學生》第1卷第5期（1946年9月），頁2。

封建，開阡陌。」[12]而清末舉人劉大鵬亦經歷劇變，其《退想齋日記》對科考記述頗詳，見證科舉廢除之前後種種憂懼見聞[13]。體制崩解，雖堵塞傳統入仕的管道，卻也是立新的起點，新式教育取得了發展契機。

唯新舊過渡階段，縱使身在新學堂、按學堂章程辦事、接觸西方現代文明，不少人對新學堂的概念依舊模糊，甚至質疑辦學的成效。如劉大鵬友人喬穆卿的塾館改為學堂，延聘新師授以算法、西法、體操等西學，但他自己卻「仍教學生以孔孟之學」[14]，喬氏未放棄儒家學說，而蔣伯潛於科舉停辦之際也入塾館，鑽研經學、講求辭章之學與操筆為文。蔣伯潛所處的清末民初，世道變遷，學制也幾經變革調整，中學國文教育始終是議論的重心，在教學現場的教師屢屢痛言[15]，而教學現場的另一方，學生也抱怨連連[16]，舉凡錯別字的糾謬、

---

12 嚴復：〈論教育與國家之關係〉，收於王栻主編：《嚴復集》（北京市：中華書局，1986年），頁166。

13 如：「下詔停止科考，士心散渙，有子弟者皆不作讀書想，別圖他業，以使弟子為之，世變至此，殊可畏懼。」（1905年10月15日）、「日來凡出門，見人皆言科考停止，大不便於天下，而學堂成效未有驗，則世道人心不知遷流何所，再閱數年又將變得何如，有可憂可懼之端。」（1905年10月17日）「科考一停，同人之失館者紛如，謀生無路，奈之何哉！」（1905年11月3日）以上，均見劉大鵬著、喬志強標注：《退想齋日記》（太原市：山西人民出版社，1990年），頁146、147。

14 載一九○五年五月二十七日的日記，同前註，頁141。

15 如汪馥泉：「民國十八年八月教育部頒布『中小學課程標準』，說得好聽點，各中學並不遵行，說得難聽點，有誰去理它。每個中學，你走娘的路，我走爹的路，他走兒子的路。」（〈中學國文學程底清算〉，《新學生》第1卷第1期，上海市：光華書局〔1931年1月〕，頁165）阮真：「自改行新學制後，高初中學課程，校自為風，人自為政，紛歧已極。」（〈中學國文課程之商榷〉，《嶺南學報》第1卷第2期，1930年2月，頁85）尤墨君：「近幾年來，我忝任中學國文教師，每逢刪改文卷的時候，總感同學國文常識的欠缺和根柢的淺薄。」（〈中學國文前途的悲觀〉，《中學生》第20號，1931年12月，頁1）謝冰瑩：「一九三○年的下半年，我做了整整一學期的中學教師，……當中學國文教員的確是最苦痛的事。」（〈我的粉筆生涯的回顧〉，《新學生》第1卷第5期，1931年5月，頁97、111）

作文的批閱指點、教材的編纂、教學的檢討、課室經營、對學制與法令提出的因應之道，其表達的意見雖未必成熟，但在實踐中發現了問題，進而思考背後的原因乃至嘗試處理，此已是在建構現代國語文教育的新範式。

從傳統辭章到現代文章的教學指導，其觀念形塑的過程裡，除家庭教育及個人實踐體會所得，更有若干的師承脈絡可循。在父執輩引導下激發求知慾，幼時漸啟多元閱讀及寫作的視野；中學則在杭州府學堂浸淫新式教育，受業於張相、俞康侯等人；後受北京高等師範學校國文系的專業培育，從錢玄同、馬敘倫等學習。家塾時期，秀才父親蔣敬伸（建侯公）嚴厲督導蔣伯潛，教以熟習經書，家傭李長生（嗜閱讀，自學有成）則引領蔣伯潛優游小說世界。

另外，開設經館的塾師——李問渠（即李永年），對他行事出處亦有一定的影響力。蔣氏回憶李師三方面的教導經驗：

（一）經史啟蒙：除較深奧的《周易》僅熟讀背誦，餘如《周禮》、《禮記》等則兼重講讀，並運用比較法，將《公羊傳》及《穀梁傳》比勘說明，而對朱熹等前人的古書註解，更示以理性思辨的觀念，蔣伯潛說：「他教我們不要完全迷信前人的注解，甚至可以對古代的史書和經書發生懷疑。⋯⋯經他底鼓舞之後，熱烈的求知慾，大胆（按：膽）的懷疑，都蒸蒸日上了。」[17]

（二）閱讀指導：其教以硃筆圈讀史書、閱讀清代吳乘權等輯

---

16 方正如、鄭慕霞：「中學生不要讀文言文可以麼？」（〈六個問題〉，《新學生》第1卷第5期，1931年5月，頁138）衛餘：「選取教材太不平均，某書是那麼深，某書是那麼淺，甚至某教科書是早已失去效用和時間性的，而今仍舊用。」（〈對於我校的感想〉，《中學生》第46號，1934年6月，頁8）吳大琨：「對於國文一課完全不發生興趣，甚至感到厭惡。因此在國文課上打瞌睡，或看『閒書』。」（〈誰使得我們國文程度低落的〉，《中學生》第49號，1934年11月，頁6）等。

17 蔣伯潛：〈童年學習國文底回憶〉，《新學生》第1卷第5期（1946年9月），頁5。

《綱鑑易知錄》、崔述撰《洙泗考信錄》、洪稚存《評史》,《古文觀止》也列為講授底本。至於鄉會試闈墨篇章,則選讀劉芷香、譚組庵等作。

（三）作文指導：李師利用多種策略,多管齊下,誘發寫作興趣。這方面的師生互動,具體情形是：

> 他改作文,留的多,改的少,刪的多,加的少,誇獎多,斥責少。改好之後,當面講,說明為什麼改。並須把改本重新抄清,再由他圈點加批。他最注意的是別字錯字,和造句底弊病,全篇底層次。作文期是陰曆的三、六、九。一次正式作文,題目非史論即四書義;一次只是極簡單的短文,或問答,或書信,或日記。他又教我們把《易知錄》的嘉言懿行,摘錄下來,也算是作文底補充。他常常帶我們去看戲、遊山,回來時便得寫一篇記錄,他最恨的,是《東萊博儀》（按：「儀」為「議」之誤）之類的濫調。受了他二年半的教,我們已能做三四百字的文言文了。[18]

李問渠博學多聞,秀才出身卻具新思想,後為富陽縣立高等小學延攬,他對富陽鄉土情感濃厚,著有《富陽鄉土地理》,而蔣伯潛的同鄉、著名作家郁達夫,亦其門下高足。李師談鋒健,凡詩歌、小說、經學、子書等等,無所不涉,他說故事的本領,還激起蔣伯潛試寫小說的興致：

> 我那時,已能看《聊齋志異》了,便把所聽得的,摹做《聊齋志異》,記成短篇的文言小說。有一次,被他看見了,很誇獎

---

18 蔣伯潛：〈童年學習國文底回憶〉,《新學生》第1卷第5期（1946年9月）,頁5。

我，但又說：「文言小說不容易記得生動，你何妨用白話試試
看呢？」於是我開始試做白話文了。總之，李先生底宗旨，是
「試試看」；他常鼓勵我們，大膽地試試看。寫作是如此，閱
讀也是如此。在他教的末一年，已要我們大胆（按：膽）地試
看《史記》，試做絕句了。[19]

李師鼓勵「試試看」、「大膽地試試看」，此強化了蔣伯潛發表的自信
心，而蔣父斥責不應質疑聖賢之言時，李問渠也適時為蔣伯潛解圍，
並收蔣為弟子[20]。

　　杭州府學堂的張相、俞康侯，對蔣伯潛啟迪亦深。張相，原名廷
相，字獻之，浙江人，諸生出身，曾任中華書局編輯，主編過語文、
歷史類教科書，亦與舒新城等人合編《辭海》，另編有《古今文綜》，
個人著述以《詩詞曲語辭匯釋》為代表作[21]。俞康侯，浙江人，舉人
出身，從南潯潯溪書院山長湯壽潛學習經史，曾與張相執教杭州安定
中學，著有《瓶簃文存》、《瓶簃詩存》、《安夏盧筆記》、《中等學校修

---

19 蔣伯潛：〈童年學習國文底回憶〉，《新學生》第1卷第5期（1946年9月），頁4-6。

20 蔣伯潛說：「先父教我，只有《論語》和《孟子》是後來補講的，其餘如《詩經》、
　《書經》、《孝經》、《左傳》，都是只讀不講的。他講《論》《孟》，也完全依照朱
　注。十三歲的春天，他講〈子見南子章〉給我聽。我問：『南子旣是一個不好的婦
　人，孔夫子為什麼去見她？子路對此懷疑，孔夫子為什麼不把見南子的理由告訴
　他，只是發誓？這事不是孔夫子不對，定是做《論語》的糊塗。』先父認為我非聖
　無法，大加斥責。幸而先伯父家請的李問渠先生陪了一位李月波老先生來，才替我
　解了圍。李問渠先生却因此賞識我，叫我到他的經館裏去讀。從此，我便出就外傅
　了。」同前註，頁4。按：原引文之標點符號，本無標注書名及篇名號，為便閱讀
　及統一體例，逕標新式〈 〉及《 》。

21 關於張相背景，可參中國語言學會《中國現代語言學家傳略》編寫組編纂：《中國
　現代語言學家傳略》（石家莊市：河北教育出版社，2004年），第4卷，頁1826-
　1828。

身講義》等作[22]。一九四六年蔣伯潛回憶過往學習國文的點滴，直說：「張俞二先生對於我底學習國文，影響非常之大，至今三十五年，印象還非常深刻。」[23]讓弟子念念不忘的張、俞二師，張相負責講授、俞康侯則擔任批改任務。首先，俞康侯批改風格，蔣伯潛視與李問渠作風相同，他描述彼時老師改文及企盼習作的心情：

> 俞先生底批改國文，作風和李問渠先生相同。文筆清通的文章，經他刪改了幾字幾句，便覺得遒勁有力得多了。他喜歡多加眉批；總批很少，一批便數十字，數百字。他喜歡加圈點；他看了得意的文章，竟於墨筆密圈之外再加紅圈。他每次把作文填明名次分數；特別好的，還寫著「傳觀」二字。記得有一次，我的作文，得了一百分，又特加二十分，批著「全校傳觀」四字。這是罕有的榮譽。他把我們底好勝心引起來了；大家盼望著作文，作文之後又盼望著他快些批改好了發還。[24]

俞師「傳觀」、「全校傳觀」的批語，正面鼓舞了寫作的動機。此外，他也重視敘述與描寫的技能，建議應多作傳狀、書牘及遊記體。待基本能力熟習後，日常生活交際所需當可應付自如；而寫遊記則可避免大而無當、空洞抽象或不合中學生的知識經驗，再因親歷而有話可說，不容易抄襲、硬模仿或濫調套語，此乃搜集題材的妙法，並跳脫傳統取材傾重四書議論及史論的僵化思維。俞康侯的職責在改文，但文題卻常由另一名國文教師張相供給，張相主張多作日記、讀書筆

22　有關俞康侯背景，可參其撰：〈瓶叟七十自序〉，《中日文化月刊》第2卷第10期（1942年12月），頁68-69。

23　蔣伯潛：〈童年學習國文底回憶〉，《新學生》第1卷第5期（1946年9月），頁6。

24　蔣伯潛：〈童年學習國文底回憶〉，《新學生》第1卷第5期（1946年9月），頁7。

記，藉條記見聞與心得發抒，以訓練思考、閱讀及書寫的基本功。

張相口才辨給，反應迅捷、精於表達，當年的講課風采，蔣伯潛歷歷在目：

> 張先生上課時，我敢說，沒有一個同學不被他吸引住。受過教的，我敢說，沒有一個同學不欽佩。他底口才，他底教態，甚至於他底一舉一動，一言一笑，都能使我們底注意力完全集中。他底教材，古文、駢文、詩、詞，以至傳奇小說；他所講的，從一字一句，到全篇底結構作風；都和那時一般國文教員差不多。不知為什麼使我們如此陶醉，傾倒，大家都似乎覺得他上課的時間特別短！他教國文，不但重講解，而且兼重誦讀，不但要我們熟讀，而且要把聲調讀出來，不論散文和韻文。[25]

在課外，張相在家組織了研究會，裨於學生課後請教及研討[26]，例假日師生常外出同遊，或爬山、或逛古蹟、或看展覽，返校之後，張相隨即填詞作詩，讓學生觀摩以激勵試作。蔣伯潛謹記張相所示的寫作六字箴言——「到處隨時留心」，奉為取材圭臬，蔣伯潛說：

> 張先生常教我們把耳聞、目見、身歷的事物記住，把自己霎時間的情感或思想抓住；他如別人底言論，書籍底記載，師友底書信，報紙底新聞，都得留意；這些就是我們習作底題材。他

---

25 蔣伯潛：〈童年學習國文底回憶〉，《新學生》第1卷第5期（1946年9月），頁7。

26 後來蔣伯潛指導學生課外閱讀活動也認同組織「讀書會」，唯希望是學生自動，非由教師發起，且老師不宜喧賓奪主，宜站在顧問指導的角色，他說讀書會至少有三種好處：「一是金錢和時間底經濟；二是讀書底切磋和競爭；三是團體生活底訓練。」見其《中學國文教學法》（上海市：中華書局，1941年），頁143。

常以「到處隨時留心」六字教訓我們，說是攝取題材的不二法門。旅行、遠行，他在事前就提醒我們說：「攝取題材的機會來了」！學校裏有什麼團體活動，（如展覽會、運動會以及各種競賽集會……。）也是如此。他還和英文、歷史、地理、理化、博物……各科底教員取得聯絡；從各學科底教材裏替我們搜集題材。[27]

張相提點「耳聞、目見、身歷的事物」的重要性，強調留意觀察四周的取材之道，此令蔣伯潛印象深刻。而除前述閱讀指導，張相教學的特色尚有三端：一、編授字例講義；二、講授文學史常識；三、黑板練習。所編的字例講義，係鑒於漢字的意義、用法及衍變，多源於聲音之故，故須闡明「音近義通」之理[28]，張相還關切文字學之字形、字義與聲音的關係。學生時期的蔣伯潛於此獲益，但為師時則認為中學生還談不到研究今古音，唯教師應對文字及聲韻學方面多下功夫[29]。至於文學史常識，乃隨選文補充，蔣伯潛說：「他教了四年國文，選文是從清中世以後倒溯上去的。每一著名的作家，每一種文體，乃至每一個時代，都分別講授。到末了一學期，才把我國文學遷變史撮

---

27 蔣伯潛：〈習作與批改〉，《國文月刊》第48期（1946年10月），頁36。

28 蔣伯潛：〈童年學習國文底回憶〉，《新學生》第1卷第5期（1946年9月），頁4。按：其特別點出像單字（尤其是虛字）、疊字、帶有語尾的詞、以聲音組織衍變的複詞（如徘徊、丁東）這類。

29 蔣伯潛把文字聲韻的專業知識轉化成對學生字詞誤用的糾正及督促連貫綜合學習，他說：「平時在作文、筆記、日記、週記……上，糾正過的別字，也可以編成綜合的分類的表。這樣辦法，可以使學生把零碎獲得的知識，理出一個系統來。」「每次作文中常發見的別字錯字和文法上重大的錯誤，應當用一種簿子，按學生姓名，分別登記，并注意他是否重犯。到了學期末總複習時，列表油印，分給學生；考試時，即用作試題底材料，如此辦法，可督促學生注意作文卷上的批改。」《中學國文教學法》，頁121-122、156-157。

敘大要，一連講了四五小時。我想，這比用書本講義專教文學史好得多。」[30]額外的講授可輔教本之不足。

張相務本追源，治學謹嚴，擅長施作「黑板練習法」，蔣伯潛記憶猶新，多次提及：

> 先師張獻之先生在杭州府學堂教我們國文時，每週有一次「黑板練習」。我想，文法練習等基本的習作，最好采用黑板練習；盡量地叫學生共同訂正，共同討論、批評。一則可以減省許多課外的麻煩；二則可以引起全班底注意。這類習作，在初中格外重要。[31]

又：

> 黑板練習，每週一小時，他並不出題目，有時指定題材，有時指定體例作法，大致和時令，時事，校中備發（按：偶發）事項，以及他講的國文或歷史，或其他有關的。臨時指定二三同學在黑板上寫作短文。寫好了，便加訂正；一邊改，一邊說明其所以然。[32]

運用黑板，可操作短文習作及即席批改。蔣伯潛主張批評者不限於教師，同儕也可參與討論，唯教師的指導地位仍居關鍵。

中學畢業後，迫於家計，蔣伯潛未立即升學，先任職家鄉小學，直到一九一五年考取北京高等師範學校國文系，始北上深造。此際，

---

30 蔣伯潛：〈童年學習國文底回憶〉，《新學生》第1卷第5期（1946年9月），頁8。

31 蔣伯潛：〈習作與批改〉，《國文月刊》第48期（1946年10月），頁36。

32 蔣伯潛：〈童年學習國文底回憶〉，《新學生》第1卷第5期（1946年9月），頁8。

跟隨錢玄同、馬敘倫等語文專家，修習專業的文字及聲韻學知識。其駐足北京的四年，恰逢五四新文化運動如火如荼開展，北高師、北大等校，瀰漫濃厚的破舊立新論調，蔣伯潛處於運動的核心地帶，受環境及師輩的新思想薰陶，更不待言[33]。

三　對「國文」課程的界定

蔣伯潛關切中學國文教學，對一般的基礎寫作以及應用文寫作有專門的研究心得。限於篇幅，本文聚焦一般的基礎寫作。蔣伯潛如何定義「國文」？國文與「寫作」的關聯為何？又「寫作」在中學國文教學裡，占有何種地位？

有關國文的名誼，依彼時教育部頒布的課程標準，小學階段稱「國語」，初高中以上多稱「國文」，然此易造成誤解，以為小學全教語體文故稱「國語」，中學因語體文漸少而文言文漸增故稱「國文」。蔣伯潛對此持以異見，他認為語體文只是用口語體寫成的文字，不能視它仍是語言，且亦不能與語言完全一致，因此「語體文」依舊是「國文」而非「國語」，況且把小學稱國語、中學稱國文，「頗有把語體文、文言文分別高下的嫌疑，那更不妥當了。」[34]蔣伯潛質疑國語文在學制裡的區分──小學稱國語，中學稱國文。他的看法是：國語是中國的語言、國文是中國的文字，「語言是從嘴裏說出的聲音，對方須用耳聽的；文字是在紙上寫出的符號，對方須用眼看的。凡用聲

---

33 據蔣祖怡所言，其父在新文化運動之際，曾以筆名於《新青年》、《東方雜誌》等報刊撰文。他在〈先嚴蔣伯潛傳略〉修改版裡說道：「他在諸名師如錢玄同、胡適、馬敘倫、魯迅等地薰陶下，在《新青年》、《東方雜誌》等刊物上寫了不少文章」、「我父親在大學學習的第四年，公元一九一九年正為『五四』，在北方報刊上發表文章很多，當時均係筆名，無從查考，因付闕如。」《富陽文史資料》第2輯，頁5、16。
34 蔣伯潛：〈國文是什麼〉，《新學生》第1卷第1期（1946年5月），頁24。

音從嘴裏說出來的，無論說的是現代的語言，或者像鏡花緣裏君子國底酒保，滿嘴『之乎者也』地掉文，都不能說它是文字。反之，凡用符號在紙上寫出來的，無論寫的是文言，是語體，也不能說它是語言。所以把語體文叫做『國語』，是不妥當的。」[35]文字的功用旨在記錄語言，理當與語言一致，但從歷史發展的現實面，蔣伯潛具體提出下列四大理由，認為語言、文字事實上分為二途，不易言文一致：

> 第一、語言是從嘴裏說出來的，比較流動，易於改變；一經寫成文字，便固定了。從商周到現代，語言不知已有多少變化，那時寫定的文字，則傳至現代，一成不變；所以〈盤庚〉、〈大誥〉之類，在商周，本是記錄語言的語體文，後世底人們看起來，便認為「詰屈聱牙」的古文了。元曲裏的白，是用元代底口語寫成的，有許多詞語已不存於現代的口語中，便覺不易索解，也是這個緣故。第二，語言是大眾使用的，文字是一部分有知識的人使用的；有知識的人，修飾辭令的本領，當然比不識字的大眾強。語言是脫口而出的，除了先事準備的特例外，往往無暇加以修飾；文字則可以從容修飾，然後寫定。所以文字修飾之工，往往非語言所能比擬。第三，古代紙筆墨等工具未發明，文字傳寫不易，語言之用廣於文字；戰國時游說（按：遊說）之風甚盛，語言底修飾，更甚於春秋。（《論語》說：「為命，裨諶草創之，世叔討論之，行人子羽修飾之，東里子產潤色之。」可見春秋時外交辭令，事先已有修飾。）。秦漢以後，筆墨紙等工具紛紛發明改進，文字也由古篆演變為隸草行楷，傳寫日易；其時君民相去日遠，遊說之風漸息，書奏之

用日多；加以國內統一，疆宇擴大，山川間阻，方言分歧，而文字則藉政治底勢力，統一推行；所以語言之用少，文字之用多，文字之修飾自更遠過語言了。第四，秦漢以後，歷代承平之主，多自命「稽古右文」，上有好者，下必承之，故詔奏則追仿《尚書》，辭賦則彌加藻飾。隋唐而後，以文取士的科舉，又成為定制；弋科名，取富貴，全賴文字，揣摩修飾，自然更甚。──由此四因，故語言日俚，文字日華，兩者遂背道而馳，截然分為二途了。[36]

整理此四項理由，扼言之，即：其一、語言變化大而文字寫定後則變動小；其二、語文及文字的使用對象廣窄有別，而修飾精粗也不同；其三、隨書寫工具的改進及歷代時風傾種有異，致使語言文字的效用互有高低；其四、因官場奏章藻飾文化流行及科舉以文取士之囿，致文字多雕琢而離口語質樸本色愈遠。儘管不易一致，但他也承認趨同的傾向強烈，例如：理學家的語錄；寒山、拾得、邵雍等的白話詩；元明清的章回小說；民國新文化運動不餘遺力地提倡語體文。雖然逐漸趨向一致，但他斷言「語言與文字終不能完全一致」[37]。蔣伯潛觀念裡的文言文和語體文，雖有形態上的不同，但實際說起來的傳達效果相同，即無優劣可分，因此他主張文言文及語體文皆應學習。

至於國文指涉的範圍，其子蔣祖怡說：「國文的範圍很大，從幾個字的選擇，一直到各種專門學問的研究都在其內」[38]。但總的來說，國文的主要範疇，蔣氏父子同表：文字與文章。關於文字，蔣伯潛解釋：

---

36 蔣伯潛：〈國文是什麼〉，《新學生》第1卷第1期（1946年5月），頁23-24。

37 蔣伯潛：〈國文是什麼〉，《新學生》第1卷第1期（1946年5月），頁24。

38 蔣祖怡：〈孤兒之淚〉，《章與句》（臺北市：世界書局，1977年，第3版），上冊，頁6。

「文字」，是教學生識字。所謂識字，須熟識文字底形體，不至於寫別字錯字；能讀出文字底聲音，不至於讀錯；須明瞭文字底意義，不至於誤解誤用；並須知道複詞底組織和變化，詞類底分別和活用。文字底教學，雖然不必使學生個個都懂得文字學，而且以龜甲文、鐘鼎文、大小篆等古文字教授學生，但是國文教師必須有文字學底素養和常識。中小學生雖然不必把所有的文字都認識，但常見常用的文字，必須能寫、能讀、能解、能用。[39]

對文章，亦云：

「文章」，是教學生讀文章，做文章。換句話說，就是要養成學生底閱讀能力和發表能力。我以為中學畢業生應有閱讀語體文和平易的文言文的能力，應有寫作明白曉暢的語體文的能力。教學文章，便須使學生明瞭語句篇章底組織，文章底體裁，修辭底方法。所以國文教員必須有文法、文體論、修辭學底素養和常識。[40]

蔣伯潛總結對文字、文章的看法：

凡是寫在紙上，以一個形體代表一個聲音，一個或一個以上形體代表一個意義的，都叫做「文字」。用許多文字組成語句，用許多語句組成篇章，藉以寫記景物，敘述人事，表達情意，記錄語言，便叫做「文章」。從幼稚園識字教學起，一直到中學大

---

39 蔣伯潛：〈國文是什麼〉，《新學生》第1卷第1期（1946年5月），頁27。
40 蔣伯潛：〈國文是什麼〉，《新學生》第1卷第1期（1946年5月），頁27。

學，閱讀習作洋洋千言的大文章，都可以稱為「國文」。[41]

又：

> 文字是記敘人物，評論事理，表達情意的工具，為人人生活所
> 必需。以文字組成詞語章句，必無悖於文法修辭底格律，然後
> 能敘人、記物、評事、論理、表情、達意，使讀者了解、信
> 從、欣賞。文法底格律，修辭底技巧，如何應用於文章，《文
> 章學纂要》中已詳言之。但是文字底使用，詞語底組織，章句
> 底構造，雖已能免除文法的錯誤，而且已懂得修辭底技巧。還
> 不能盡作文底能事；因為如果寫成的作品，不合它們底體裁，
> 仍是「非驢非馬」的不合式的文章。所以我們須更進一步，研
> 究文章底體裁，研究文體底類別。[42]

蔣伯錢梳理文字、文章的意義，也闡述體裁合式與否攸關文章的優
劣。他還進一步區別文字、文章與文學的關係，並辨明文章與文學是
不同的概念，他在《體裁與風格》裡，化身為國文教師尹莘耜細說箇
中區別：

> 我以為「文章」和「文學」根本不同。普通一般人所常論及的
> 體裁，無論新舊，無論駢散，無論古文今語，都是指「文章」

---

41 蔣伯潛：〈國文是什麼〉，《新學生》第1卷第1期（1946年5月），頁24。
42 蔣伯潛：《文體論纂要》（上海市：正中書局，1949年，滬4版），頁1。按：該書初
　　版於一九四二年六月；筆者所見及的《文體論纂要》有兩種，一是一九四九年二月
　　滬四版；另一是一九五九年七月臺一版。上海、臺灣兩種版次，經比對內容，實為
　　同版。本文所據引的是滬四版。

而言；至於小說、戲劇、詩歌，以及我國古代的辭賦，卻都是「文學」。文章，是一種實用的器具，例如一隻（按：只）碗，一個瓶，一把壺，可以盛水、盛酒、盛茶的；文學是一種藝術的物品，如一件古董磁器，一個精緻花瓶，其所以為人珍視的原因，不在乎它們的可以盛什麼東西，可以供什麼實用，而在乎它們的本身有藝術的價值，可以供人們的欣賞。從前的人所說的「文以載道」，也是指「文章」而言。文章的用處，便在能「載」；文章的價值，還須看所「載」的是不是「道」。……我並不迷信宋儒的所謂「道」！雖然秦漢以後，有所謂漢宋之分，漢學又有所謂今古文之分，宋學又有所謂程朱陸王之分；秦漢以前，也有儒道墨等等的派別，它們各有其所謂「道」，而各「道其所道」；但都得用文章去載它們的不同的「道」。……至於文學，固然也可以說是廣義的文章，無論是詩歌、小說、戲劇、辭賦，無論是用以記敘事實人物，抒發情理，也各有它們所載的內容。可是它們不但須能「載」，並且須載得巧；它們的價值如何，不在所「載」的是不是「道」，而在載得巧拙如何。例如記載人事的作品，如其是文章，就當問所記敘的事和人果是真否，作者的記敘是否能不失真；如其是文學——小說戲劇之類——則與其老老實實地記敘某人某事，不如虛構人物事實，即確有其人其事的，也得加以剪裁穿插了。文章中固不乏有文學意味，文學技巧，文學價值的作品，尤其在所謂的「雜記」類和小品文中，但終不能視為純粹的文學。所以「文章」只可以說是「雜文學」；「文學」方才可以說是「純文學」。把這兩大類分清楚了，然後再就文章來分別各種體裁。[43]

---

43 蔣伯潛：《體裁與風格》（上海市：世界書局，1946年，再版），上冊，頁21-22。

前引，乃其對文章、文學的義界，與之相同論點又發揮於《文體論纂要》。他從廣、狹兩面辨究：廣義的文章是指凡以文字組成語句，聯成篇段以表示一種完全之意者，屬於表示意思的一種工具；狹義的文章，則指不成文學作品的文章，而且往往要「能載」及「有所載」，所載的必須是「道」（各種道，但不一定是孔孟之道）。文學以情為主，即便有所載，其「道」無須是道貌岸然的道理，但須加以化妝修飾，亦即「載得巧」（重點不在內容，而在其自身的能載技巧）。

　　值得一提的是，他多次以磁器為比喻，闡發文字是磁土、文章是實用的盛裝容器，而文學則是鑑賞用的花瓶，謂：

> 譬如磁器，文章是碗，其用在「盛」；其價值在「所盛」，不問所盛是酒、是茶，是飯、是餚，總須有所盛，而且所盛者是有用的東西。文學是花瓶，雖也可以插花，而且也插著花；其價值卻在花瓶本身，即使插的是唐花，其價值也未嘗少減。廣義的「文章」，猶如「磁器」。茶壺、酒杯、飯碗……凡是磁做的，都是「磁器」；磁做的花瓶，無論是新做的美術品，舊有的骨董，色澤如何，式樣如何，也是「磁器」。狹義的文章，則專指日用的磁器，如茶壺、酒杯、飯碗……而言；花瓶便不被包括在內了。至於文字或詞，則是做磁器的原料──磁土。[44]

文章與文學，因為都是文字作品，故常被認為是一家，初學者更易混為一體。蔣伯潛指出其實在本質及功能上，兩者是不同的。大致而言，他認為文字的範圍最大，文章次之，文學最小，「文章沒有不用文字寫成的，而文字未必盡是文章，廣義底文章可以包括文學，而文

---

44 蔣伯潛：《文體論纂要》，頁76。

章未必都是文學。」[45]蔣伯潛曾圖示三者之間的關聯如下：

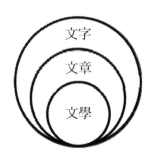

圖四　文字、文章、文學關係圖

總之，他主張不成句讀的只能歸為文字，不能當作文章。能視為文章的，通常是可以組成句讀篇段的。廣義的文章可兼包文學，但狹義的文章則非真正的文學。若以純、雜角度來分，則文章屬雜文學，文學方可稱純文學。

四　分進合擊的寫作指導

中學國文教學的主要目標，蔣伯潛認為有二：第一、培養理解能力；第二、培養發表能力。其中，培養發表能力有賴「語言」及「寫作」的訓練，前者重口頭發表（說話、演說、辯論等），後者重書面發表。寫作及批改即著眼於培養發表的能力。蔣伯潛對「寫作」的看法是：

> 所謂寫作，是運用本國文字，寫成文章，藉以記錄見聞，宣達情意。不認識文字的，叫做「文盲」；則不能寫作的，應當叫

---

45 蔣伯潛：《文體論纂要》，頁72。

做「文啞」。「文盲」、「文啞」，都應當掃除！寫作是一種技術。凡是技術性的能力，不能單靠知識、理論來增進的，必須有實地的練習，使它漸漸地純熟、精進。[46]

他把寫作上的亂象與人類的病症比擬，教師如同醫師，醫文如醫病，以誨人不倦的精神，提供教與學的衛生常識，還以筆墨代替手術刀，為寫作上的疑難雜症，一一解剖診治。他曾生動地說：

> 字與詞底書寫錯誤，使用錯誤，好比所謂癬疥之疾的皮膚病，治療最易；句或章底組織不全，語氣不合，次序雜亂，浮詞累贅，以及爛套太多，文語夾雜，那是外科的瘡毒，比皮膚上的癬疥屬害了，但施行手術，加以割治，還不十分困難；繁而流於冗，簡而至於枯，整齊而過於板滯，變化而成為雜亂老實直捷而味同嚼蠟，屈曲文飾而糾纏累贅；以及情態則輕佻、狂妄、猥褻，內容則敘事失實，寫景不切，抒情不真，議論不合理，那是內科症候，診治更難了；如其習作時還要犯延宕、潦草、槍替、鈔襲諸弊，則似病人不肯聽醫生囑咐，時常觸犯禁忌，結果必致自殺！最難治的病是癲狂白癡，滿紙夢囈，既不切題，又不能自圓其歪曲的理論，那真是不可救藥的了。[47]

這些被送進「文章病院」治療的各式病徵，蔣伯潛多有對應的良方解藥。囿於篇幅，本文集中探討他對命題審題、字詞章句、謀篇布局以及文體風格的指導意見。

---

46 蔣伯潛：〈習作與批改〉，《國文月刊》第48期（1946年10月），頁33。
47 蔣伯潛：《中學國文教學法》，頁121-122。

（一）命題審題指導

　　論及命題，蔣伯潛認為初中階段以教師命題為原則，高中生則不妨自由擬題，教師命題應留意四點：學生能力、生活經驗、心理與興趣、合於學生所需。最高原則即「以學生為中心」。除提點命題注意事項，蔣伯潛還回溯古書題目由來，並講解題目又可分有意義及無意義兩類，前者如《尚書・堯典》、《荀子・勸學》；後者如《詩經・關雎》（首章是「關關雎鳩」）、《論語・學而》（首章為「子曰：學而時習之，不亦悅乎」）等。無意義之題目，乃取首句之數字為題；有意義之題目，則含括全篇旨趣。唯古書之題以後人所標居多，縱有自訂題目者且具意義，蔣伯潛認為亦往往是寫成後再加上的，題目的作用何在？蔣伯潛說：「本義，原和頭目差不多，不過用作這篇文章底標識，使之眉目清楚。」[48]對初學者，他建議宜先給題目、目的及範圍，以方便著手。

　　題目選定後，接著就是怎樣辨清其字面、含義、範圍及體裁運用，甚至決定採取的論述立場。蔣伯潛曾以〈溫故知新說〉為例，示範如何挖掘深層意蘊，茲不厭其煩地摘引他的說法及作法如下：

> 溫故是溫習已有的舊知識；知新是求得未有的新知識。《論語》第一句便是「學而時習之。」學是「知新」；時習，是「溫故」。《論語》又載子夏之言說：「日知其所亡，月無忘其所能」。日知所亡是「知新」；月無忘所能，是「溫故」。學貴知新，又貴溫故。僅能溫故不求知新，則故步自封，毫無進步；雖能知新，不復溫故，則隨得隨忘，仍無以增學識……推而廣之，則我國固有的文化是「故」，國外輸入的文化是

48　蔣伯潛：《中學國文教學法》，頁61。

「新」。專攻國故，抱殘守缺，不肯接受外來的文化，便是溫故而不知新；醉心歐化，唾棄國故，不屑研究，便是知新而不溫故。我們須一面溫故，一面知新，使我國固有的文化和外來的文化融合起來，產生一種新文化，纔可以說是溫故而知新。世界上一切學術，都是從所已知推求所未知的。已知的是「故」，未知的是「新」；從已知的求得未知的，便是由溫故而知新。可見溫故和知新，並不是截然的兩件事。這個題目底含義不是很豐富嗎？[49]

其先解「溫故」、「知新」的字面意義，再連結中西方文化、已知及未知學問的佐證，進一步闡發「溫故」、「知新」的密切關係。精於審題，方可避浮泛枯窘之病。

（二）字詞章句指導

蔣伯潛以化學分子、原子的概念比擬「字」與「詞」，其辨究簡中差異，說：

中國字雖是單音字，一個字只有一個音；中國底語言文字卻並不是單音語，因為有一個單音的字可以表一個觀念的「單詞」，也有連合兩個以上單音的字始能表一個觀念的「複詞」。所以嚴格地說，中國語言文字底基本單位單位，是「詞」而非「字」。以化學來譬喻，「字」是原子，「詞」是分子，固然也有一個原子可以獨立而成分子的，卻不見得凡是原子都可以成為分子。[50]

---

49 蔣伯潛：《中學國文教學法》，頁76-77。
50 蔣伯潛：《中學國文教學法》，頁95-96。

在其認知裡的字、詞是有區別的，但不管字或詞，總歸於國文教學的範疇，應注意者有二：書寫的錯誤、使用的錯誤。

其一　書寫方面，常見字形、字音之誤

形誤，有數類：（一）本體相似：天（天地）、夭（夭折、夭夭）、夫（丈夫、夫子、農夫）、失（過失、損失）等。（二）本體相似而不同的字（同偏旁卻異字）：鈐（鈐印）、鈴（鈴聲）等。（三）本體相同因偏旁不同而另成音義俱異的字：治（治亂、政治）、冶（陶冶）、淮（水名）、准（批准）等。四、偏旁通用與不可通用者：可通用如從「佳」從「鳥」，「雞」可作「鷄」、「鴉」可作「雅」；不可通用，如「唯」不可作「鳴」等。（五）合體字移位及不可移位：可移位如「羣」與「群」、「畧」與「畧」；不可移位如「怠」與「怡」、「君」與「呻」等。

音誤，主要是：（一）同音造成的別字，如常（常常、平常）、嘗（曾也，嘗試、嘗味）。（二）同音形近的錯字，如侍（陪侍）、恃（靠恃、怙恃、負恃）、持（執持、扶持、把持）等。另外，又有音近或音同的通借字，但此不屬於別字，唯這部分較複雜，蔣伯潛認為亦無一定的準則可循。

其他寫錯筆畫的，蔣伯潛以為是錯字，不能視為別字。他彙整常見的筆畫書寫問題，並分析致誤之由，如：

◎「盜」是「盗」之誤。盜字從「次」、「皿」二字會意。次同涎；皿是器物。見別人底器皿而垂涎，所以生竊盜之心了。古時盜本指偷竊，所以如此造法。如上面寫個「次」字，意便不合。

◎「美」是「羙」之誤。美字從「羊次」二字會意。古時畜牧

時代，以羊肉為美味，故「鮮」、「美」等字均從羊。見美味
而垂涎，便是羨慕的意思。[51]

錯畫而不成另一字的，依字之原結構，此即錯字。不論錯字或別字，
蔣伯潛直言中國字「繁難極了」，例如為減省筆畫，教育部曾頒布簡
筆字的相關規範，但他認為此中問題仍多，無法一體適用，且邏輯上
也有扞格之處，他說：

> 「歡」字簡作「欢」，「雞」字簡作「鸡」。照這兩個例類推，不
> 是「莫」和「奚」都可簡寫作「又」嗎？「漢」字「溪」字不
> 都變成「汉」字嗎？「難」字可寫作「难」；「雞」字既可通寫
> 作「鷄」，不也成了「难」嗎？諸如此類，不是行不通的嗎？[52]

其二　使用的錯誤

　　蔣伯潛從意義、文法、修辭切入，且多舉實例輔助說明。

　　首先，就意義言，即有五種情況：（一）字面很像但含義實異，
如「社會事業」、「社會科學」、「社會政策」、「社會問題」、「社會主
義」。（二）單字含義極相似但實際有分別，如「聞」、「聽」、「見」、
「看」。（三）因程度不同而發生意義差別，如形容溫度的「溫」、
「煖」、「熱」及「涼」、「寒」、「冷」等。（四）同出一語根但實際使
用上意義卻各不同，如「徘徊」、「徬徨」、「盤桓」[53]。（五）意義本同

51　蔣伯潛：《中學國文教學法》，頁103。
52　蔣伯潛：《中學國文教學法》，頁105。
53　這三個複詞，皆一聲之轉而義不同，蔣伯潛區別說：「『徘徊』但指來往無定的散步
　　而言，『徬徨』則有心緒不安的意義，『盤桓』則又指在某處遊散；用錯了，文句底意
　　義也隨之而異。」見其《文字學纂要》（上海市：正中書局，1946年，初版），頁8。

但須視地位而論，如「死」的不同用詞，「崩」、「薨」、「卒」、「捐館」、「棄養」、「夭」、「殤」等。以單字含義極相似但實際有分別為例，蔣伯潛細辨如下：

> 「聞」和「聽」，「見」和「看」，乍看似乎是同的。細按之，則「聞」是聲音接於耳，是「聽到」的意思，等於英文底 hear；「聽」是有意去聽，等於英文底 listen to；「見」是形色接於目，是「看到」的意思，等於英文底 see；「看」是有意去看，等於英文底 look at，語體文用看，文言文用「視」；《大學》底「視而不見，聽而不聞」，《中庸》底「視之而弗見，聽之而弗聞」，最足以表示它們底不同。[54]

蔣伯潛不厭其煩地整理其教學經驗所得的字詞誤例，對致誤的所以然或疑惑處，也不吝提出意見供參。尤有甚者，一九四六年他個人筆成一冊《文字學纂要》，專門為研究文字學者，指引一條學習路徑。

再者，文法方面，講求通不通、妥適不妥適，此乃學習語文的基本功之一，瞭解文法可矯正習作上的錯誤，乃至幫助閱讀書籍，掌握文法的利器實可達「事半功倍」之效。蔣伯潛點出要留意語病以及助詞、副詞、介詞、連詞的正確使用。以介詞「在」、「於」二字使用為例，皆表所在之意，意義相近，所以蔣伯潛說「王君長於算學」亦可言「王君長在算學」，但要細加分辨的是，像「醉翁之意不在酒」則不能說成「醉翁之意不於酒」。由於時代變遷，語言文字亦隨之變化，古今詞句意思難免滋生疑問，往往同一個詞卻有多義的現象，蔣伯潛主張可以比較方式，藉由對比強化印象及瞭解正確的使用時機，

---

54 蔣伯潛：《中學國文教學法》，頁106。

以文言文的「也」字為例，同屬句末助詞卻有多種意表：表結束如《史記・屈原賈生傳》「天者，人之始也」表期望如《史記・孫子傳》「願勿斬也」；表感歎如「惡！是何言也！」表疑問如《國語・周語》「敢問天道乎？抑人故也？」表反詰如《莊子・胠篋》「然則鄉之所謂知者，不乃為大盜積者也？」」「也」不只居句末，亦見於句中而用以輔助名詞、副詞，如《論語》「柴也愚，參也魯，師也辟，由也喭」、《詩經》「今也每食不飽」。[55]從字詞延伸到章句，蔣伯潛更注意章句的文法問題，他指出句子的組織不全就無法表達意思，如同四肢五官有缺陷者，既難看又屬殘廢，組織不全往往與文法不通有關，他舉例說：

> 「十月十日是中華民國誕生」這句子底組織也不完全，意思也明白。因為「是」字是同動詞，同動詞「是」字之下需要一補足語，和它底主詞是同位的，同指一事物的。這句子底主詞是「十月十日」，是一個日期；所以「中華民國誕生」之下，必須加「的日子」三字，方纔完全。[56]

第三，考慮修辭，是著眼於用字用詞的好不好。歷來講修辭上的推敲案例，不勝枚舉，著名如：「僧推月下門」（推、敲）、「竹影橫斜水清淺，桂香浮動月黃昏」（竹影、疏影；桂香、暗香）、「白雲停陰崗」（白雲、白雪）等等。蔣伯潛一方面不忽略這些流傳已久的名句，另方面則展現咀嚼歷代群書後的成績——積學以儲寶，累積源源不絕的佐證題材，因例證夠多，故直接示例而無須大費周章地談道論理，此是蔣氏修辭教學上較突出的特色。以「曲飾」修辭為例，謂：

---

55 蔣伯潛：《中學國文教學法》，頁155-156。
56 蔣伯潛：《中學國文教學法》，頁111。

　　李清照詞有云：「新來瘦，非關病酒，不是悲秋。」她不直截地說出所以瘦的緣故，偏說「非關病酒，不是悲秋」，則懷遠相思之苦已在這兩句裏暗示出來了。杜甫〈春望〉有云：「國破山河在；城春草木深。感時花濺淚；恨別鳥驚心。」山河雖在，國已殘破，新亭之感，自油然而生；春城之中徒見草木之深，則人烟寥落可知；看花濺淚，聞鳥驚心，則感時恨別之深刻可知。這就叫做烘托。《左傳》記宋華耦來聘，辭魯君之宴，竟及其先人華督之罪狀，而評之曰「魯人以為敏」。愚魯之人以為敏，其非真敏可知。《史記》載周勃入獄，後得釋，曰「吾嘗將百萬軍，然安知獄吏知貴乎？」在獄中受獄吏凌侮之情形，已顯然可見。這叫做閃爍。《戰國策‧觸龍說趙太后》，謂太后死曰「山陵崩」，自言其死曰「填溝壑」，這和現在說話時以「百年之後」稱人之死，同是為的諱言「死」字。《晉書‧王衍傳》說，衍生平不肯說「錢」字，謂錢曰「阿堵物」。這都叫做諱飾。《西廂記》中張生以「可憎才」稱崔鶯鶯，其實正是說鶯鶯底可愛。《水滸傳》記高太尉陷害林沖時，孔目孫定說：「這南衙開封府不是朝廷的，是高太尉家的！」《紅樓夢》襲人說賈寶玉是「無事忙」。《儒林外史》杜慎卿反對分韻做詩，說「雅的這樣俗！」前二例是「倒反」，後二例是「反映」。范仲淹詞有云：「愁腸已斷無由醉；酒未到先成淚。」《西廂記‧請宴》：「請字兒未曾出聲，去字兒連忙答應。」以及《詩經》的「誰謂河廣，曾不容舠」，李白底「白髮三千丈」都是「夸飾」。[57]

　　這一段強調曲筆、文飾的修辭工夫，主要是針對胡適主張寫作須直截

---

57 蔣伯潛：《中學國文教學法》，頁116-117。

了當、直抒胸臆的觀點而發，蔣雖承認直截老實的表達，不至有浮泛或累贅歪曲的情形，但過於直接則不免一覽無餘、易淪為索然無味，因此，建議有時可用「曲飾」（烘托、閃爍、諱飾、倒反、反映、誇飾、借代等）修辭技巧來加以變化，而旁徵博引是他常用的指導模式。

（三）謀篇布局指導

與結構有關的項目，主要是：層次、聯絡、變化。蔣伯潛指出層次分不清、排不好，易生凌亂之病，而佳作則往往層次明白、有條理。以詩歌類為例，詩句一字不改，但對調前後順序，意境即大不相同，如：

> ◎終日昏昏醉夢間，忽聞春盡強登山。因過竹院逢僧話，又得浮生半日閒。（莫子山吟誦唐人李涉詩句）
>
> ◎又得浮生半日閒，忽聞春盡強登山。因過竹院逢僧話，終日昏昏醉夢間。（某和尚調整詩句的次序）[58]

又，古文類，蔣伯潛剖析了陶淵明〈歸去來辭〉的篇章層次，如下表。

58　以上，出自〔元〕白珽：《湛淵靜語》，轉見蔣伯潛：《中學國文教學法》，頁81。

表一　〈歸去來辭〉層次結構表

一　將歸（決定歸計）		「歸去來兮……覺今是而昨非」八句	
二　歸來（歸家情形）	1.途中	a.舟行	「舟搖搖以輕颺……」二句
		b.陸行	「問征夫以前路……」二句
	2.到家	a.抵村	「乃瞻衡宇……」二句
		b.進門	「僮僕歡迎……」四句
		c.入室	「攜幼入室……」六句
		d.遊園	「園日涉以成趣……」八句
三　歸後（家居情形）	1.閒居		「歸去來兮……樂琴書以消憂」六句
	2.出遊		「農人告余以春及……臨清流而賦詩」二十句
	3.旨趣		「聊乘化以歸盡」二句
備註：整理自《中學國文教學法》，頁82。			

　　層次已分清安頓妥當，仍須再求其聯絡。若每段獨立而不相聯絡，也不能算是文章。對於聯絡，蔣伯潛又分兩種：

　　（一）基本的聯絡，即文法，特別是連詞的正確使用，如：用「是故」、「於是」承接；用「然而」、「雖然」轉接；用「若夫」、「講到」推展；用「總之」、「由此觀之」總束。

　　（二）藝術的聯絡，即修辭，蔣伯潛列舉六種技巧：呼應、層遞、分析、綜合、過渡、問答法。他以經史子集的名篇當範例，據以說明修辭的技巧。以《大學》文本為例，說明何謂層遞及分析法：

　　　　《大學》一篇，由格物致知而誠意，而正心，而修身，而齊家，而治國平天下，一層一層地放大來，每章首云「所謂××在×其×者」，末云「此謂××在×其×」，這也是層遞法。

> 《大學》先用「古之欲明明德於天下者……」倒說治天下底步
> 驟，次用「物格而後知至……」順敘格物致知底進境，又以
> 「物有本末，事有終始，知所先後，則近道矣」作一總束；格
> 致是本，是始，是所先；治平是末，是終，是所後：全篇主
> 意，已盡於此。其後又分別論列，逐層說明。先總論，後分
> 說，也是分析法，也是演繹推理。[59]

利用演繹推理的邏輯思維，先立總論，再逐層遞嬗說明，前後關節自
然聯絡。

　　最後，關於變化方面，蔣伯潛認為固然層次明確順當、前後聯絡
無扞格、謀篇布局就已大致完成，但仍可精益求精，再加以變化，使
文章更靈動。他舉記敘文為例，提到追敘、插敘及補敘的方式，皆可
改善板滯、平淡的問題。

（四）文體風格指導

　　蔣伯潛認為研究文體，是寫作上的要務。他的《文體論纂要》、
《體裁與風格》對傳統各類文體源流及派別特色即有專門的研究。儘
管蔣伯潛謙言《文體論纂要》是「述」不是「作」，但細看內容，其
實他是述作兼備的。在述方面，首先專章探討歷代文體興衰流變的情
形、評述清末以前各派分類文體；在作方面，他嘗試將文類重新分
類，再就所分的類別逐一說明，最後由文體論推及於文章的風格。蔣
伯潛說：

> 評述前人文體分類，已非易事；加以見聞狹隘，即有所評，非

59　蔣伯潛：《中學國文教學法》，頁84。

> 拾人牙慧，即自逞臆見，紕漏在所難免。至於文體之重新分
> 類，更是一種冒險的嘗試；分說各類文體諸章，大致都有所
> 本，間下己見，亦未敢遽詡為定論。風格之論，更屬抽象；我
> 所以不采古人神氣之說，亦無非想力求具體而已。[60]

「力求具體」是蔣伯潛述作的本意，這樣的信念落實於他的每一本
書。尤其擅長考鏡源流後，再出以新見。論文章體裁的分類，自古以
來，談論者眾，且說法紛紜，依蔣伯潛之見，可分為新舊兩派，舊派
文體論又分為三端：一、駢文派，如蕭統《昭明文選》三十九類；
二、駢散兼宗派，如劉勰《文心雕龍》二十類、章炳麟《國故論衡‧
文學總略》（無句讀文四類、有句讀文二類〔有韻文類六目、無韻文
類六目〕）；三、散文派，如姚鉉《唐文粹》二十二類、姚鼐《古文辭
類纂》十三類、曾國藩《經史百家雜鈔》三門十一類。新派文體論，
如：高語罕《國文作法》分敘述文、描寫文、解說文、論辨文四類；
蔡元培〈論國文的趨勢〉與〈國文之將來〉分應用文、美術文二類；
劉永濟《文學論》分學識之文、感化之文二類；施畸《中國文體論》
分理智文、情念文二類等，以上新派，多受外國文化輸入的影響。綜
合古今各家的看法，蔣伯潛提出文章可分為兩大類型：一、文學（純
文藝的文章），即內容重視「情」的發揮，形式上則強調「美」。二、
狹義的一般文章，凡不屬於文學的，皆可認列。基於對文學與文章的
不同本質，蔣伯潛嘗試對文類進行新的分類，茲簡表如下表二，以明
其分類特色。

---

60 蔣伯潛：《文體論纂要》，頁220。

表二　蔣伯潛的文體分類表

文字			
成句讀、成篇段的文字（廣義的文章）			不成句讀的文字
狹義的文章	關於學識義理的著述	1.論說 2.頌贊 3.箴銘 4.序跋 5.注疏 6.考訂（附札記）	
	關於世事應酬的告語	1.贈序 2.書牘（附廣告柬啟） 3.契約 4.公文 5.哀祭 6.對聯	
	關於人事文化的記載	1.傳狀 2.碑誌 3.敘記（附日記表譜） 4.典志（附法規儀注）	
文學	1.籀寫的：辭賦（附寓言） 2.詠歌的：詩歌 3.記述的：小說 4.表演的：戲劇		
備註：本表整理自蔣伯潛《文體論纂要》，頁77-78。			

　　文章有普通性及個別性，前者往往沿襲傳統，後者則起於作者創造。普通性裨於內容的客觀瞭解；個別性，方見作者藝術上的成就。因此，從普通的角度以辨認體裁，以個別的角度辨認風格，蔣伯潛進

一步說明文體與風格的關係，從具體及抽象切入各種文章的風格，茲將其說表列如下表三。

表三　文章風格特色分類表

文章風格		
辨別的方法		呈現的風格
具體	從文辭辨別	繁縟、簡約
	從筆法辨別	婉曲、直截
	從境界辨別	動盪、恬靜
	從章句辨別	整齊、錯綜
	從格律辨別	謹密、疏放
抽象	從色味辨別	濃厚、淡薄
	從意境辨別	超逸、切實
	從態度辨別	輕鬆、嚴肅
	從氣象辨別	陽剛、陰柔、正大、精巧。
	從聲調辨別	曼聲、促節、高亢、微弱、輕清、重濁、宏壯、纖細
備註：本表整理自蔣伯潛《體裁與風格》，下冊，頁200-202。又按，蔣祖怡《文體綜合的研究》（世界書局，未繫出版年）亦同載內容，唯「風格」改稱「作風」，頁51-52。		

　　從前文人講風格，過於抽象玄妙，不利於初學者領悟，因此，蔣伯潛主張現代教師必須用具體的、淺易之說法，「把它們曲曲地譬解，使中學生也能了然於胸中」，他說：「文章底氣象有剛有柔；旨趣有隱有顯；詞句有繁有簡，有整齊、有錯落；色味有濃淡，有甜、苦、酸、辣；聲調有高低、緩急；態度有嚴肅與輕鬆，有現實與超脫；因此，它們底風格便不同了。」[61]蔣伯潛也不諱言，影響風格其實還有諸多

---

61 以上所引，見蔣伯潛：《中學國文教學法》，頁45。

因素，包括時代、地方、學派等等，故文體及風格的分類，不一定限於前述所分，然蔣伯潛立基於舊派之文章程式及用途、又參酌新派文章作法及心象的標準，綜合研治後，重新提出自己的分類。

　　蔣伯潛的文體論，主要是想從中提取更適合現代書寫及閱讀的元素，以協助學生寫作及教師教學。所謂作文必先定體，即撰文之前，先明確文章的三個問題：目標讀者、撰文動機、目的何在，這三個問題其實都牽涉了文體。為文若不得體，雖巧亦無功，例如蘇洵以書札作議論、杜牧以記載為騷賦，即被後人斥為不得體。再者，若先明瞭文體的具體分類，不務談玄空說，更可裨益國文教學的成效。

五　從「辭章」到「國文」的現代轉化

　　民國時期關切國文教學法的並不少，唯單篇、零星者居多，能系統成書、產生實際影響者相對較少。此前，有：黎錦熙《新著國語教學法》、梁啟超《中學以上作文教學法》、王森然《中學國文教學概要》、阮真《中學國文教學法》，稍後則有朱自清與葉聖陶的《國文教學》，以上各家雖名為「教學」，但因作者背景、行文風格、著眼點不同，特色亦異。

　　一九四〇年代，蔣伯潛多次表示：「我是一個教了二十多年國文的老教書匠」[62]、「我在浙江省各中等學校——舊制四年的中學，五年的師範，新制前三年後三年的初高級中學——教授國文，已二十多年了」[63]、「我自民國八年五四以後，在舊制新制的中學師範教授國文，已二十年」[64]。民初新文化運動時期開始摸索嘗試，一九三〇、一九

62　蔣伯潛：〈國文是什麼〉，《新學生》第1卷第1期（1946年5月），頁24。

63　蔣伯潛：《體裁與風格》，上冊，頁1。

64　蔣伯潛：《中學國文教學法》，頁3。

四〇年代漸漸褪去五四時期的實驗色彩，教法的相關討論已多從理論專業或實務經驗出發，各種平面（文字書寫）或立體（教學活動）經驗叢出，形成該時期鮮明的語文教育景觀。蔣伯潛此際即撰成《中學國文教學法》，建立專業的國文教學架構，有系統地探討教學目的、教師素養、教材編纂、教法指引、習作批改、課外活動的提示等等[65]。

　　《中學國文教學法》為蔣伯潛長年教學之理念與實踐的結晶，觸及國文教學的方方面面[66]，尤對習作及批改的議題多所著墨，可視為《語譯廣解四書讀本》之外的另一代表作。一九三〇、一九四〇年代在寫作議題上，比以往更具思想變革特色，不論是白話文寫作、作文法研究、文體新分類、作文教學研究等等，其研究與實踐的出發點，已非修己立誠的傳統思考，或視為功名晉身之階，夏丏尊、葉聖陶乃至蔣伯潛，把具備寫作能力當成應付現代生活、改進生活的工具憑藉，夏、葉兩人合寫的《文心》，即謂：「作文是應付實際需要的一件事情，猶如讀書、學算一樣」、「作文是生活，而不是生活的點綴」[67]。葉聖陶屢言：「寫作就是說話，為了生活上的種種需要，把自己要說的話說出來」、「寫作對於他是生活上非常有益的技能，終身受用不

---

65 可惜1949年後，因現實政治影響，蔣氏的《中學國文教學法》在大陸並未受到重視（近期則受到學界與出版界關注），但因臺灣師範大學國文系教授章微穎（1894-1968）在臺灣推廣，寄存於該書的理念及作法間接影響了臺灣現代國語文教育的發展。將另文深究蔣伯潛、章微穎兩人在中學國文教學法上的異同及意義。

66 蔣伯潛看法固然可觀者多，然亦有時代的侷限，例如在《中學國文教學法》已留意演說該注意的事項：聲調、表情、動作、姿勢及講稿撰作，以七十年後的現代眼光檢驗蔣著，益見其當年之前瞻性的教學識見，然依語文學者耿志堅教授對現今口語表達必備之專業素養觀點，蔣氏在音色、目光、衣著搭配等項目，顯然有所忽略。關於蔣伯潛教學法的現代專業參照及驗證，可參耿志堅教授之《朗讀的技巧與指導》（臺北市：新學林出版社，2013年）、《演說的技巧與指導》（臺北市：新學林出版社，2015年，第2版）。

67 葉聖陶、夏丏尊：〈題目與內容〉，《文心》（上海市：開明書店，1949年，第22版），頁17、18。

盡」[68]、「學生學作文就是要練成一種熟練技能」[69]，而他主編的《國文雜誌》即拈出一個非常重要的概念：「養成善於運用國文這一種工具來應付生活的普通公民。」[70]其提及的「生活」、「普通公民」，正說明成為一個適應現代生活的公民之關鍵，就在於他能否善用本國語文。蔣伯潛的基本立場也是如此，他表示：

> 寫作是一種技能，是生活所必需的技能。我們要記錄見聞以助記憶，要發表情意使人了解，都非有這種技能不可。凡學一種技能，必須實地練習。練習，次數須多，須有人指導、糾正。中學生作文就是習作——練習寫作——不是創作，學生應當認清：作文是為自己，不是為教師，為學校；作文底目的是在學習將來實際生活所必需底熟練的寫作技能。[71]

葉、夏及蔣三人均主張寫作能力是現代公民立身處世的必備條件，同時也釐清了習作與創作的本質差異，蔣說「中學生作文就是習作——練習寫作——不是創作」，葉、夏亦表明「習作只是法則與手腕的練習；應用之作只是對付他人和事務的東西；創作才是發揮自己天分的真成績。……三者之中，最基本最重要的是習作，習作是練習手腕的基本工夫，要習作有了相當的程度，才能談得到應用，才能談得到創作。……中學原是整個的習作時代，創作雖不妨試試，所當努力的還應該是習作。」[72]他們強調中學生的作文只是習作而非創作，此觀點

---

68 葉聖陶：〈國文隨談〉，《葉聖陶集》（南京市：江蘇教育出版社，2004年），第13卷，頁80-81、85。
69 葉聖陶：〈大力研究語文教學，盡快改進語文教學〉，《葉聖陶集》，第13卷，頁207。
70 見〈發刊辭〉，桂林版《國文雜誌》第1期（1942年8月），頁4-5、4。
71 蔣伯潛：《中學國文教學法》，頁59-60。
72 葉聖陶、夏丏尊：〈習作創作與應用〉，《文心》，頁254-258。

與王森然的看法不盡相同，尤其中學階段究竟以習作抑或創作為導向
的問題上，頗見差異，王森然倡言應指導中學生方法以引起其創作興
趣，進而發展獨特之天才。[73]而蔣伯潛則認為作文乃「學習將來實際
生活所必需底熟練的寫作技能」，基於此認知，故蔣伯潛為國文教
學、文章作法，編寫諸多的語文教材及普及讀物，具體指導方法，此
已與傳統「文無定法」或所謂「文成法立」、「文章本天成，妙手偶得
之」類的思維明顯區別。

　　蔣伯潛不走極端，也不喜抽象的教條，他的現代轉化觀念從何而
來？「現代轉化」，包括「轉」與「化」兩個面向，「轉」其實就是
通、傳、承繼，而「化」就是變、易、創新，蔣伯潛結合這兩者，從
現代眼光及意識對古典資產進行辨析、選擇、闡釋進而有新的嘗試，
化古為今。就承繼而言，蔣伯潛源於家庭教育、學校師長薰陶、同儕
摯友的影響；就創新而言，吸收西方新知，以及個人的勤勉鑽研。在
他身上可找到對前人的借鑑及吸收的蹤影，復以匯攏出新，再從自己
的筆管裡流洩而出。如他所提出新的文體分類，即得益於古代及西方
文論，此外，在文法及修辭研究上，蔣伯潛亦主張借鑑西方學理：

> 我以為研究文法和修辭，當根據完形心理學，作整個的觀察研
> 究，由整篇以研究句語，從整句以研究各個的詞。因為獨立的
> 字與詞，不能斷定其詞性如何，須看它在句子組織中所占的地
> 位；句子也不是完全獨立的，與它底上下文，甚至與全篇都有
> 關係的。枝枝節節地肢解了全篇，去研究其中的一句；零零碎
> 碎地臠割了整句，去研究其中的一詞、一字；是不能得到要領

---

73 王森然：〈作文與試驗〉，《中學國文教學概要》（上海市：商務印書館，1929年），
　　頁301-309。

的！[74]

又以批改文章為例，他說道：

> 我在浙江教學時，常鼓勵學生和我在假期內通信，把原信批改了寄還。這辦法，我覺得很有效益。文法黑板練習，除當場改正錯誤外，可以把所以要改的理由，口頭說明。……還有一種方法，我曾試驗過，且覺有效。那時，我在某中學只教一班國文，（因兼別的教課和職務。）學生只有三十人。我先規定各種記號，告訴學生。在作文中有須改正的地方，先加上各種記號，發交學生在課內自己訂正。改得多，須重鈔，連原本同繳。批改定在下午課畢後或星期日，改某生底文，即把某生邀來，坐在旁邊，和他問答、商量，邊改邊談。改完後，然後細加眉批，當面發還。這辦法，可以養成學生自己修改作文的能力與習慣，可以增進學生對批改底注意與了解。不過師生多費點時間而已。[75]

蔣伯潛的作法更為費心，鼓勵學生可先放後收——先大膽地寫，再於課內、課後細密指點研討，除利用課堂時間進行黑板訂正及口頭講解，課後更親切地個別輔導，暑假則權宜採書信往返，突破時空的限制[76]。諸生易犯的錯誤也不輕易放過，紙上批語兼具「眉批」（在稿紙

---

74 蔣伯潛：《中學國文教學法》，頁177。須留意的是，其僅是借鑑觀念或操作方法，並而非屬全盤西化派。

75 蔣伯潛：〈習作與批改〉，《國文月刊》第48期（1946年10月），頁37。

76 師生通信暑假至少兩次、寒假一次，蔣伯潛視為教學的好辦法，收到信之後，對格式、文字、語句、字義等必細加批改及指導，這種課外的書信指導，他認為六項益處：學會寫信的格式與措辭、可以練習寫作、從教師回信中獲得許多知識、可增進

上端，標明字、詞、句有誤不妥處，並說明改正之由，若有優點亦可一併指出）與「總批」（在稿紙末尾，針對形式內容有須糾正或補充、或獎勵或訓勉），批語具體而不浮泛（參圖五），此外，收集案例編製教材，期末再出示提醒，並列為命題材料，以加深印象。

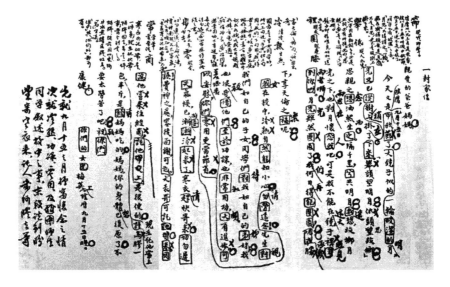

圖五　蔣伯潛批改實例舉隅

　　在李問渠、張相、俞康侯等名師指導下，已厚植了新舊學問的基礎，又因個人的勤勉努力[77]，他的文言文及白話文寫作無不精通，在北高師即展現文言寫作的長才，記敘抑或議論、讀書札記，皆有佳作，多篇入選《北京高等師範學校校友會雜誌》而列為觀摩範本，例

師生情感、可引起寫信的興趣、可趁機督促指導其他假期作業。以上，見《中學國文教學法》，頁157。

77 依蔣伯潛中學同學楊郁生轉述，蔣伯潛是在校生中年紀最輕的，用功甚勤，「寢室燈已滅，他還是一人在戶外走廊上看書，直到半夜，所以每一學期成績總是全班第一名，四年不例外。得到老師們的表揚和同學們的愛戴。」此事轉見蔣祖怡〈先嚴蔣伯潛傳略〉修訂稿，頁3。

如：〈與友人論學書〉、〈記北京城門畫〉、〈讀柳宗元與韓愈論史官書書後〉等作，頗獲佳評：

> 汪洋恣肆如百川赴壑，沛乎莫之能禦，假以歲月，吾未知其所至也。[78]
>
> 此類記事之文，最易入俗，作者智珠在握，行所無事而恰無有絲毫塵俗之氣，繞其筆端，讀者固須玩其包羅，尤當鑒其雅鍊。[79]
>
> 從來文章道義之交，本非閭巷徵逐之徒所能並論。劉秀才得附退之，以顯其人要非尋常但擬崔立之自親疏判然矣。文拈答崔書中兩語，互為發明，立竿見景，其本已定，又復推衍波瀾以敷佐之，能令觀者皆應不窮，眩其所主，可謂畢此題之能事，恢恢乎游刃有餘矣。[80]

蔣伯潛舊學底子深厚，擅寫文言文，自是游刃有餘。在北高師還親炙了錢玄同以方言解古字的治學路數，錢玄同浙江人，曾赴日本早稻田大學留學，亦受章太炎指導國學，在數所中學任國文教師，後執教北京高等師範國文系，以及在北大、清大、燕大等校兼課，其專於小學研究，善以現代語言學的理論及方法研究音韻、文字、訓詁[81]。蔣伯潛於《中學國文教學法》即多次援引錢說，例如：

---

78 蔣起龍：〈與友人論學書〉後附評語，《北京高等師範學校校友會雜誌》第1輯（1916年4月），「學生成績」專欄，頁2。

79 蔣起龍：〈記北京城門畫〉後附評語，《北京高等師範學校校友會雜誌》第2輯（1916年12月），「學生成績」專欄，頁1。

80 蔣起龍：〈讀柳宗元與韓愈論史官書書後〉後附評語，《北京高等師範學校校友會雜誌》第3輯（1917年未繫月份），「學生成績」專欄，頁2-3。

81 關於錢玄同背景，可參《中國現代語言學家傳略》，第2卷，頁992-1000。

《孟子・滕文公有為神農之言章》「且許子何不為陶冶，舍皆取諸其宮中而用之」句底「舍」字，業師錢玄同先生說它就是今紹興方言中之「啥」字，「舍皆取諸其宮中而用之」，就是「啥東西都向家裏拿來用用好哉」，言無論什麼家裏都已齊備了。他以現代方言解古書底文字，故能疑義盡釋，神情畢肖。[82]

又：

錢玄同師謂此「舍」字猶今紹興話中的「啥」字，言無論啥東西都取之於宮中而用之，則「舍」字為代詞了。[83]

蔣伯潛認同錢師以現代方言解古文字的作法，並強調國文教師應具備文字學、聲韻學的專業學識，方能正確指導古書閱讀。蔣伯潛後來在浙江省立第二中學執教（一九三〇年擔任校長）[84]，從政策制度面落實文字教育，他在一九二〇年提交的一份校務報告書裡述及課程安排：「大概都恪守部章，和別的中學一樣，可注意的是：（1）國文科不教文學史、文法，另外提出一小時教《說文》；（2）四年級每週教一小時國語；……（6）以國文英語數學為主科。」[85]該校增授《說文解字》及國語，但不教文學史及文法，而國文與英語、數學列為三大主科，還設下未滿五十分的升級門檻。由此可見，該校重視從根本上

---

82 蔣伯潛：《中學國文教學法》，頁178。
83 蔣伯潛：《中學國文教學法》，頁155。
84 北高師畢業後，系主任陳寶泉原屬意蔣伯潛留校任教，但適逢蔣父新喪，其以家中須照料為由請回浙江工作，陳氏遂請浙江大學校長蔣夢麟轉介進嘉興浙江省立第二中學任國文教員。
85 蔣起龍、劉渭廣：〈浙江省立第二中學校的現狀〉，《北京高師教育叢刊》第3集（1920年6月），頁1-2。

去訓練使用文字的基礎，畢竟薄弱的識字能力，難以進行基本溝通，更不利於蔣伯潛力主掃除的「文盲」現象（不識文字）。至於該校不教文學史及文法，既然蔣伯潛已言明課程「大概都恪守部章，和別的中學一樣」，那麼意謂部定課綱應規定了須教文學史及文法，何以該校排除而另教《說文解字》？在校內擬定講授科目的關鍵角色，或許不能排除蔣伯潛的引導之功，致該校特重文字教育，蔣伯潛從不諱言對文字學研究的喜好及看重[86]，後來更撰成普及讀物《文字學纂要》，不過，蔣伯潛鑽研文字學係採廣義的路徑，把聲韻放在文字學的範圍內，此有別於傳統堅守許慎《說文解字》重字形、字義而相對忽略聲韻的研治態度、將聲韻別立一門音韻學而摒除於文字學之外，因此，他也特別推崇從聲韻角度研究的《說文通訓定聲》（朱駿聲撰）。所撰《文字學纂要》更闢專章講述字音問題，除傳統的聲、韻、反切，亦介紹注音字母，對發音器官及其作用、發音方法也多所著墨，並附口腔、鼻腔、喉頭等發聲部位構造圖。

另外，因國文教科書常節選《孟子》、《列子》等篇章，雖實際授課時無須對中學生細述典籍部居及真偽考證的來龍去脈，但備課或進修，教師仍應留意並查明其古書之性質真偽，這方面的教學態度及學術素養要求，亦得益於業師馬敘倫的啟迪，他屢次提及：「《列子》一書，更有為魏晉間人依託偽造底嫌疑（馬師敘倫有〈列子偽書考〉一文，言之甚詳）」、「要明白古代各派底學術，不能僅僅以閱讀學術史和所謂概論為滿足，必須進而閱讀整部的古書。古書有真有偽，有半真半偽（如今本《列子》為偽書，業師馬敘倫有〈列子偽書考〉，言

---

86 蔣伯潛說：「文字是文章底基本分子，要文章寫作得好，當以文字學為基礎工夫」、「毫沒有文字學常識的人，不但有寫別字的危險，要用文字達其情意，而恰如其分，也是難的」、「我對於文字學，本來很喜歡研究。」見其《文字學纂要》，頁7、17。

之頗詳）」。[87]馬敘倫，浙江人，曾執教北京大學，主編多份報刊，一九二〇年代曾出任浙江省教育廳長、北京政府的教育次長，其在北大教書期間，專於語言文字研究，於古籍之整理、校勘、著述及訓詁研究，頗有建樹，多篇文章收入《天馬山房叢書》[88]，其與蔣伯潛的關係密切，不只在語文教育上有所關聯，對國事亦齊心戮力從事[89]，亦師亦友。

　　蔣伯潛吸收前輩的教學菁華，後出轉精，以過人的精力及紮實的人文素養，為莘莘學子解惑，弟子張墍曾見證：「那時，我正在美新小學讀書，伯潛先生平時對待學生親切和藹，談笑風生，但一上課堂，十分嚴肅認真。學生把騰清的作文本交上去，他當堂依次批改，等下課鈴響，全班的作文也就批改完了。」「伯潛先生是我省中學的名教師。他常說：『教書是一種事業』，若把它當做職業看，就成了『教書匠』了。正是以此為指導思想，所以能以培養人才的百年大業為己任，教學工作一貫認真負責。」[90]此正為蔣氏誨人不倦、勤於批

---

87 蔣伯潛：《中學國文教學法》，頁26、184。

88 關於馬敘倫背景，可參《中國現代語言學家傳略》，第2卷，頁894-899。

89 據蔣祖怡之說，其父與馬敘倫在一九二〇年代互動密切，謂：「一九二五年，父親與馬敘倫先生，參與策動浙江省長夏超起義以響應國民軍北伐」、「一九二七年，北伐軍底定浙江後，馬敘倫先生出任浙江省府委員兼民政所長，我父親任《三五日報》主筆。」以上，見蔣祖怡〈先嚴蔣伯潛傳略〉修訂稿，頁7。

90 此前塵往事載《富陽風貌》第2輯，轉引自蔣祖怡：〈先嚴蔣伯潛傳略〉修訂稿，頁5、6。按：張墍，字厚植，富陽縣神功山村人，是蔣伯潛在家鄉美新小學教書時的學生，張墍讀省中時，兩人再續師生緣，張墍後來也從事教職，任教於浙江省中學、師範學校。根據蔣紹愚教授的提示，蔣伯潛《體裁與風格》裡的葫蘆谷，其原型是家鄉富陽的一處偏僻山區神功山，彼時因躲避戰禍而曾寄住那裡，此處原即弟子張墍老家。又按：蔣伯潛與張墍師生情誼深厚，曾詩歌唱和，如上海租界被日軍占領後，蔣伯潛離開上海返回家鄉富陽後，即依張墍用韻而和了六首詩，以抒對時局的感懷，詩裡化用若干《論語》、《孟子》、《史記》典故，詩可詳其〈感事六絕句次厚植韻〉，收於蔣增福、夏家鼐合編：《歷代詩人詠富陽》（延吉市：延邊大學出版社，1999年），頁142-143。

閱、謹嚴認真形象下了注腳。

　　蔣伯潛認真教導怎樣寫好白話文，並強調現代人亦應貼近古典文本的美感，即使不會書寫文言，亦要具備對文言的理解能力。他專業地批改白話文習作、指點學生有效學習。唯批改工作，是非常勞苦的事，蔣伯潛與朱自清卻不以勤改為苦，雖然其間也曾挫折——已批改的文卷被當成包裝紙，他多次回憶此事：

> 　　從前我在某舊制師範教國文，偶然叫校役向門口的攤上買了一包花生米來，發現包花生米的紙，是前幾天剛發還的作文，竟似兜頭一盆冷水，把我底心都澆冷了！[91]

又：

> 　　從前，我和朱自清、劉延陵二先生同在某校教國文。朱先生和我是努力批改作文的；劉先生卻從不批改，而且常笑我們，「可憐無補費精神」。有一天，校工替我們買了一包花生米來，包的紙便是我仔細批改、三天前發還學生的作文。這正給了劉先生一個有力的證據。我被兜頭澆了一杓冷水，頓時涼了半截。朱先生卻鼓勵我，認為這僅是極少數的偶發事項，不能以此概括全體學生。[92]

儘管不重視批閱意見的學生可能是少數，朱自清為此也安慰了蔣伯潛，但稿紙包花生米的意外插曲，仍使蔣伯潛念念不忘。

　　批改有無效益、是否有必要，教師對改文效力問題，固然教育界

91　蔣伯潛：《中學國文教學法》，頁60。
92　蔣伯潛：〈習作與批改〉，《國文月刊》第48期（1946年10月），頁34。

有不一樣的聲音[93]，但他自比玉工琢玉、園丁種花，雖為了生計，然若能轉念，不生厭惡的心理，就得將工作、報酬的功利想法撤除，「把批改作文看做摩挲玉器、栽植庭花，則苦中未嘗不能得樂。……學生勤於習作，對它發生興趣，對批改異常注意，也可以影響教師，轉移其厭惡批改的心理。」[94]蔣伯潛最終期盼國文教師的其他工作不要太繁重，方有餘裕努力批閱，而且不主張分數明載文卷上，但可寫等級（分甲乙丙三等，每等又分上中下三級。此近於今日臺灣大考「三等九級」的現代評分思維），以避免注意力被分數牽引、斤斤計較分數而忽視批改的文字。總之，他認為寫作是技術，技術務必實地練習，方能漸漸純熟精進，而習作是絕對需要且有效益的，教師適度的批改也同樣占國文教學的重要地位。

　　蔣伯潛博通經史子集，又兼擅文言及語體，可自由出入其中而無扞格，他在教學活動中往往信手拈來，以深入淺出的方式，將古、今巧妙聯繫起來。他把傳統經典轉化為現代寫作及閱讀的養料，以「不薄今人兼愛古」、「不趨時，又不泥古，惟求其是」態度為之[95]。相較於其他文章寫作研究者，多借鑑西方學說而對傳統寫作理論忽視或繼承不足，蔣伯潛則不割斷與傳統文化的鏈接，反而深入挖掘菁華而予

---

93 例如周遲明從學生敷衍的心態著眼，質疑教師批改的成效，其云：「存着（按：著，下同）敷衍了事的心理，抱着潦草塞責的宗旨，遇到文期（按：作文時候），便胡謅幾句，亂鈔一通，反正有教師修改，好歹不干己事；遇到不知道的字眼，便別字亂寫，或者竟留着空白，要教師填補；等到教師批改出來，只看批語，批語好，收藏起來，批語不好，往字簍一塞。這樣的作文，雖多何益？說到這裏，對於教師改文的效力問題，也可附帶說幾句。我對於這問題，向來懷疑；我曾和許多朋友討論過這問題，也有同感。」見其〈中學國文教學上的一個問題〉，《新學生》第1卷第4期（1946年8月），頁18。

94 蔣伯潛：〈習作與批改〉，《國文月刊》第48期（1946年10月），頁38。

95 此藉杭州府中學堂名師張宗祥對蔣伯潛的評語，見張宗祥：〈輓蔣伯潛弟〉，收於浙江省文史研究館編：《張宗祥文集》（上海市：上海古籍出版社，2015年），頁171。

以現代轉化及靈活運用。

　　以下，再酌舉其具啟發性的現代轉化論述以及活化教學實例為證：

　　　　從前人把孔子看成一個超人的聖人，一個沒有情感的木偶似的
　　　道學先生，所以讀起《論語》來，覺得異常呆板枯燥。我則以
　　　為大聖人也是人，而孔子是一個富於情感的人。《論語》記
　　　他，有時憤不可遏（如云：「是可忍也，孰不可忍也。」）有時
　　　異常悲痛（如顏淵死，有「天喪予，天喪予」語。）有時又非
　　　常幽默（如「子入太廟，每事問；或曰：『孰謂鄹人之子知禮
　　　乎？』子聞之曰：『是禮也？』」據俞樾說，「是禮也」是反詰
　　　語，蓋太廟中所見者，皆不合於禮。「這些是禮嗎？」反詰他
　　　一句何等幽默？）有時也喜歡和弟子說笑（如「割雞焉用牛
　　　刀」，直自認「前言戲之爾」。）我們要讀《論語》，必須把態
　　　度改變過來，方能真真認識孔子。[96]
　　　　《論語》首章，「人不知而不慍」一語，朱子以為是「人不知
　　　我而不慍」，即「遯世不見知而不悔」的意思，我底意思，卻
　　　以為第一節「學而時習之不亦說乎」是說「學不厭」；第二節
　　　「有朋自遠方來不亦樂乎」是說門弟子來自遠方，即《孟子》
　　　「得天下英才而教育之」之樂；（同門曰朋；師生有朋友之誼，
　　　故朋可解作門弟子）第三節「人不知而不慍不亦君子乎」是說
　　　「教不倦」，人不知者，是人不知學，不是人不知我。學不厭，
　　　教不倦，是孔子最偉大的精神，所以編輯《論語》時把它列在
　　　首章的。（《孟子》記子貢語，以學不厭為智，教不倦為仁，孔
　　　子之所以為聖人即在此。見〈公孫丑〉篇。）我們讀古書，不

---

96 蔣伯潛：《中學國文教學法》，頁185。

可為某一家底注解所束縛，方能自己悟出一番新見解來。[97]
有些文字遊戲，不但有趣，而且很可以訓練人們底巧思。例如文虎，便有很巧妙、很幽默的。以《孟子》「何可廢也，以羊易之」兩句，打一「佯」字；《論語》「唯女子與小人為難養也」打「髯鬚」；以「四」打〈長恨歌〉「山在虛無縹渺中」；以「一畫一直，一畫一直，一畫一直，一直一畫，一直一畫，一直一畫」打一「亞」字；都是很巧妙的謎兒。對課兒，實在也是一種文字遊戲。如以「李白」對「楊朱」，以「孫行者」對「胡適之」，以「南容三復白圭」對「東坡重遊赤壁」，以「有寡婦見鰥夫而欲嫁之」對「唯女子與小人為難養也」；這雖然是舊時代的玩意兒，如其學生程度夠得上，叫他們試試，倒也是很有趣的。[98]

師生談話時偶然講個笑話，也可以寓教學於談笑之中。例如：「從前有個不很通文墨的人，捐班出身，做了蘇州通判。他把墓前的『翁仲』說倒了，變做『仲翁』。有人做詩嘲笑他道：『翁仲居然作仲翁，只緣書少夫工。馬金堂玉如何入？只好州蘇作判通』。因為他把『翁仲』二字說倒了，所以故意把『讀書』、『工夫』、『金馬』、『玉堂』、『蘇州』、『通判』都倒裝了。」講這個笑話給學生聽時，便可引伸到修辭格底「飛白」上去，講笑話，只要俗不傷雅，於啟發學生底心思也頗有效力。[99]

學生底姓名，也有可以講說的材料。從前某中學裏有三個學生：一姓孔，一姓孟，一姓顏。姓顏的名「樂山」，姓孔姓孟的都名「樂三」。一般人把樂山底樂字讀作「義校切」，樂三底

97 蔣伯潛：《中學國文教學法》，頁185-186。
98 蔣伯潛：《中學國文教學法》，頁174。
99 蔣伯潛：《中學國文教學法》，頁174-175。

樂字讀作「落」。其實，那姓孔的學生底名字裏的「樂」字，也應當讀「義效切」。《論語》孔子說：「知者樂水，仁者樂山。」孔子稱顏回其心三月不違仁，所以姓顏的取名「樂山」。孟子稱君子有三樂，所以姓孟的取名「樂三」。《論語》孔子又稱益者三樂，損者三樂（樂音義效切）。所以姓孔的取名「樂三」。國文教師應當把這三個名字底來歷和其音讀，講給學生聽，方不至把同學底名字隨口亂叫。──到處留心，是學國文的好法子，也是教國文的好法子。[100]

蔣伯潛長期浸淫傳統學問的瀚海，在他所處的新舊過渡年代，其非但未積累沉澱成一種激進或對抗現代社會的保守心理，反而以務實求真的進路，探討語言文字的諸多形式，也同時教導如何看待古典的文本、怎樣去連接從傳統到現代的關係，並提出種種賞析與批評門徑。他一面與傳統續接，一面留心其實傳統文化裡也有包含調整、更新、轉換的傾向，因此，就蔣伯潛而言，即使他已意識到傳統辭章的內在緊張或有不合宜處，其依舊可以從傳統思想資源中，擷取相當的例子，並予以創造性回應或客觀解釋，為傳統與現代之間搭起了會通的橋樑。

六　結論

晚清民初新舊交替、中西兼容的時代，中學國文教育在百家爭鳴中不斷地被談論，歷來觸及該範疇者眾，如：林紓、黎錦熙、胡適、梁啟超、章太炎、夏丏尊、葉聖陶、朱自清等。蔣伯潛長年重視語文

---

100 蔣伯潛：《中學國文教學法》，頁175。

根基工作、師範專業訓練出身，亦與朱自清、葉聖陶、周予同交善，其熟諳教材教法，更對教學法尤有系統闡發，然所受的關注卻遠不及朱、葉、周，實有必要重估其定位。

討論現代國文教育，過去偏重思想及理念，即使注意到教學第一線的人物，也多青睞知名者如夏丏尊、朱自清、葉聖陶等，而此部分的研究已累積不少成果。夏丏尊對蔣伯潛說過：「我和你都是行伍中人，我們都曾上過中學國文教學底前線，有戰場上的實際經驗的。」[101]被夏氏視為教學陣線上之「行伍中人」──蔣伯潛，所指引的步驟次第多能「平心靜氣地，逐一加以檢討，力求改進」，有別於傾重教材編選、陳義甚高或偏於教學原理者，即使教材編纂經驗豐富的葉聖陶在晚年也反省說：「咱們一向在選和編的方面討論得多，在訓練的項目和步驟方面研究得少，這種情形需要改變。」[102]蔣伯潛有豐沛的想法與實踐經驗，在長時間的教書生涯裡，弟子張塈以下所歸納的教學特色，很能彰顯蔣伯潛在新舊過渡時期的表現：

> 一、他雖則已具有語文方面廣博而深湛的知識，備課工作仍很認真，不肯因為自己的熟練和應付裕如而輕率對待。二、上課時著重講清字、詞、句和篇章結構等基本知識，在這基礎上，根據每個學生的不同情況，因材施教，三、他常常指出：單靠課堂教學講授幾十篇範文是不夠的，還必須指導學生們選讀一定數量的課外讀物以提高學生獨立閱讀的能力和興趣。四、對學生的作文，主張少批少改，以多批讓學生知道自己寫作的優劣點：那些應增應減，逐步達到內容妥貼，結構完美。換句話說，也就是用提高學生的認識來促進學生寫作能力的逐步提

---

101 蔣伯潛：〈習作與批改〉，《國文月刊》第48期（1946年10月），頁33。
102 葉聖陶：〈重視調查研究〉，《葉聖陶集》，第13卷，頁217。

高。由於這樣，伯潛老師的改作，他眉批和總批的字數，有時常常超過學生作文的本身。語文教師大都認為批改作業是一件苦事，認為這是無效勞動；而伯潛先生為了培養人才的目的，總是樂此不疲。他教了幾十年中學，從來沒有聽到他說過苦於批改作文的話；這當然是跟他的學識淵博、筆性快有關，特別是和他明確的工作目標分不開的。[103]

依張塈之說，其教學特點在於：備課態度謹嚴而不敷衍、強調語文基本功、因材施教、提倡多閱讀課外書籍，以及深信批改作文對提升寫作力有助益。民國時期的蔣伯潛，透過教學的渠道，予傳統辭章以形式及內容的多層次轉化，在觀點、方法或體系上，均有建樹。兩岸分治之後的臺灣，同樣受到蔣伯潛不小的影響，一九五○年代高明編著《初中國文》六冊，課本結構分為文選、文話兩部分。在每一個單元後面，特意安排一、兩篇「文話」，包括：文章的體裁、創作和欣賞、文法、修辭。「文話」與「文選」彼此是互相照應的，文話闡發文選，文選印證文話，編者建議兩者合參研讀，自能從中得到更多的興趣和益處[104]。其中，「文話」取材，多改寫自蔣伯潛之作，如首冊的〈體裁與風格〉即是[105]，而所選範文體裁亦多循蔣伯潛的分類，此甚俾於鑑賞文章及練習作文，高明在改寫蔣伯潛的見解後，再輔以選文印證[106]。不只是國文教科書，蔣伯潛的《語譯廣解四書讀本》亦有教育部

---

103 張塈之言，轉見《富陽文史資料》第2輯，頁6。

104 高明編著：〈編輯大意〉，《初中國文》（臺北市：正中書局，1950年，臺初版），第1冊，頁4。

105 高明編著：〈體裁與風格〉，《初中國文》，第1冊，頁120-128。

106 高明說：「每一個作者在他的許多作品中，有與他的個性不能分開的公共特性，這就是『風格』。在我們讀過的文章裏，朱自清、吳敬梓、許地山、包公毅、謝婉瑩的那些作品，在『體裁』上雖同是『小說』，而各人所表現的『風格』是不同的。

輯錄的改編本，以之作為師範與中等以上學校學生的必修閱讀書，一九五〇年代臺灣省教育廳甚至諭令各中學置為教本[107]，現今依然為儒家經典課程所採用[108]。蔣氏諸多書籍，迄今仍不斷重版、翻印。

綜括言之，蔣伯潛將傳統辭章轉化為現代國文課程，具有三方面的重要意義：一、其由紮實的學養與修古更新的觀念出發，為日後國文課程奠立了良好基礎；二、其種種思維與具體作法，迄今仍存在參照乃至指導的意義；三、其為現代國文課程所建構的基本規模，對接續的專業化工作而言，無疑是具體的張本。

同是謝婉瑩的作品，雖然〈我的同班〉是『小說』體裁，〈寄小讀者〉是『書牘』體裁，然而卻有一種共同特性，和別人的作品完全兩樣，這便是『風格』。」見其〈體裁與風格〉，頁126。

107 這道由臺灣省政府教育廳廳長陳雪屏署名的公函〔(41)教五字第四二九八〇號〕，發布於一九五二年十月四日，主旨是：介紹學校機關採用廣解四書讀本為「中國文化基本教材」，以供教師參考、學生研習。當時參與印行的書局，如啟明書局、東華書局，在書前的首頁均附錄該函令，宣傳自家發行的《語譯廣解四書讀本》符合政府規範，各校可酌量採購。按：臺灣於一九五四年起，規定師範院校國文課程須加授四書，一九五六年更進一步落實於高中，以四書為「中國文化基本教材」。

108 陳逢源教授即謂：「筆者濫竽教席，於東吳大學講授四書課程，即是以《語譯廣解四書讀本》作為指定教科書。」見其〈《新刊廣解四書讀本》之緣起〉，收於蔣伯潛廣解、朱熹集註：《新刊廣解四書讀本》（臺北市：商周出版，2016年），頁7。

第三章
讀寫示徑：
蔣祖怡與一九四〇年代的國文教育[*]

一　前言

　　蔣祖怡（1913-1992）（參圖一），浙江富陽縣新關村人，蔣伯潛（1892-1956）之子[1]，一九三七年畢業於江蘇無錫國學專科學校，曾任浙西昌化第三臨時中學、富陽簡師的國文教師，後於上海市立師範專科學校[2]、浙江大學、浙江師範學院及杭州大學中文系執教，並曾兼上海世界書局編輯、編審，以及正中書局《新學生》月刊的主編。

　　一九四〇年代，國內外戰火頻仍，儘管教學環境及編印的客觀條件欠佳，但蔣祖怡卻不畏艱難，此際有多種語文著述問世，積極推展

---

[*] 本文係執行科技部專題計畫（MOST 102-2410-H-562-002-MY2）之部分研究成果；曾載於《國立彰化師範大學文學院學報》第13期（2016年3月）。

[1] 根據蔣祖怡之子──北京大學中文系教授蔣紹愚提供的〈蔣祖怡〉簡介，蔣祖怡自幼接受父親蔣伯潛及其友人郁達夫、朱自清、葉聖陶、周予同等之教育和薰陶，於中學階段即常投稿寫小說，還曾擔任浙江省人民代表、作家協會浙江分會副主席、中國民主同盟浙江省委副主委。至於蔣祖怡的家屬，妻子是同鄉的沈月秋（1914-1996），其子女有五名，分別是：蔣紹惠（女，原名蔣紹蕙）、蔣紹愚、蔣紹忢（女）、蔣紹忠、蔣紹心。另有一子蔣紹錫，抗戰時病死於老家富陽（十歲）。以上，感謝蔣教授提供其父與家人之背景資料。

[2] 蔣紹愚教授提供的〈蔣祖怡〉，指其父於一九四五年抗戰勝利後，到上海任正中書局編審，「兼任新陸師專中文系副教授」。而署名「習之」的作者謂：「一九四六年任上海市立師範專科學校中文系副教授。」見習之〈蔣祖怡教授小傳〉，《古籍整理研究學刊》1989年第5期，頁88。按：筆者請教蔣紹愚教授此事，其云上海市立師範專科學校就在上海新陸村，故「新陸師專」即「上海市立師範專科學校」。

語文教育。限於篇幅，本文將先集中研討蔣祖怡對修辭學及相關遣詞方法的見解，並以《章與句》、《字與詞》、《文章病院》、《文章學纂要》、《文章技巧的研究》為主要研究文本，因為這些書不但指引怎樣精進寫作、也提出諸多改善修辭的門徑，其所揭示的修辭觀點並受到中國修辭學領域學者鄭子瑜的重視[3]。

　　蔣祖怡的語文著作在臺灣有多種翻印本，流傳頗廣，然而後世對蔣祖怡的既有印象，多停留在文藝理論與中國文學批評史[4]，鮮少有人注意其早年致力語文教育的部分，甚至因政治干擾，使其人與著述被扭曲或刻意消音。本論文即客觀梳理蔣祖怡早年對現代國文教育的建構——尤其著眼於其中的讀寫部分。

　　在進行以下相關研討之前，先梳理「蔣祖貽」其人身分的疑問，因現存的資料常見「蔣祖怡」名字有異稱的亂象，如：一、誤為蔣祖「貽」，例：激流書店一九四七年印行的《文章病院》，標示了編著者「蔣祖貽」[5]。二、誤為蔣祖「詒」，例：陸立儀《淺論蔣伯潛語文教

3　鄭子瑜即肯定《章與句》、《文章學纂要》，例如他特別點出《章與句》一段話：「修辭學只告訴你一個修辭文章的方法，也和文法一樣，是由文章中歸納出來的，而不是預先設立一個修辭學來教別人作文照樣去做的。」子瑜認同蔣氏從既有的撰文經驗歸納出「修飾文章的方法」之修辭學觀念——這是「很有意義的話」，見其《中國修辭學史》（臺北市：文史哲出版社，1990年），頁616。

4　例如：蔣祖怡《中國人民文學史》（上海市：北新書局，1950年；另有上海文藝出版社於1991年印行影印本）、蔣祖怡《王充的文學理論》（上海市：上海古籍出版社，1980年；另有臺灣繁體版，由萬卷樓圖書公司於1991年印行）、蔣祖怡《文心雕龍論叢》（上海市：上海古籍出版社，1985年）、蔣祖怡《詩品箋證》（鄭州市：中州古籍出版社，1995年）、蔣祖怡與陳志椿主編《中國詩話詞典》（北京市：北京出版社，1996年）、蔣祖怡《中國古代文論的雙璧——〈文心雕龍〉〈詩品〉論文集》（濟南市：山東教育出版社，1995年）等。

5　筆者手頭有兩冊激流書店印行的《文章病院》，一是一九四七年一月出版，一是一九四七年十一月出版，這一前一後的書，均標明編著者是「蔣祖貽」。

育改革思想》提到蔣伯潛「與其子蔣祖詒共同編撰課外讀本」[6]。三、
與另位「蔣祖怡」相混，如：大陸「百度百科」之「蔣祖怡」詞條之
附圖誤植為文化界名人蔣復璁之幼子[7]。這些名字，或因出版社刻意形
誤[8]、或研究者一時不察、或因同名牽連，而與「蔣祖怡」本尊相混。
本文所研究的對象，係指蔣伯潛之子蔣祖怡，而非上述的蔣祖貽、蔣
祖詒或蔣復璁之子。

二　蔣祖怡的著作概述

　　蔣祖怡在一九四〇年代致力編寫語文著述，曾與父親蔣伯潛受上
海世界書局之邀，為青年及中學生合寫「國文自學輔導叢書」十二
冊，這套書首度發行時，父子聯名各冊（見圖二：《章與句》初版封
面書影，右上並列兩人名字。），蔣伯潛還寫了一篇序文說明發行這
套適用自學、有系統的課外讀物之動機及經過，他特別提到兒子在成

6　陸立儀：《淺論蔣伯潛語文教育改革思想》（上海市：華東師範大學中國語言文學系
　　碩士學位論文，2011年），頁3。筆者按：蔣祖詒（1896-1973）係浙江著名藏書世家
　　蔣氏「傳書堂」之後人，乃藏書家蔣汝藻（1877-1954）之子。根據蘇精的研究，蔣
　　祖詒，「字穀孫，也精於圖書板本學，來臺後擔任臺灣大學教授，輯『思適齋集外
　　書跋輯存』一書。」見蘇精：《近代藏書三十家》（臺北市：傳記文學雜誌社，1983
　　年），頁209。

7　蔣復璁（1898-1990），係中央圖書館（今國家圖書館前身）首任館長，服務央圖三
　　十餘年，後又任職故宮博物院院長逾十七年，並於一九七四年當選中央研究院院
　　士。其育有三子二女，其中，蔣祖怡是其幼子。蔣祖怡曾任中央研究院史語所陳槃
　　先生的助理。關於蔣復璁及其子蔣祖怡的背景，詳參蔣復璁等口述、黃克武編撰：
　　《蔣復璁口述回憶錄》（臺北市：中央研究院近代史研究所，2000年）；蔣祖怡：
　　〈先生之德，山高水長──記先父蔣復璁先生的生平事蹟（一）〉，《傳記文學》第
　　93卷第5期（2008年11月，總號第558號），頁4-23。

8　激流書店的版權頁並無黏貼如海天書店1940年印行《文章病院》所附之版權票，有
　　可能是私印，故不敢明目張膽地印出「蔣祖怡」的名字，只好改以字形相似、字音
　　相同的「貽」字混淆。

書過程的角色：「材料之蒐集，意匠之經營，文字之推敲，則兒子祖怡臂助尤力。」[9]該套叢書後來在臺灣多次再版（原書局部內容，因現實政治之顧慮亦有所刪節，詳後述），而臺灣的世界書局又調整了作者名字，僅標「蔣伯潛」一人，蔣祖怡名字則不復見。

圖一　蔣祖怡像　　　　　圖二　《章與句》書影
（感謝蔣紹愚教授提供照片）　　（世界書局1940年初版）

　　據蔣祖怡於一九八七年所寫的〈先嚴蔣伯潛傳略〉，此套書由他負責的是：《字與詞》（上、下兩冊）、《章與句》（上、下兩冊）、《駢文與散文》、《小說與戲曲》、《詩》、《詞曲》八冊；而父親蔣伯潛主筆《體裁與風格》（上、下兩冊）、《諸子與理學》、《經與經學》四冊。蔣祖怡說：

　　　初中六冊，均用小說形式編寫：《字與詞》、《章與句》、《體裁
　　　與風格》（均為上下冊）。高中，六冊不用小說形式：《駢文與

───────────────

9　蔣伯潛：〈自序〉，《章與句》（上海市：世界書局，1940年，初版），下冊，頁3。

散文》、《小說與戲曲》、《論詩》、《詞曲》、《諸子與理學》、《經
與經學》。其中《體裁與風格》（上、下）、《諸子與理學》、《經
與經學》均為先嚴手撰。這一套課本由世界書局於一九三九年
至一九四○年間陸續出版，現在尚在臺灣流行，有的多至十三
次印刷，《論詩》一書於一九八六年由廣東人民出版社重版。[10]

其中，《章與句》，蔣祖怡後來修訂了部分內容，並另題《文則》，由
黃山書社於一九八六年出版[11]。從《章與句》到《文則》，蔣祖怡嘗試
用小說故事的形式，闡述寫作原則與修辭知識。

筆者二○一五年九月赴北京謁訪蔣紹愚教授，其特別提到祖父與
父親採故事體的書寫特色，而小說人物之原型、地點場景的塑造，部
分源於自家人及切身的生活經歷。例如《字與詞》裡的周伯臧，其原
型即蔣伯潛，蔣紹愚解釋：「他從小喪母，繼母對他不大好，是祖母
把他撫養大的，所以書中祖母去世那一章是很真實的。書中提到伯臧
的異母弟，先祖父確有一個異母弟，叫蔣仲超，先在中學教書，後來
從商，在上海時和我們家住在一起，關係很好。」此外，書裡寫到對
人生看法與寫「撞鐘主義」，蔣紹愚說這都是蔣伯潛的真實思想，書
中周伯臧熱愛教育、厭惡官場文化、鄙視商人，亦是從小熟知的印
象。至於《體裁與風格》裡的尹莘耕，其實也隱藏蔣伯潛的名字，因
為其小名即「尹耕」（取意於《孟子》「伊尹耕於有莘之野」）；而故事
裡的「宗貽」即蔣祖怡、「月仙」即沈月秋（蔣祖怡之妻，字逸仙）、
「錫官」即蔣紹錫（蔣祖怡之子）、「蕙官」即蔣蕙官（後改為蔣惠

---

10 詳蔣祖怡：〈先嚴蔣伯潛傳略〉，收於蔣伯潛《校讎目錄學纂要》（北京市：北京大
　　學出版社，1990年）附錄，頁178。

11 增刪幅度最大的是〈思想與想像〉這一章，其將原先所提到的俄國文藝作家思想，
　　如托爾斯泰、屠格涅夫、杜夫退益夫斯基的思想及高爾基標榜的新寫實主義，移出
　　《章與句》。

官，蔣祖怡之女），而「愚官」即蔣紹愚教授本人。至於地點的構築，以《體裁與風格》為例，其中的葫蘆谷，其原型是家鄉富陽的一處偏僻山區神功山，彼時因躲避戰禍而在那裡住過一陣子，此處原是蔣伯潛弟子張塑老家；還有書中說尹莘耜跌斷了腿，蔣紹愚表示其祖父確實也跌斷過腿，但此事發生在富陽老家而非神功山。

此外，蔣氏父子亦為正中書局編寫「國學彙纂叢書」十種[12]，其中《文章學纂要》、《詩歌文學纂要》、《史學纂要》由蔣祖怡執筆[13]。「作文自學輔導叢書」，則是蔣祖怡個人接受世界書局主編陸高誼之提議，在與陸氏多次商討後而編寫設計，原稿曾試驗於蔣祖怡任教的學校，因學生進步顯著，故印行分享。該套書計六冊：《記敘文一題數作法》、《描寫文一題數作法》、《論說文一題數作法》、《抒情文一題數作法》、《文體綜合的研究》、《文章技巧的研究》[14]。

---

12 據〈國學彙纂編輯例言〉，這十種是：《文章學纂要》、《文體論纂要》、《文字學纂要》、《校讎目錄學纂要》、《詩歌文學纂要》、《小說纂要》、《史學纂要》、《諸子學纂要》、《理學纂要》、《經學纂要》。

13 詳臺北的正中書局於一九五七年印行蔣祖怡編著《文章學纂要》（修訂臺2版，該版原據1942年重慶〔渝〕初版）所附之〈國學彙纂編輯例言〉。父子各負責哪幾冊？按蔣祖怡自己的說法：「《文章學》、《史學》、《詩歌文學》三種，由我撰寫。」餘七種則由父親「親自撰寫」（見其〈先嚴蔣伯潛傳略〉所記，頁180）。然蔣紹愚教授提供的資料，把《小說纂要》列為蔣祖怡之作；而筆者擁有的《小說纂要》（臺北市：正中書局，1987年，臺初版第6次印行）亦署蔣祖怡編著。為何蔣祖怡本人未認寫《小說纂要》，而正中書局卻認定出自蔣祖怡之手，箇中原因待考。筆者推測，蔣祖怡〈先嚴蔣伯潛傳略〉寫於晚年的一九八七年，年老誤記不無可能，或該書受父親指點較多而不居功。

14 〈作文自學輔導叢書編輯凡例〉將《文章技巧的研究》誤植為《作文技巧的研究》。按：這套叢書，各冊之版權頁均未註明出版時間，且紙張較為粗糙，今據主編陸高誼之言：「在此物力維艱的時候。」（〈主編者言〉，《文章技巧的研究》，頁1）以及版權頁署發行人「李煜瀛」，大致可判斷「作文自學輔導叢書」應是一九四〇年代的出版品，且至遲不晚於一九四六年問世。一九四〇年代時值對日戰爭，國難當頭、物力維艱，印務日益困難，故這時期的書刊，紙質及印刷多顯粗

　　值得一提的是，蔣祖怡在一九四〇年曾撰一冊專講易犯的寫作弊
病——《文章病院》，該書流傳頗廣，海峽兩岸均有數種版本（詳後
述），全書分十章，前九章是：〈文章的疾病與衛生〉談文章的要素；
〈文章的癥結〉談用字；〈文章的積滯〉談用典；〈文章的頓骨病〉談
詞性與文法；〈文章的服飾病〉關切標點符號；〈文章的興奮病〉、〈文
章的肥胖病與瘦弱病〉均涉及修辭問題；〈文章的殘廢病〉則論文章
的構造；〈文章的貧血病〉談的是內容與辭藻。最末的第十章乃〈文
章的總治療〉，主要藉由觀摩他人的文本，一方面複習前九章所提示
的觀點及作法，另一方面亦可藉以系統地自我試驗。此書舉出許多古
今中外的實例，講解錯字、不當用字、不通、謬誤、重複、累贅、晦
澀之句、思想淺薄或矛盾等寫作上的各種問題，既點出致誤的現象及
原因，亦仔細說明如何改正，使讀者清楚知道改正的理由，以避免重
蹈覆轍。

　　蔣祖怡於一九四六至一九四八年間亦為上海的正中書局主編《新
學生》月刊[15]，這份面向中學師生及青年讀者的課外讀物，包括「中

劣、書刊拖期或中斷印行，時有所聞，例如《國文雜誌》因戰事而脫期，編輯致歉
說：「我們最先要向讀者諸君道歉的，就是本刊不能如期初版。固然在戰時排印一
本雜誌，要比平時困難些，但我們沒有能夠以最大的努力來克復重重困難，這是應
該由我們來負責的。這次因為脫期過久，所以把四、五期合併刊行。」見〈編者的
話〉，《國文雜誌》第1卷第4、5期（1943年3月），頁37。又，曾在世界書局工作二
十餘年、擔任經理的朱聯保回憶：「一九四六年起，該書局出版物上刊用發行人李
煜瀛字樣。」（〈關於世界書局的回憶〉，收於宋原放主編：《中國出版史料》〔濟南
市：山東教育出版社，2000年〕，第1卷，現代部分，頁256。）而蔣祖怡這套書上
的發行人名字也正是「李煜瀛」。另，臺灣的文致出版社於一九七三年曾翻印《文
章技巧的研究》，書名並略稱為《文章技巧研究》，一併繫此備參。

15 蔣祖怡主編《新學生》之時間起迄，係依版權頁註記，自第一卷第一期（1946年5
月）起至第四卷第四期（1948年2月）止，均署編者蔣祖怡名字。但自第四卷第五
期起，蔣祖怡已不見其名，而改換「新學生月刊社」，此概稱直至第六卷第三期
（1949年1月）終刊。筆者又按：《新學生》月刊後期，自蔣祖怡卸任後，接續的主

學教材研究」、「學習方法討論」、「新書介評」、「學生原地」等題材。
蔣祖怡身為編輯也寫稿[16]，如：〈文藝與敏感〉（第1卷第2期）、〈論文
章的感染性〉（第1卷第5期）、〈我國古代的神話與傳說〉（第1卷第6
期）、〈人類的語言〉（第3卷第1期）、〈中國語文的孳乳〉（第4卷第1
期）等。《新學生》因有各地（包含：臺灣在內）正中書局的配合發
行，故銷行廣遠，影響亦大。

　　以上，是蔣祖怡於一九四〇年代在國文教育上的具體表現，他多
從「輔導自學」角度，建立對讀寫方面的觀念及實踐原則。唯《文章
病院》、《章與句》等書後來在臺灣多次印行，卻也衍生了內容增刪不
一、作者名字張冠李戴的現象。

　　趙元任回憶清華國學院知名學者陳寅恪常對人說：「你不把基本
的材料弄清楚了，就急著要論微言大義，所得的結論還是不可靠
的。」[17]故在研究蔣祖怡的相關議題時，筆者將先就至關重要的基礎

編人似乎變動不定，根據最末一期的〈編後記〉所言：「本月刊原定每月十五日出
版一期。但本期脫期多日，有負愛讀者之企待，殊為歉疚。緣本刊主編人半年來頗
有更迭，自本期起又因洽聘特約主編，以致寄稿輾轉稽延，又以京滬局勢動盪不
安，各方面多受影響，編排校印刷比較費時。現六卷四期（印二月號）稿亦同時付
排，可望不日出版。」（詳見〈編後記〉，《新學生》6卷3期〔1949年1月〕，頁42）
但筆者復按上海圖書館館藏資料，顯示該刊最後原訂發行的第六卷第四期似因局勢
動盪而無疾而終，上圖僅收藏至一九四九年一月的第六卷第三期。

16 蔣伯潛亦是《新學生》作者群之一，且父子兩人均集中談論閱讀及寫作議題，如：
蔣伯潛的〈國文是什麼〉（1卷1期）、〈童年學習國文底回憶〉（1卷5期）、〈詩文中所
抒寫的感情之一──「傷逝」之情〉（4卷1期）。又，正中書局1946年「為激勵青年
利用暑期自學進修並紀念葉公楚傖起見，由新學生月刊社主辦葉公楚傖紀念獎金徵
文比賽」（詳見〈本刊擴大徵文啟事〉，《新學生》第1卷第5期，1946年9月，頁
84），蔣伯潛還擔任徵文比賽的評審委員。《新學生》月刊由具國民黨色彩的正中書
局印行，社長即國民黨政要「葉溯中」，故該社舉辦以紀念同為國民黨要人葉楚傖
（葉氏於1946年2月病逝於上海）的徵文比賽也是可以理解的。

17 趙元任、楊步偉：〈憶寅恪〉，收於俞大為等著、《傳記文學》雜誌社編輯：《談陳寅
恪》（臺北市：傳記文學出版社，1978年），頁27。

材料，以實事求是態度進行文獻的整理，進而去思考蔣祖怡致力國文教育的意義。以下，舉《文章病院》為說。

截至目前所能掌握的《文章病院》版本，在臺灣地區，有：

啟明書局（1960年，作者署「蔡丏因」）

大漢出版社（1981年，作者署「蔣黎光」）

書銘出版事業公司（1981年，作者署「夏丏尊」）

遠流出版社（1978年，作者署「蔡丏因」，書名換為《文章醫院》）

大陸地區，有：

激流出版社（1937年1月及11月兩種版次，作者署「蔣祖貽」）

海天書店（1940年，作者署「蔣祖怡」）

為便討論，茲先表列各版異同及筆者正誤註解，如下表一、表二。

以上，臺灣的大漢出版社，署蔣祖怡之筆名——「蔣黎光」，並重新打印文字及排版。而啟明書局及遠流出版社，竟把寫序的「蔡丏因」誤為作者了，蔡丏因是蔣伯潛的老友，一九三八年蔣伯潛應蔡丏因等人之邀，到上海大夏大學、無錫國專（時該校已遷至上海）教書，並兼任世界書局特約館外編審。蔡丏因與蔣伯潛熟識而為其子蔣祖怡著作寫序。此外，兩家出版社亦將蔣祖怡原書的第十章刪除。

《文章病院》第十章專收《中學生》等書刊曾解剖及救治的病患[18]。所援患者之例，均轉錄他刊，非出於蔣祖怡之筆；又，部分取材

---

18 患者計有：〈今後《申報》努力的工作〉、〈《初級中學國文教本》編輯條例〉（以上

離臺灣青少年讀者的生活經驗較遠，且觸及若干敏感的政治議題如
〈今後《申報》努力的工作〉，此或遭刪之局部底蘊。至於書銘出版
事業公司誤為「夏丏尊」，恐因開明書店編輯夏丏尊、葉聖陶等人，
曾於一九三〇年代在《中學生》雜誌推出「文章病院」專欄，因「同
名」而一時不察致誤。以上臺灣諸版似皆自行翻印，不見蔣祖怡授予
的相關憑證（如版權票，詳後述）。尤有甚者，上海的激流書店以
「蔣祖貽」相混，以規避私印的行徑，且或因銷售不錯，故同一年度
還先後印了兩次（封面更換）。

目前所見最早本子是上海「海天書店」的《文章病院》（又名
《怎樣糾正文章的錯誤》），書前有「蔡丏因」的序文，書末則有校訂
者「侯寄遠」的跋文[19]。侯寄遠表示：

原載《中學生》「文章病院」專欄，後收入《寫作的健康與疾病》）。〈開河〉、〈姊姊
的死〉（以上原載《中學生》「文章修改」專欄）。〈刺激與希望〉、〈生產消費對於國
計民生的關係〉（筆者按：〈生產和消費對於國計民生的關係〉，以上兩文原載《青
年週報》「作文批改」專欄）。蔣祖怡引用的這些文章，在出處方面，僅略註書刊
名，未詳列具體出版項，筆者回查原刊，其詳細出處如下：〈開河〉，嵇汝運原作、
葉聖陶修改，《中學生》「作文修改」第七十一號（1937年1月）。〈姊姊的死〉，《中
學生》「作文修改」專欄第七十三號（1937年3月）。〈刺激與希望〉，原作者待查、
胡山源批改，《青年週報》第十二期「作文批改」專欄。〈難中所見的一頁〉，朱緯
原作、胡山源批改，《青年週報》第十三期「作文批改」專欄。〈回鄉的途上〉，戴
君原原作、胡山源批改，《青年週報》第十四期「作文批改」專欄。〈生產和消費對
於國計民生的關係〉，陸鳳池原作，胡山源批改，《青年週報》第十八期「作文批
改」專欄。又按：受限《青年週報》原刊掌握不足，目前僅能利用已知之第五十期
所載第一卷（1-50）總目索引，先確認部分原作者及修改者的身分，至於各自的出
刊時間仍待補，但以上各篇不晚於一九三九年三月出刊的第五十期。

19 侯寄遠係國民黨黨員，曾任中學校長、教育部蘇浙巡教團視察，以及具工會背景，
根據《上海時人誌》介紹：「侯寄遠先生，年三十五歲，浙江諸暨人，上海法政大
學畢業，曾任上海曉光中學校長，中華海員黨部上海區黨部書記長，中華海員工會
上海分會主任委員，教育部蘇浙巡教團視察，杭市戰區主任督導員等職。現任第七
區區長，並兼中華海員黨部執行委員，上海市參議員。吾國海員，為數至多，以其
飄洋涉海，得風氣之先，思想咸多前進，而極富向上意識，故對國民革命之貢獻極

「文章病院」，許多的病體，都是經過內科外科各異的手術的，這些手術，醫生──著者並沒有賣祕訣，都盡量地告訴了我們，意思是叫我們自己的缺點來，老子說「勇者自克」。青年人尤其要有這種勇氣。[20]

又云：

我希望著者再來辦一所「文章美容館」使讀者得更進一步，研究求美的方法，眼睛不美怎樣使他美，鼻子不正怎樣使他正，總之是要使去了病象的人，又增加了美的條件。我想人類都是有愛美的心理的，為一切藝術產生的泉源，要浚發這泉源，當從人人必須要寫作的文章來開始。這是我校定這本書後的一點意見。[21]

侯於文末署時間「二十九年雙十節」，而版權頁所標示的發行日期是「中華民國二十九年十二月初版」。至於這個版本的蔡丏因序文，文末僅署名卻略去了蔡文原有的落款日期，筆者在稍後出版的上海激流書局所印《文章病院》裡，看見蔡氏署簽日期為「二八，八，一四」。故雖無蔣祖怡個人直接的成書經過說明，但比對目前所能掌握的局部版本，大致可推定：《文章病院》至遲應在民國二十八年蔡丏因寫序之前即完稿。

　　海天書店是目前所能覓得的較早本子[22]、又經侯寄遠校訂、內容

巨，實為國民黨之有力黨員，而能發生領導作用者，先生即其一也！」繫此備參。
　詳戚再玉主編：《上海時人誌》（上海市：展望出版社，1947年），頁121。
20 侯寄遠的跋文，見蔣祖怡：《文章病院》（上海市：海天書店，1940年），未繫頁碼。
21 侯寄遠的跋文，見蔣祖怡：《文章病院》，未繫頁碼。
22 值得注意的是，海天書店印行之前似已存在更早的書稿或本子，因為侯寄遠說校訂

也較完整（臺灣有些版本，略去第十章〈文章的總治療〉），又版權頁
黏貼一張印有「月壽」字樣的小紙片（參圖三），乃作者蔣祖怡授予的
憑證──版權票[23]，故本文所據引的《文章病院》，以海天書店本為主。

表一　各版《文章病院》比較表之一

正確	
蔣祖怡	蔣黎光
海天版	漢光版
1.書名又稱《怎樣糾正文章的錯誤》。 2.附有作者用印的版權憑證。 3.書末有校訂者「侯定遠」的跋文。	1.作者署「蔣黎光」。按：黎光是蔣 　祖怡的筆名。 2.列為「作文暨讀書叢刊」。

　　這本書之後，另有設置「文章美容館」的構想，顯然侯氏所校應有所本，且海天書
　店把蔡丙因序文原先註記的日期省略沒有印出。但其他稍後的《文章病院》版本則
　重現了日期。這意謂在海天書店之外，或許另有較早之書稿或本子存在，但受限文
　獻掌握不足，仍待深考。

23　這是徵信的作法、保護著作者的權益，作者即可據以向出版社收取版稅，若市面發
　　現同書而未貼，即出版社夾帶私售。誠如賈俊學所言：「版權票又稱版權證，它是
　　作者與出版者互相制約的一種方式。也有的是出版者自家印刷以防盜印，另外也有
　　稅務單位控稅的作用。」見賈俊學編著：《衣帶書香：藏書票與版權票收藏》（杭州
　　市：浙江大學出版社，2004年），頁133-134。

表二　各版《文章病院》比較表之二

錯誤			
蔡丙因		蔣祖貽	夏丏尊
啟明版	遠流版	激流版	書銘版
1.省略第十章。 2.目錄之每章另增提要性質的副題。 3.列為「讀書作文入門叢書」之一。	1.書名換為《文章醫院》。 2.列為「遠流青少年百科全書」第3輯。	1.第一種封面以人物的伏案閱讀及寫作為設計特色。 2.第二種封面以醫療救治的「紅十字」為設計特色。	1.封面及版權頁均誤為「夏『丐』尊」（應為夏『丏』尊）。 2.序文末尾署撰者「蔡丙因」，且調整了若干字句。

圖三　海天書店《文章病院》版權頁上方

（黏貼蔣祖怡的「月壽」字樣〔白底紅印〕憑證）

三　國文的定義

　　關於「國文」，一般認為國文課內容是無所不包、什麼都有，蔣
祖怡即認為「國文的範圍很大，從幾個字的選擇，一直到各種專門學
問的研究都在其內」[24]。就教育部頒布的課程標準，小學階段稱「國

---

24 蔣祖怡：〈孤兒之淚〉，《章與句》（臺北市：世界書局，1977年，第3版），上冊，頁
　　6。按：除因部分觸及版本、蔣伯潛序文而引用上海世界書局一九四〇年的初版

語」，初高中以上多稱「國文」，以致於一般人誤會是因小學全教語體文故稱「國語」，中學語體文漸少而文言文漸增故稱「國文」。蔣伯潛認為語體文「只是用口語體寫成的文字，決不能說它仍是語言，而且也決不能與語言完全一致的。所以『語體文』仍是『國文』而非『國語』。」況且若小學稱國語，中學稱國文，「頗有把語體文、文言文分別高下的嫌疑，那更不妥當了。」[25] 其子蔣祖怡也認為語體文、文言文都屬於「國文」，「白話文和文言文雖然有著形態上的不同，實際說起來只要傳達的效果相同，便根本不能互分軒輊。」[26]「文言文和語體文並無優劣可分的，文言文是古代的文字，我們也得學習它；語體文是近代通行的文字，我們更要學習。」[27] 那麼，究竟哪些內容可劃為國文的範疇？蔣氏父子答案是：文字與文章。

蔣祖怡在《章與句》裡化身為國文教師「李亦平」，解釋何謂文字、文章，說：

> 文字，便是字和詞的認識，每個字有每個字的意義，中國有專於研究字的學問叫做「小學」，又叫做「文字學」；這裏面專於討論每一個字的組成和音讀的。例如中國的「國」字照理便是「或」字，「口」代表疆域，「戈」是表示守土的兵士，後來

（筆者僅掌握了下冊，不能滿足研究之需），其餘則以臺灣世界書局於一九七七年發行的上下兩冊為據。

25 蔣伯潛：〈國文是什麼〉，《新學生》第1卷第1期（1946年5月），頁22-23。

26 蔣祖怡：〈語體文和駢散的比較〉，《駢文與散文》（上海市：世界書局，1941年），頁135。按：雖然文言文、語體文是不同的文體，本難以比較，不過，蔣祖怡曾粗略地分出六項不同點：一、詞之單複的不同、代名詞之不同、連詞之不同、介詞助詞之不同、語調之不同、詞性的變化。以上，詳蔣祖怡：〈文言文與語體文之比較〉，《文章技巧的研究》，頁123。

27 蔣祖怡：〈語氣〉，《章與句》，上冊，頁40。

「或」字借做虛字了，便在「或」字上面再加一個圈子。[28]

對文章，則指：

> 本來「文章」的旁邊應該加上這三撇的（筆者按：即「彡彰」），說是有文彩的意思。從文字組成了句語，再由句語組成了文章，整篇文章的好不好，有好多個條件：第一是句子通不通，第二是句子安排得好不好，第三是標點和段落，第四是整篇結構和思想；讀別人的文章，正可以作自己作文時的參考。[29]

蔣伯潛對文字也說：

> 「文字」，是教學生識字。所謂識字，須熟識文字底形體，不至於寫別字錯字；能讀出文字底聲音，不至於讀錯；須明瞭文字底意義，不至於誤解誤用；並須知道複詞底組織和變化，詞類底分別和活用。文字底教學，雖然不必使學生個個都懂得文字學，而且以龜甲文、鐘鼎文、大小篆等古文字教授學生，但是國文教師必須有文字學底素養和常識。中小學生雖然不必把所有的文字都認識，但常見常用的文字，必須能寫、能讀、能解、能用。[30]

對文章，亦云：

---

28 蔣祖怡：〈孤兒之淚〉，《章與句》，上冊，頁6。
29 蔣祖怡：〈孤兒之淚〉，《章與句》，上冊，頁6-7。
30 蔣伯潛：〈國文是什麼〉，《新學生》第1卷第1期（1946年5月），頁27。

「文章」，是教學生讀文章，做文章。換句話說，就是要養成學生底閱讀能力和發表能力。我以為中學畢業生應有閱讀語體文和平易的文言文的能力，應有寫作明白曉暢的語體文的能力。教學文章，便須使學生明瞭語句篇章底組織，文章底體裁，修辭底方法。所以國文教員必須有文法、文體論、修辭學底素養和常識。[31]

蔣伯潛總結對文字、文章的看法：

凡是寫在紙上，以一個形體代表一個聲音，一個或一個以上形體代表一個意義的，都叫做「文字」。用許多文字組成語句，用許多語句組成篇，藉以寫記景物，敘述人事，表達情意，記錄語言，便叫做「文章」。從幼稚園識字教學起，一直到中學大學，閱讀習作洋洋千言的大文章，都可以稱為「國文」。[32]

此外，蔣伯潛不喜歡別人稱他為「文學家」、「國學家」，他直言教了二十多年的國文，是「老教書匠」——「教國文的，怎麼便會是文學家、國學家呢？」他自嘲這好比「驢頭不對馬嘴」[33]。更直接表明：「中學國文科，教學的是一般的『文章』，不是純粹的『文學』。」[34]從蔣伯潛對國文教師的任務認知，以及「老教書匠」自居及與兒子合寫輔導叢書，可知蔣氏父子基本上認為「文章」不等於「文學」、「國文」和「國學」也不同，雖彼此間有些聯繫（文學亦是由文字組成語

---

31 蔣伯潛：〈國文是什麼〉，《新學生》第1卷第1期（1946年5月），頁27。
32 蔣伯潛：〈國文是什麼〉，《新學生》第1卷第1期（1946年5月），頁24。
33 蔣伯潛：〈國文是什麼〉，《新學生》第1卷第1期（1946年5月），頁24。
34 蔣伯潛：〈習作與批改〉，《國文月刊》第48期（1946年10月），頁35。

句篇章，也算是文章），但就狹義的性質功用，頗見差異。儘管如此，國文教學仍可納入純文學的教材，但蔣氏父子以為那是在熟習遣詞造句、謀篇成章及瞭解文章大概變遷之後，即文字及文章的教學有成，才去欣賞歷代的純文學作品。

蔣祖怡與父親主張國文教學應循序漸進[35]，首重從文字及文章的形式去習得理解與發表的能力，因此國文科最應著眼以下四項：一、教導文字學，以正確識字及活用詞類；二、教導文法常識，以明瞭語句的結構及變化；三、研究文體論，以研討篇章的組織結構；四、接觸修辭學，以正確使用修辭的技巧。

四　強調課堂外自學

具多年國文教學經驗的蔣伯潛，在一九四〇年代所發表的以下經驗談，很能反映當時在教學上所遇到的困境：

> 我曾為浙江省教育廳典試中學畢業會考的國文四次，覺得中學畢業生的國文試卷，大有一屆不如一屆之勢。論者往往歸咎於學制的改革，把四年初小，三年高小的期限，縮短了一年。其實，小學縮短了一年，中學已延長了二年；雖然大學的三年預科被廢除了，但這於中學畢業生的程度，是沒有影響的。或謂從前的中學生大都是家塾出來的，現在的中學生完全是小學畢業的；家塾可以說是專讀國文的，而且由教師個別教授；小學的學科較繁，花樣較多，學生已不能專攻國文，而且用的是班級教學；這便是中學生國文程度低落的原因。這一說，頗有相

---

35 蔣伯潛甚至寫成一本專門的教學用書《中學國文教學法》，限於篇幅及本文研究的對象，此不贅述，將另文探討蔣伯潛的教學經驗及研究所得。

當的理由。可是我們平心靜氣地想想：家塾裏讀死書的教學方
法——只重背誦，不重講解——比現代小學裏的教學法，優劣
如何？家塾裏采用的教本——自《千字文》、《百家姓》以至
《四書》、《五經》——比現代的小學國語教科書，那（按：哪）
一類適合於兒童的學習？即此二端，已足抵消（按：抵銷）上
面所述的那種原因了！[36]

教與學失衡，校園的實境是偏重教師單線教學，卻相對輕忽了學生的
課外自學，教材教法亦待精進。那麼，要改進即應知致力的方向，蔣
祖怡與父親都主張不能只是課堂上讓老師講授而已，課外的自學更不
能輕忽。《章與句》裡的兩位國文老師：趙鳴之、李亦平的一段對
話，正呈現蔣祖怡的教學觀念及作法。李老師說：

單解釋文句有什麼意思？多作文的好處也有限的。所以我一星
期叫他們作文，另一星期是教他們「辭的活用」、「文法」、「修
辭」上的種種問題，也叫他們練習一下。我所選的都是比較有
趣味的記述文和描寫文，議論文很少讀，即使有了也選擇其中
清楚而容易了解的。他們底文章先得解決別字和文法上的錯
誤。同時，課外讀物，我選得很多，每一本書讀完了，要他們
做一個報告。[37]

趙老師說：「工作真繁重，每星期要改謄清，默書，作文，大小楷，
再有週記。國文教師不是萬能的。」[38]不只改文章、批週記、甚至還

36　蔣伯潛：〈自序〉，《章與句》（1940年，初版），下冊，頁1。
37　蔣祖怡：〈中秋之後〉，《章與句》，上冊，頁151-152。
38　蔣祖怡：〈中秋之後〉，《章與句》，上冊，頁152。

要指導書法，趙老師不免抱怨說：「國文教師改大小楷。這是適用於老學究的，他們一手的秀才字，可以教學生們學，但是現代的國文教師卻是不善此道的人多。要他改大小楷，未免強人所難了。」[39]蔣祖怡認為老師平時應盡量騰出時間教如何鑑賞、如何創作，甚至動態的壁報製作、文字遊戲設計[40]，都可考慮。即使寒暑假的作業，也得兼顧閱讀與寫作的訓練，以下是李亦平老師所交辦的寒假作業項目：

> （甲）閱讀——《修辭學發凡》、《左拉短篇小說集》、《水滸》、《莫泊桑短篇小說集》、《明清散文選》、《注釋本中國文學史》。任擇三種，每種讀完之後，寫一篇報告，裏面分「批評」、「感想」、「參考」三項。……（乙）寫作——每禮拜做一篇週記，將自己底生活情形，國內外的大事及自己底感想寫下來，不必很長，求文章暢達，注意別字和不通的詞句。再作文言文譯語體文一篇，語體文譯文言文一篇，字數不拘。[41]

不僅交代作業內容，同時具體提示步驟，以讀書報告為例，李老師分別解釋「批評」、「感想」、「參考」的作法：「批評是讀者對於每本書中文字上，結構上或編製上，思感上的批評，不可空泛。感想是讀者讀了這書以後所感到的種種問題。參考，在本書以外，可以用他書來作證引的材料。」[42]

---

39 蔣祖怡：〈中秋之後〉，《章與句》，上冊，頁152。

40 蔣祖怡《字與詞》即設計了〈文字遊戲〉，如猜字謎，題目有：「鑿壁偷光（打三國時人的字一）」【孔明】、「重男輕女（打現在地名一）」【貴陽】、「割稻的鐮刀（打字一）」【利】、「六十天（打字一）」【朋，六十天即兩個月，兩個月字，就是朋】，寓教於樂。以上，詳見蔣祖怡〈文字遊戲〉，《字與詞》（臺北市：世界書局，1966年，再版），下冊，頁190-192。

41 蔣祖怡：〈今文十弊〉，《章與句》，上冊，頁212。

42 蔣祖怡：〈今文十弊〉，《章與句》，上冊，頁212。

　　以上國文老師們的經驗談，點出當時教學的沈重負擔，儘管大環境嚴苛，但蔣祖怡筆下的國文老師多勇於任事，嘗試以生動教法提高學習趣味，並多次強調文法修辭的重要，總之「我們教書的人，也不該因環境而氣餒的」[43]。

　　蔣祖怡在《字與詞》裡，專章談如何組織「讀書會」的方法，包括草擬簡章及安排開會流程；而在《章與句》中，亦專章強調課外輔導及口頭研討的重要，組織了「語文研究會」。無論研究會，抑或讀書會，這樣的課外自主性的組織，實可得到不同家庭的教學資源挹注，誠如蔣祖怡筆下的彭旭初校長所言：「要國文好，必須課內課外雙方並進，學校家庭雙方督導，方能有效。」[44]比較蔣祖怡所經營的這兩個課外團體，「學生家長」都居於主要位置，取代了校內正課的國文老師，而且指導的重點都置於家長怎樣增加學生的文法常識、具體陳述文法修辭上的問題，這包含了直接輔導以及間接的捐書。例如：邀請學生的家長陳女士（故事中虛構的學生陳祖平之母），擔任研究會的導師，輔導國文常識，例如講解各種詞類的特色[45]；有些則捐贈「開明書局出版的《中學生雜誌》一年」、「《文心》、《詞和句》、《文章作法》、《愛的教育》」等等[46]。

　　與父親蔣伯潛合寫「國文自學輔導叢書」，此套書正可為蔣祖怡重視「課外」、「自學」的理念做注腳，其父撰寫的書序也補強了這樣的教學思維，蔣伯潛表示：

43　蔣祖怡：〈中秋之後〉，《章與句》，上冊，頁151。
44　蔣祖怡：〈組織讀書會〉，《字與詞》，上冊，頁31。
45　陳女士為學生介紹了九品詞種（名詞、代名詞、動詞、形容詞、副詞、介詞、連詞、助詞、嘆詞）及七位實體詞（主位、呼位、賓位、副位、補位、領位、同位），詳見蔣祖怡〈語文研究會〉，《章與句》，上冊，頁52-56。
46　蔣祖怡：〈組織讀書會〉，《字與詞》，上冊，頁32。

中學本身六年內的國文教學，只重在教師的教，而不重在學生的學，只重在課內的受教，而不重在課外的自學！中等學校的國文授課時間，每週至多不過六七小時；去了二小時作文，只有四五小時了。講授選文，如果貪多求速，每週也可以講授三、四篇。但這樣草率了事，囫圇吞棗，學生能完全了解嗎？能完全記誦嗎？不但食而不化，難期應用，怕嚥都來不及嚥下去哩！如預習、試講、範講、復講、內容和形式的深究，以及默讀、朗讀、背誦、默寫，要樣樣都做到，一週四五小時，怕只能選授一兩篇文章。一學年不過四十多週，六年工夫只讀了二百五十篇到五百篇文章，國文當然不會有長足的進步了。何況大部分學生在教室裏聽講，和坐茶店聽說書一般，有興趣時，眉飛色舞，沒興趣時，便昏昏入睡；下了課，把講義一丟，等到考試時再來臨渴掘井呢！——所以我認為要提高中學生的國文程度，非提倡他們自學不可！非輔導他們自學不可！非養成他們課外閱讀的能力興趣和習慣不可！[47]

蔣氏父子都憂慮學校的國文時數有限，無法顧及聽、說、讀、寫的方方面面，有些教材內容雜亂陳腐，內容也引不起學生的興趣，國文程度每下愈況。因此要完善國文教學，勢必精進教材及教法。蔣伯潛就說：

適宜於中學生課外閱讀的讀物，實在難找。他們得不到適當的讀物，而自由閱讀的興趣又非常強烈，於是大多數學生盡量地閱讀他們自認為有興趣的小說，無論是武俠、神怪、戀愛、偵

---

[47] 蔣伯潛：〈自序〉，《章與句》（1940年，初版），下冊，頁2。

探等等，無所不閱，結果是無往不迷。雖然看小說於國文也不無小補，但終是所得不償所失。學校當局，或聽自然，或竭力禁止。禁止固然無效，聽其自然也不是辦法。現在各初中差不多以《文心》、《愛的教育》、《文章講話》、《文章作法》、《詞和句》等，為學生的課外讀物。可是這一冊，那一冊，各自獨立，並不是按照中學生程度，由淺入深，整套編成的；就各書的形式和內容看，也分不出牠（按：它）們的深淺。所以甲校定《文心》為一年級的讀物，乙校定《文心》為二年級的讀物，丙校又定《文心》為三年級的讀物，把牠（按：它）看成萬應靈膏，什麼人什麼病都可貼的了。至於高中。尤其沒有辦法；許多教師只得將《孟子》、《史記》、《戰國策》、《通鑑紀事本末》，提起筆來，隨便替學生開一張書單子。[48]

蔣伯潛這番話除了反映一九四〇年代市面流通不少開明書店印行的書刊，也點出了適當教材難覓的實情，各校各自為政的結果，就是任由師生各以所好而行，閱讀及寫作的能力必然無法有效提升。對此，蔣祖怡與父親便替中學程度的青年編寫了一系列適於自學的課外讀物「國文自學輔導叢書」，而蔣祖怡更具體而微地撰寫「作文自學輔導叢書」。

「國文自學輔導叢書」分為二輯各六冊，第一輯適用於初中生，主要談論字詞、章句結構、文體及作風，「舉文法、修辭、文體論，及初中學生學習國文之方法，對於國文應具之常識，冶於一爐，並顧到青年學習心理，以增進閱讀興趣為宗旨」；第二輯適用於高中生，「以文學，子學，經學為經，以文學史學術史為緯，而文學概論、古

---

48 蔣伯潛：〈自序〉，《章與句》（1940年，初版），下冊，頁2-3。

書校讀、文藝批評等，均融會於其中。」[49]至於「作文自學輔導叢書」，則是蔣祖怡的新嘗試，他把同一題目，用數種作法表示，使學生可以互映對照，書裡的範文都是他親自撰寫的，而不是「利用簡單漿糊，雜湊成書」，這套書有六冊，前四冊是記敘文、描寫文、論說文、抒情文的基本練習，後兩冊研究文體及作文技巧，目的「使學生對於各種寫作技術，得融會貫通，不致拘泥於一二『公式』，有筆法不能開展之苦。」[50]以上，從蔣祖怡致力編纂的書籍種類，即可窺知其國文教學雖不偏廢文化義理及文學鑑賞，但更重視培養「語言文字」的基本功，他以輔導、自學的理念，留意文字形式的表現，企圖彌補國文教室裡的不足之處。

五　重視國文基本功

蔣祖怡語文著述關涉修辭議題的，主要集中於《章與句》、《文章學纂要》、《文章病院》，部分則零星散見其他書刊。《章與句》專章論及修辭，有：〈古代修辭論〉、〈比喻種種〉、〈誇飾的研究〉、〈省略和婉曲〉、〈比擬和借代〉。《文章學纂要》則有：〈明喻暗喻和寓言〉、〈誇飾〉。《文章病院》有：〈文章的興奮病〉、〈文章的肥胖病與瘦弱病〉以及〈文章的總治療〉。其他如與父親合寫的《風格與體裁》部分內容亦觸及了字詞、章句修辭問題，例：〈文辭的繁簡〉、〈從章句形式上辨別風格〉。

蔣祖怡看重如何培養語文基本功以及各式技巧作法的提示，單從他一系列專書命名略可得證，如：《章與句》(《文則》)、《字與詞》、

49　見〈編輯例言〉，《章與句》(1940年，初版)，下冊，頁1。

50　主編（筆者按：陸高誼）：〈主編者言〉，《記敘文一題數作法》(世界書局，未繫出版年月)，頁1。

《文章技巧的研究》、《記敘文一題數作法》等。以《文則》為例，該書早年於上海世界書局印行時即名為《章與句》，而一九八〇年代合肥的黃山書社擬重印《章與句》，認為原名未能充分彰顯小說體裁、文法修辭的寫作特色，因而蔣祖怡沿用南宋陳騤《文則》之例，改為同名[51]。蔣祖怡直言撰寫時就集中考慮怎樣有機統一「修辭知識」和「小說形象」，他深信結合這兩種的寫法，對改進青年的語文能力應該有益。

（一）對文法、修辭的認知

蔣祖怡執編《新學生》月刊時，曾不諱言看重學習文法及修辭學，他說：

> 「中學國文教學上的一個基本問題」一文的作者（筆者按：作者係「周遲明」）認為文法的學習，是學習本國語文的重要基本工作之一，我也一向有著這種見解，文法是從語文中歸納出來的法則，用文法來矯正習作上的錯誤以及研究別人底文學，較之抽象的解釋，可以有「事半功倍」的成效。不但文法如此，文章法則，也可以作歸納具體的研究，修辭學就是致力於此的一種學問。[52]

他透過小說人物——陳祖平之母，說明「修辭」與「文法」的差異，她在指導語文讀書會成員時，屢次說道：

---

51 蔣祖怡說：「我國南宋時代，有位名字叫陳騤的，他寫過古代文法、修辭知識的書，名曰《文則》；我的這本書，雖則用小說體裁寫的，而主要目的還在給青年讀者們以修辭的知識，所以就沿用《文則》的舊名。至於內容，除必要的略加修改、補充之外，基本上保持不變，以存其真。」〈重版新序〉，《文則》，頁4。

52 蔣祖怡：〈編後記〉，《新學生》第1卷第4期（1946年8月），頁95。

關於「修辭」兩個字，到現代纔盛行起來，在西洋古代，有雄辯的風氣，「修辭」實在最初完全是作雄辯用的。但是中國古代《易經》上也有一句：「修辭立其誠」的話，那末，就用這兩字來譯原文"Rhetoric"了。文法，是使文章如何可以通順，修辭是使已通順了的文章如何能更動人。所以如果將文章修飾得更不明白，便失了修辭的本義了。[53]

讀了修辭，要能夠實用，對於鑑賞及作文都有很大的益處。修辭不單是在文字上的修飾，內容也應注意。內容的修飾，在乎自己底修養，關於自己生活上的種種經驗，正可以增進自己學問上的知識。[54]

修辭學只告訴你一個修飾文章的方法，也和文法一樣，是由文章中歸納出來，而不是預先設立一個修辭學來使別人作文照樣去做的。但是在你們初學國文的人，卻有許多幫助，在文法以外，文辭上的疑慮處很多，可以用修辭法的眼光來解釋。同時對自己作文也有幫助，可以應用。[55]

文章並非是神而明之的事，裏面有文法的組織。──但是我得先聲明：文法不是發生於有文字之前，而是從許多文章裏歸納出來的，初學國文的人應知道文法。[56]

國文教師李亦平也發表意見：

「修辭」兩個字，最早見於《易經·乾卦·文言》：君子進德

---

53 蔣祖怡：〈急雨〉，《章與句》，上冊，頁60。
54 蔣祖怡：〈急雨〉，《章與句》，上冊，頁60。
55 蔣祖怡：〈誇飾的研究〉，《章與句》，上冊，頁120。
56 蔣祖怡：〈語文研究會〉，《章與句》，上冊，頁51。

修業，忠信，所以進德也；修辭立其誠，所以居業也。關於「修辭」兩字，古人大抵有兩種見解，照孔款達（筆者按：孔穎達）說，是修理文教的意思。照阮元的說法，修辭一定要對偶，要文章的表面漂亮。但是這都不是修辭的真義。《論語》上有一句話：辭，達而已矣！所謂「達」正是修辭的任務。[57]

至於蔣祖怡自己則從中國的語原及西洋的譯文解釋「文法」：

「文法」兩字的語原，乃是文書法令之類。《史記》：好興事，舞文法。即指「刀筆吏舞文弄法」的意思。而現今所謂「文法」，指英語 Grammar 的譯文而言的。[58]

他進一步申說：

文章之有文法正如文字之有「六書」一樣，不是造文章文字的人，先定如此一個原則，叫人家仿製，乃是從已成事實的文章文字作歸納的研究而得到的結論。文章中既歸納出「文法」的原則，那麼這就是做文章時大致應該依據的東西，我們不必再叩那「玄奧」「神秘」之門，不如先將此歸納的結果來研究一下，來作自己作文時的借鏡。[59]

由上可知，不論是文法，抑或修辭，蔣祖怡認為都是從既有的文字文章歸納出的原則。寫作下筆之前，需要一架「文法」機器，以這部機

---

57 蔣祖怡：〈古代修辭論〉，《章與句》，上冊，頁93-94。
58 蔣祖怡：〈文法與文章之關係〉，《文章技巧的研究》，頁48。
59 蔣祖怡：〈文法與文章之關係〉，《文章技巧的研究》，頁48。

器檢測校正自己的行文是否有病疵。蔣祖怡把「文法」當成是「一架大機器，是一面大鏡子，文章有否錯誤，只要拿文法衡量，便可知道它錯誤在什麼地方。」[60]至於文法對文章的功效為何？蔣祖怡認為有三：一、幫助瞭解；二、辨別錯誤；三、幫助表達。[61]

　　總之，若能研究文章的文法，對作文及閱讀甚有益處。蔣祖怡也不時在書裡安插陳望道的《修辭學發凡》的觀點，如認同陳望道提示的修辭三種用處及治療兩種文病，三種用處是：一、解決疑難；二、消滅歧視；三、確定意義。修辭可以治療文病的是：一、瑣屑的模仿；二、美辭的堆砌。[62]

（二）比喻修辭格的新見：「寓言」

　　對於修辭格，蔣祖怡曾關切：比喻、比擬、借代、誇飾、婉曲、節短[63]、縮合[64]、對偶、倒裝、錯綜等多種修辭技法。其論述，或借鏡前人研究之成果，亦有個人創見，限於篇幅，以下僅就「比喻」為說。

---

60 蔣祖怡：〈文法與文章之關係〉，《文章技巧的研究》，頁50-51。

61 蔣祖怡：〈文法與文章之關係〉，《文章技巧的研究》，頁48。

62 蔣祖怡：〈急雨〉，《章與句》，上冊，頁60。

63 「節短」修辭，蔣祖怡舉數例說明：「王勃〈滕王閣序〉說『楊意不逢，鍾期既遇』，楊意即楊得意，鍾期即鍾子期」、「常看見報紙上稱中央黨部常務會議為『中常會』，浙江省教育廳為『浙教廳』，這些把古人名字略一字、簡稱部會機關的作法，蔣祖怡認為「在修辭學上，叫做『節短』。以上所引，見蔣祖怡〈節縮省略與文章繁簡〉，《字與詞》，下冊，頁90。

64 「縮合」修辭，即二字急讀可縮合為一，蔣祖怡曾舉《禮記》、《論語》、《馬氏文通》、《孟子》、《經傳釋詞》等例以解釋縮合之意，如「《禮記·檀弓》有人對晉太子申生說：『子盍言子之志於公乎？』鄭玄注：『盍，何不也。』『何不』二字可縮合為『盍』。《論語》：『子張書諸紳。』《馬氏文通》說：『之合於字，疾讀之曰諸。』『之於』二字可縮合為一『諸』。」以上見〈節縮省略與文章繁簡〉，《字與詞》，下冊，頁92。這種縮合現象，蔣祖怡認為這在民間俗語中常見，但「這不是故意使文意繚繞而是習慣」，純粹為「口頭便利起見」，見其〈省略和婉曲〉，《章與句》，上冊，頁126-127。

　　首先，他評析了南宋學者陳騤《文則》所提的十條比喻修辭，並將陳氏所言數類，如：直喻、類喻、虛喻、詳喻、博喻、隱喻、詰喻、對喻、簡喻，整併為「明喻」及「暗喻」兩種，並另立「寓言」一種。第一種是明喻，可包含直喻、類喻、虛喻、詳喻、博喻；第二種是暗喻，可包含隱喻、詰喻、對喻、簡喻。為方便說明，先將陳騤及蔣祖怡兩說對照如下簡表（表三）：

表三　陳騤、蔣祖怡關於比喻修辭看法的對照表

比喻修辭		
陳騤《文則》		蔣祖怡評析
直喻	或言「猶」，或言「若」，或言「如」，或言「似」，灼然可見。	◎「猶緣木而求魚也」（《孟子》） ◎「若朽索之馭六馬」（《尚書》） ◎「譬如北辰」（《論語》） ◎「淒然似秋」（《莊子》）	一、把陳騤這五類，歸為「明喻」一種。 二、這比喻多以具體物比喻抽象物；或以較熟悉的事物來比喻他物。 三、其他範例： ◎「君子之交淡若水，小人之交甘若醴。」（《莊子》）以具體物「水」、「醴」之性質，比較說明抽象的「君子之交」和「小人之交」。
類喻	取其一類，以次喻之。	◎「王省惟歲，卿士惟月，師尹惟日。」（《尚書》）歲、月、日一類也。 ◎「子如堂，群臣如陛，眾庶如地。」（賈誼《新書》）堂、陛、地一類也。	◎「大絃嘈嘈如急雨，小絃切切如私語。」（〈琵琶行〉）描寫琵琶聲，因為「急雨」聲，「私語」聲，比較熟習，故可用以說明不常聽到的琵琶聲。 ◎「如處荊棘」比喻生活之不安。 ◎「似芒刺在背」比喻手足無措。 ◎「亭亭如蓋」比喻樹高大茂盛。 ◎「纍纍如貫珠」比喻連續不斷。
虛喻	既不指物，	◎「其言似不足	四、人生喜怒悲苦之情，也常用比喻來

	亦不指事。	者」(《論語》) ◎「飂兮似無所止」(《老子》)	表達的。如： ◎「愁如迴飆白雪」(李白詩) ◎「柔情不斷甘春水」(寇準詞)
詳喻	須假多辭，然後義顯。	◎「夫耀蟬者，候在明其火，振其樹而已；火不明雖振其樹，無益也；今天主有能明其德，明天下歸之，若蟬之歸明火也。」(《荀子》)	◎「問君能有幾多愁，恰似一江春水向東流。」(李煜詞)。 五、使用明喻的時機主要有兩個：一、所喻之物與被喻之物要有一特性相似。如「柔情」和「春水」相同特性是「不斷」。若不提明「不斷」，即失卻比喻的效力。二、所喻之物與被喻之物不能同屬一小類，即此兩物只能相似而不能相同。如「柔情」是抽象的，而「春水」是具體的。若如「窗如牖一樣」或「窗如牖」，即失比喻之效。
博喻	取以為喻，不一而定。	◎「若金用汝作礪，若濟巨川用汝作舟楫，若歲大旱用汝作霖雨。」(《尚書》) ◎「猶以指測河也，猶以戈舂黍也，猶以錐殮壺也。」(《荀子》)	
隱喻	其文雖晦，義則可尋。	◎「諸侯不下漁色」(《禮記》) ◎「平公軍無秕政」、「雖蝎潛焉避之」(《國語》) ◎「是豢吳也夫」(《左傳》)	一、把陳騤這五類，歸為「暗喻」一種。 二、暗喻的方式，所喻物與被喻物之關係更密切。明喻只說出兩者的相似，而暗喻卻說兩者之關係是相等的。至於「若」、「如」、「猶」、「是」等詞，在暗喻中往往省略。 三、暗喻和明喻，初看似相同，實則不

		◎「其諸為其雙雙而俱至者歟」（《公羊傳》）	一。以下，即無「如」、「若」等字： ◎「趙衰，冬日之日也，趙盾，夏日之日也」（《左傳》）。「趙衰」即「冬日」，「趙盾」即「夏日」。 ◎「水是眼波橫，山是眉峯聚。」（蘇軾詞） ◎「剪不斷、理還亂，是離愁。」（李煜詞） ◎「虎狼之勢」、「虎豹之國」，「鐵石心腸」，「參商之隔」等，皆暗喻。
詰喻	雖為喻文，似成詰難。	◎「虎兕出乎柙，龜玉毀於櫝中，是誰之過歟？」（《論語》） ◎「人之有牆，以蔽惡也；牆之隙壞誰之咎也？」（《左傳》）	
對喻	先比後證，上下相符。	◎「魚相忘乎江湖，人相忘於道術。」（《莊子》） ◎「流丸止於甌臾，流言止於智者。」（《荀子》）	四、明喻與暗喻之相異點及示例： 　　明喻：甲（似）乙 　　暗喻：甲（等於）乙 ◎「十字街頭」是可徘徊之處，故稱徘徊皆曰「彷徨於十字街頭」。 ◎「藝術之宮」亦稱「象牙之塔」。 ◎「揭幕」代開始。 ◎「摩擦」代衝突。 ◎「衡量」代比較。 ◎「鷹」象徵凶暴。 ◎「安斯兒」（筆者按：angel譯音，天使之意）代和平。
簡喻	其文雖略，其意甚明。	◎「名，德之輿也。」（《左傳》） ◎「仁，宅也。」（揚子《法言》）	五、其他：暗而不明的，亦可稱之「暗喻」 ◎「我覺得立在大荒野的邊界，到處都是飛沙」（〈點滴〉〔筆者按：巴金作品〕），以大荒野代「惡濁的社會」，以飛沙代壞人。

備註：整理自蔣祖怡：〈明喻暗喻和寓言〉，《文章學纂要》，頁109-112。

　　蔣祖怡在比喻修辭格，另立一種「寓言」。作者引用寓言，其意非著眼寓言故事的真實與否，而是據以為說話、寫文之理論，他說：

> 《論語》上的：「歲寒，然後知松柏之後凋也」，整句在說「在動搖的時代中，纔可以知道真真有節操的人」。這一類我們給它另外起一個名字，叫做「寓言」。「寓言」現代大都解釋作故事的，但是就本義講，是「寓意之言」，不管它所寓的是否是故事，只要有意寓在裏面，而不明白顯示就是了。……普通一般的寓言，總是先舉故事，後述真意；實在這是畫蛇添足的勾當。《列子》中所載的〈愚公移山〉，故事完了，不再加什麼說明方纔是好的寓言。因為「有志竟成」的意思，別人見了，也已明白。[65]

又：

> 古代善辯之士，往往用寓言來作他們論辯的根據的。所以各種子書中寓言也很多。每個寓言一定有一個言外之意，就是整個寓言的功能也只等於一句寓意之言的話，所以後人也往往以寓言中的一個綱領來當作一個詞兒運用的。如「守株待兔」、「揠苗助長」、「大而無當」、「刻舟求劍」、「邯鄲學步」、「東施效顰」……用作成語，已不足為異了。現代人作文，也往往引用這種寓言的節縮詞，來充實文章底內容。讀者如果知道了原來的寓言，也可了解所引用的話。[66]

---

65 蔣祖怡：〈明喻暗喻和寓言〉，《文章學纂要》（臺北市：正中書局，1957年，修訂臺2版），頁113。

66 蔣祖怡：〈明喻暗喻和寓言〉，《文章學纂要》，頁115。

寓言是以一句話來表示一個比喻，不單是一個詞語上的關係，有時將比喻「寫成很長很長的故事，後面不寫出作者的原意，即是變成『寓言』。較簡單的，也有人稱作『諷喻』。」[67]蔣祖怡認為「愚公移山」、「齊人有一妻一妾」、「守株待兔」都可稱為寓言。他把寓言視為另一種比喻模式，這在其他修辭類的書籍中，是比較特殊的修辭觀點。

六　具體指引

（一）文法修辭的原則

審形、辨音、釋義的文字學基礎能力具備後，方可進一步研討篇章的組織結構，蔣祖怡非常重視寫作的形式及方法，他認為現代社會不能像過往專尚談玄或模糊以抽象名目，他主張要研究文章的形式，須經三項程序：第一、歸納的工夫；第二、分析的研究；第三、有證例可查。

首先，收集同類的若干文章，再歸納共同特點，且研究其例外的底蘊，如此可得大致的原則。例如人物記敘類文章，可以歸納出通常不能被忽略的傳主背景，其舉魏禧〈大鐵椎傳〉開首「大鐵椎，不知何許人。」為證，強調「記人之文，除文章開端有議論的外，開端的原則，總先述所記者的名氏與籍貫。即使沒籍貫的，也是如此。」[68]此即是從歸納得出的寫作原則。

其次，分析的方法，蔣祖怡認同黎錦熙《國語文法》以圖解法剖析文章，他還曾不厭其煩地援引黎氏分析班超〈請還朝疏〉一段[69]，

67　蔣祖怡：〈比喻種種〉，《章與句》，上冊，頁109。
68　蔣祖怡：〈餘論〉，《文章技巧的研究》，頁156。
69　黎錦熙之範例，詳蔣祖怡〈文法與文章之關係〉，《文章技巧的研究》，頁49-50。

強調分解圖可化繁為簡，釐清每段的布局關係、瞭解遣詞用句的美妙之處。

最後，要多方查對例證，舉例要謹嚴周備，不能臆測。例如「舟」、「舫」兩字，經查《廣雅・釋水》：「舫，船也。」及《爾雅》：「小舟也。」舫也是小船之意，故歐陽修〈真州東園記〉並用「舟」、「舫」兩字，即知其疊床架屋之累。

（二）遣詞造句的方法

蔣祖怡主張用字遣詞最當留意，「字和詞便是文章的原子和細胞。字和詞用得不妥當，雖然句子的構造沒有文法上的錯誤，也不能算是好句子，好文章。」[70]斟酌文句中的字詞，或因意義或因聲調，反覆推敲找出最適宜的字詞。他從兩方面說明遣詞造句之法：一、消極：求無過；二、積極：重適當。蔣祖怡透過國文教師李亦平之口，解釋：「積句可以成為文章，文字的好壞，句是一個基礎條件。句子造不好，文章也不會好的。同時造句有積極消極兩方面，消極是求它沒有錯誤，積極方面是使它沒有錯誤之後，如何會更美妙動人。」[71]遣詞造句如何求其無過？蔣祖怡認為要做到三個條件：「明白」、「準確」及「平易」[72]。

所謂的「明白」，即欲使別人明白所表達的意思，蔣祖怡以為有些古人因刻意求古而用僻字，或者在同一篇文章中使用「形同而義不同」的字，前者如信札以「鴻雁」、「雙鯉」、「玉璫」取代，鏡子以「圓冰」、「菱花」、「秦臺」取代；後者如韓愈〈雜說〉及王安石〈遊褒禪山記〉：

---

70 蔣祖怡：〈推敲〉，《字與詞》，上冊，頁142。
71 蔣祖怡：〈孤兒之淚〉，《章與句》，上冊，頁12。
72 蔣祖怡：〈遣詞的方法〉，《文章學纂要》，頁66-75。

◎世有伯樂，然後有千里馬；千里馬常有，而伯樂不常有；故
　雖有名馬，祇辱於奴隸人之手，駢死於槽櫪之間，不以千里
　稱也。（韓愈〈雜說〉）[73]

◎其文漫滅，獨其為文猶可識。（王安石〈遊褒禪山記〉）[74]

蔣祖怡分析韓愈文句：

> 第一「千里馬」和第二「千里馬」代替兩個不同的意念，前一
> 個「千里馬」說伯樂所賞識的「千里馬」，後一個「千里馬」
> 是指實在而並不出名的「千里馬」。如果不加分析，便覺這兩
> 句話自相矛盾了。[75]

又說王文：「上一『文』字代表『文章』，下一『文』字，代表文字，
也是容易令人疑惑的。」[76]前引，人多不懂其義，蔣祖怡以為應「文從
字順」，所使用的字面最好人人知曉，否則費解便失去文章的效力了。

　　其次，「準確」，就是要求妥當。蔣祖怡舉了許多古文遣辭不準確
之病，如下表四。

73　蔣祖怡：〈遣詞的方法〉，《文章學纂要》，頁66。

74　蔣祖怡：〈遣詞的方法〉，《文章學纂要》，頁67。筆者按：蔣祖怡引證王安石之作，
　　但把〈遊褒禪山記〉誤為〈褒禪山記〉。

75　蔣祖怡：〈遣詞的方法〉，《文章學纂要》，頁67。

76　蔣祖怡：〈遣詞的方法〉，《文章學纂要》，頁67。

表四　用詞不確之案例簡表

病辭	
案例	**蔣祖怡評析**
「大夫不得造車馬」、「猩猩能言，不離禽獸」（《禮記》）	「車」可以說「造」，但是「馬」怎樣可以說「造」呢？「猩猩」是獸，但不是「禽」；何以下面可以用禽獸？這是很顯明的錯誤。
「沽酒市脯不食」（《論語》）	「酒」字下面用「食」字不準確，應作「沽酒不飲，市脯不食」纔對。
「水，吾乞以畫舫之舟」（歐陽修〈真州東園記〉）	「畫舫之舟」有語病，因為「舫」字和「舟」字重複。古人有時因要求句子勻適及章節之和諧，任意加字，以致重複為病了。
「雖無絲竹管絃之盛」（王羲之〈蘭亭集序〉）	「絲竹」和「管絃」重複。絲竹本來是管絃樂器之一部分，借它代替全部，故管絃有時可稱絲竹，然王羲之並列二者，即有語病。
備註：整理自蔣祖怡《文章學纂要》、《文章病院》。	

　　以上，屬疊牀架屋之病例，然其中對「禽」、「獸」二字的理解，則未必恰當[77]。至於用模糊的字詞代替所欲之言，這樣的情形也常見於古詩文，如蘇軾詩：「豈意青州六從事，化為烏有一先生。」[78]其中，「青州從事」代替美酒，蔣祖怡引用瑞典漢學家「珂羅倔倫」（筆

---

77 匿名審查人表示：「就古籍中『禽』字概念可以涵括『獸』，印證於甲骨、金文之辭例亦然。換言之，《禮記》所言『禽獸』，並非後人所指『羽類為禽，四足為獸』分立的概念。蔣氏之批評，是以後人的觀念去批評古籍的用法，實不恰當。」感謝審查人賜正，繫此備參。

78 此係蘇軾〈章質夫送酒六壺，書至而酒不達，戲作小詩問之〉，蔣祖怡《文章病院》原引「不意青州六從事」（見前揭書，頁76），按首字「不」字應為「豈」字。蘇軾作詩的背景是友人章質夫擬送六壺酒，但苦等不到贈酒，日夜惦記酒事，遂將「青州從事」的典故化成「青州六從事」，其中的「青州從事」指稱好酒，而「烏有先生」則是烏有此事，沒有這件事，即這份酒禮落空了。

者按：即Karlgren，高本漢，1889-1978）的《中國語與中國文》對此
費解的說法：

> 「青州從事」替代「優等的酒」。中國人說：美酒可以及於
> 「臍」，……。這個「臍」字，恰好和另外一個也讀這音的
> 「齊」字，形體相似，而「齊」為一個地名，屬於青州治下；
> 所以美酒叫做「青州從事」。[79]

原來古人以為美酒及於肚臍，而「臍」與「齊」音近，然「齊」又屬
「青州」所轄之地名，故最後轉稱「青州從事」，蔣祖怡認為這樣曲折
的、費力的解釋，剛好給外國的漢學家引去做中國文辭費解的力證。

至於「平易」，即修改文章使其平易，如白居易詩歌老嫗皆能
解，便以平易為修改之標準，蔣祖怡認為「修改」是修辭求平易「最
普通的一種工夫」[80]，如黃庭堅的「歸燕略無三月字，高蟬正用一枝
鳴。」其多次調整，從起初的「抱」、「占」、「在」、「帶」、「要」到最
後才定為「用」字[81]。國文教師李亦平也提醒學生：

> 你們作文，我幾次勸你們自己先打稿子，再自己修改，自己已
> 無從修改了，那麼再謄清了交給我，看我如何改法。這樣作文

---

79 高本漢語，見蔣祖怡：〈文章的興奮病〉，《文章病院》，頁77。
80 蔣祖怡：〈古代修辭論〉，《章與句》，上冊，頁98。
81 蔣祖怡：〈古代修辭論〉，《章與句》，上冊，頁97。按：除舉出古人咬文嚼字的著名
　之例，如賈島、白居易、齊己、歐陽修、黃庭堅等改易其字，蔣祖怡亦將毛廁趣聞
　列為解說文本，例如《字與詞》裡提道：「板闊尿流急；坑深糞落多。」這兩句，
　把上句的「闊」改為「側」，把下句的「多」改為「遲」，並分析說：「板的闊狹與
　尿流之緩急無甚關係，坑的深淺與糞落之多少毫不相干。板側了，所以尿流得急
　了；坑深了，所以糞落得遲了。」（見〈推敲〉，《字與詞》，上冊，頁141）此例雖
　較俚俗，卻不免讓人會心一笑，加深了讀者的印象。

才有進步。這樣才可了解修詞的真義。否則信筆寫來，就交了
給我。我改好了還你們以後，你們又不肯用心去探討，即使對
你們說修詞如何如何，也不過變成一種學科給你們隨便閱讀而
已，於作文是沒有補益的。[82]

這裡浮現一個很實際的問題：教國文是否需要批改習作？如果學生心
存敷衍塞責，寫作既不積極，對教師批改的意見又視若無睹，那麼批
改的效力，恐令人懷疑。蔣伯潛就曾被學生「潑冷水」，他說：

從前，我和朱自清、劉延陵二先生同在某校教國文。朱先生和
我是努力批改作文的；劉先生卻從不批改，而且常笑我們，
「可憐無補費精神」。有一天，校工替我們買了一包花生米
來，包的紙便是我仔細批改、三天前發還給學生的作文。[83]

蔣伯潛、朱自清乃至葉聖陶，他們花在改文的時間非常多，在朱自
清、葉聖陶的往來書信及各自的日記裡，即頻見改文（自己與他人
的）的紀錄[84]。雖然蔣伯潛有不愉快的經驗，但朱自清安慰他這僅僅
是個案，毋須因噎廢食。

---

82 蔣祖怡：〈古代修辭論〉，《章與句》，上冊，頁98。
83 蔣伯潛：〈習作與批改〉，《國文月刊》第48期（1946年10月），頁34。
84 例如：朱自清寫信給葉聖陶商討改文問題：「『夢幻泡影』一條如照下改，不知行
否？乞酌——『夢幻和水泡的影子都是虛空的，詩裡是隱喻。』如不便，可將『明
喻』的『明』改『隱』字」（1948年7月10致葉聖陶信，《朱自清全集》，南京市：江
蘇教育出版社，1998年，第11卷，頁114）；朱自清的日記如：「下午修正〈詩言志〉
一文」（1944年4月3日，《朱自清全集》，第10卷，頁286）、「因改學生作文未睡，致
五華上課歸來疲憊不堪」（1946年1月17日，《朱自清全集》，第10卷，頁386）。至於
葉聖陶日記亦載：「竟日改文三篇」（1942年1月15日，《葉聖陶集》，南京市：江蘇教
育出版社，2004年，第19卷，頁434）、「改來稿及三官之作」（1942年2月19日，《葉
聖陶集》第19卷，頁442）。

　　基本上，蔣祖怡與父親的立場一致，主張要習作與批改，他在《章與句》及《文章病院》，花了不少篇幅談批改文章的心得及值得借鏡的案例，如歸納學生寫作上常犯的十個問題：空泛、無病呻吟、語無倫次、自相矛盾、囉嗦、引用不適當、喜歡用濫調、句意不貫串、文法錯誤、別字[85]。他還提倡批改後的文章，可在課堂上共同研討，加深學生的印象，增加改文的效果。

　　語文是傳達情意的憑藉，若一味求曲（不直說而繞彎路）、求古（濫用成語典故），讀者看不懂又不能達，便失卻表現的功用。蔣祖怡表示在緊要處適當引用成語或典故，可增強文章的力道，但引用不當卻成了畫蛇添足，容易罹患「過飽或不消化病」[86]，他舉了數例因不瞭解原義而鬧笑話的故事，但也正面羅列同一字詞之不同使用時機及意思，如「亡羊」的四種涵義（表五）：

表五　「亡羊」具多義之說明表

亡羊		
成語	範例	意思
亡羊得牛	亡羊得牛，則莫不利失也。（《淮南子》）	喻失小而得大
亡羊補牢	臣聞鄙語曰：「見兔（按：兔）而顧犬，未為晚也；亡羊而補牢，未為遲也。」（《戰國策·楚策》）	喻事後的補救
歧途亡羊	大道以多岐（按：歧）亡羊，學者以多方喪生。（《列子·說符》）	喻愛博的人，結果一無所獲。
亡羊	「臧與穀相與牧羊而俱亡其羊，問臧	喻不務應作的工作，結果一

85　蔣祖怡：〈今文十弊〉，《章與句》，上冊，頁216-221。
86　蔣祖怡：〈文章的積滯〉，《文章病院》，頁18。

亡羊	奚事？則挾筴讀書，問穀奚事？則博以遊。二人者事業不同，其於亡羊均也。（《莊子・駢拇》）	定不會好的。
備註：整理自蔣祖怡：〈文章的積滯〉，《文章病院》，頁20。		

　　蔣祖怡建議引用成語諺語應完整採用，才不致於使意思含糊，若割裂式的變用，除了展示自以為博學的炫耀心態，其實讀者卻往往感到不知所以、莫名其妙。文章欲求其達，不求曲、不求古，用詞造句亦須留意：避免歧義、避免不通用之新名詞、少用專門術語、少用譯音而不通用的外來語、少用方言[87]。唯蔣祖怡雖認同少用方言，但也承認有時因時地之關係「用土語加在文章裏，或寫出當時說話的情形，可使文章逼真。」[88]他以白居易、蘇軾作品為例，前者「每作詩，令一老嫗解之。問曰：『解否』？嫗曰『解』，則錄之；不解，又復易之。」[89]而蘇軾詩「但尋牛矢覓歸路，家在牛欄西復西。」[90]蔣祖怡指蘇軾雖用了一般文人不敢採用的口頭常語，如牛矢（牛糞），卻不因而損害詩意，反倒認為如明代文人丘濬論作詩「尋常景物口頭語，便是詩家絕妙辭」，「佩服」白、蘇兩人用詞平易、使文藝大眾化的精神[91]。

　　符合「明白」、「準確」、「平易」三要件之後，詞的應用雖已無

---

87 以上的注意事項，見蔣祖怡：〈辭達而已矣〉，《字與詞》，下冊，頁173-174。

88 蔣祖怡：〈遣詞的方法〉，《文章學纂要》，頁73。

89 此例出自惠洪《冷齋夜話》，蔣祖怡轉引《顏氏家訓・文章篇》裡的沈約之言，但《冷齋夜話》誤為《冷齋夜語》，繫此備參。

90 此係蘇軾被貶至海南時所寫〈被酒獨行，遍至子雲、威、徽、先覺四黎之舍〉詩，蔣祖怡將蘇軾「但尋牛矢覓歸路」寫成「醉尋牛矢覓歸路」，按首字「但」應為「醉」字，而「牛矢」即牛糞。

91 蔣祖怡：〈遣詞的方法〉，《文章學纂要》，頁72。按：蔣祖怡該書將「丘濬」誤植為「邱濬」，而所引丘濬詩句，即〈答友人論詩〉，唯「尋常景物口頭」此句，一作「眼前景物口頭語」。

誤，但也未必是佳文，仍得思考怎樣使其美妙，因此，蔣祖怡提出要進一步做到「適合」及「生動」。其中，使文句生動的方法有二：第一、活用詞類；第二、運用助字。前者，詞類的活用方面，詞類雖分九品，但究竟何者屬於哪一類，並無嚴格規定。蔣祖怡以為得視其在文句中的位置而論。

　　他指出古人作文認為活用詞類是很好的修辭法，故可常見交相替用的現象，不受文法上的限制卻用得適當、有趣。比方「手」字，同一字而有不同變化，如下表六：

表六　「手」具多義之說明表

手工業	形容詞
手自筆錄（宋廉〈送東陽馬生序〉）	副　　詞
雖人有百手，手有百指，不能指其一端。（林嗣環〈口技〉）	名　　詞
人手一編	動　　詞
備註：整理自蔣祖怡：〈文法與文章之關係〉，《文章技巧的研究》，頁53。	

類此之例，多不勝數。又如，蔣祖怡數度以王安石多次改易其作為說：

　　《容齋筆記》所記載：「王荊公絕句云：『京口瓜洲一水間，鍾山祇隔數重山；春風又綠江南岸，明月何時照我還』？吳中士人家藏其草。初云『又到江南岸』，圈去『到』字，注曰『不好』，改為『過』字，復圈去『過』字而改為『入』，旋改為『滿』，凡如是十餘字，始定為『綠』」。[92]

　　王安石做的那一首「京口瓜洲一水間，鍾山祇隔數重山，春風

又綠江南岸,明月何時照我還?」原來他底原稿上那「綠」字
一句,本來寫作「又到江南岸」,圈了「到」字,注了「不
好」兩個字;改做「過」字,又圈掉了又改作「入」字,最後
才改做「綠」字。[93]

蔣祖怡評論「這幾個字中,比較起來,是『綠』字最有趣了。因為其
他皆是『動詞』,而『綠』字是由形容詞轉成動詞的,比其他更具體
而生動。」[94]亦即:到→過→入→滿→綠,從詞性分析變化:動詞→
動詞→動詞→動詞→形容詞。[95]這正是活用詞類。

關於助詞的運用,蔣祖怡強調助詞是中國特有[96],他在《文章病
院》介紹了文言文及語體文常用的助詞,如:焉、也、吧、矣等[97];
在《字與詞》裡則專門探討「了」字的多種用法,以及語體文中的

---

93 蔣祖怡:〈古代修辭論〉,《章與句》,上冊,頁97。

94 蔣祖怡:〈遣詞的方法〉,《文章學纂要》,頁79。

95 蔣祖怡從「詞性」區分,而臺灣早期知名文藝作家趙友培則從「意象」理解,趙友
培說:「『綠』字跟其餘那些字之所以不同,也是由於意象的不同,一個『綠』
字,把江南春景完全顯露出來了。這樣地鍛鍊字句,乃在調整意象,修飾意象,自
非咬文嚼字可比。」見其〈談作品的修改〉,《文藝書簡》(臺北市:重光文藝出版
社,1977年,增訂十版),頁153。

96 英文的詞類有八種,而中國詞類除了八種之外,還多了一種「助詞」。蔣祖怡利用
小說人物伯臧所說的話,這麼分析:「我們中國向來是不講究文法的;或以為『文
無定法』,或以為『文成法立』,或以為即使有所謂文法,也是『只可意會,不可言
傳』,『運用之妙,存乎一心』的。所以文句的通不通,往往只能知其然,而不能明
其所以然。自從西歐文字輸入中國,漸漸地有人把西洋的文法用來研究中國的文
章。於是英文有詞類,中國文也有詞類了。可是所謂助詞,是中國特有的。譬如英
文的疑問句,只須把主詞和動詞的位置互易,或在前面加do或did等字;中文則須用
『乎』、『哉』、『嗎』、『呢』等助詞來表示疑問。『八品詞』加了一類助詞,所以有
『九品詞』了。可是中文畢竟和西洋文字有許多不同;把英文的文法,生吞活剝地
引用到中文裏來,終有覺得鑿枘的地方。」見蔣伯潛:〈詞類的綜合和變化〉,《字
與詞》,上冊,頁186。

97 蔣祖怡:〈文章的軟骨病〉,《文章病院》,頁54-58。

嗎、呢、吧、啊等助詞特色。以「了」字為例，他舉例及說明如下表七。

表七　「了」之多種用法說明表

了	用法
你如此用功，自然進步就快了。 這封信，我本來早該覆你了。 你真是用功極了。	助判定事理的完結語氣
我昨天已經工作過一天了。 我已經接到你三封信了。 我昨天已經告過一天假了。	助過去完成時的完結語氣
現在已到春天了。 你現在復學了，心境自然很愉快。 老太太，你白疼我了。	助現在完成時的完結語氣
再過一個半月，我要離開上海了。 明天這時候，我的工作一定做好了。 再過兩個月，暑假便到了。	助將來完成時的完結語氣
如果明天再下這麼大的雨，那事情就糟了。 如果中學畢業國文仍不能通順，永遠不會通順了。 我們若去求他，這就不是品行了。	助虛擬結果或虛擬原因的完結語氣
他們都要餓死了，你還如此快活！ 大哥多喝兩杯，小弟要走了。 我哪裏趕得上，只怕不能夠了。	助不定或預擬的完結語氣
我們的友情，別因此而冷淡了！ 別說懊喪的話了，快提起精神來吧！ 好孩子，別儘管牽記我了。	助請求或勸阻的完結語氣
備註：整理自蔣祖怡：《字與詞》下冊，頁102-105；《文章技巧的研究》，頁57-58。	

　　蔣祖怡從心理層面歸納出助詞的五種語氣：決定、商榷、祈使、
疑問、驚歎語氣，若使用「了」為語末助詞，「便是決定的或祈使的
語氣」，它用在決定句，可不問句子所述說之事是否完結或有無實
現，總之，「了」是完結的語氣，與時間前後並無關係。蔣祖怡還區
分了「助詞」與「助動詞」（用在動詞之後的，如「他們來了一個鐘
頭了」、「我們已經分別了半年了」、「饒了我吧」等）的特徵，並提醒
不能混為一談[98]。助詞很多類而用法也各具其趣，但終究句法的完成
與助詞關係較遠，不過，卻牽涉了語氣，例如：「我的財產還不止此
哩！」（表自豪）「這也許是我的住宅吧？」（表揣度）蔣祖怡認為表
達文中的語氣很重要，助詞或虛字皆能強調語氣，「從前古人作文，
很重語調，連幾個虛字都不肯隨便亂用，因為虛字是可以調劑語氣
的。」[99]蔣祖怡鼓勵多誦讀、感受讀每個字詞時的語氣變化，例如下
表八：

表八　「雨」之兩種語氣及語義偏重對照表

例句	意思分析	說明
下雨了	表示天氣轉變，原本非雨天，然現在下雨了。	著重在「下雨」二字
下的是雨	天上落下來的不是雪或其他東西，而是雨。	著重在「雨」字
備註：整理自蔣祖怡：〈語氣〉，《章與句》，上冊，頁43。		

同樣都是雨天，卻可以有多種的說法，只要著重的位置不一樣，那麼
意義也隨之不同。再如，從語氣看文言文及語體文的差異，他覺得兩
者並無顯著差異，只是所用虛字不同，語氣有別。蔣祖怡透過李亦平

---

98 詳見蔣祖怡：〈「了」字的用法〉，《字與詞》，下冊，頁102-106。
99 蔣祖怡：〈語氣〉，《章與句》，上冊，頁44。

老師把文言文與語體文的各種句法並列比較如下表九：

表九　文言文及語體文多種句法之比較表

文言文句法	語體文句法
則史公可法也！	是史公可法啊！
乃史公可法乎？	是史公可法嗎？
乃史公可法耳！	是史公可法呢！
豈史公可法哉？	難道是史公可法？
此史公可法矣！	這是史公可法了！
備註：整理自蔣祖怡：〈語氣〉，《章與句》，下冊，頁41-42。此例句，出自方苞〈左忠毅公軼事〉。	

由這張比較表，可知助詞、虛字及句調的緊密關係，而且從這角度看，文言、語體只是形式有別，「沒有好和不好的分別」[100]，蔣祖怡把語氣切入文言、語體的討論，是比較科學的觀察，並沒有捲入文、白之論爭，純以國文教學的立場去發揮。蔣祖怡提倡要多讀文章，不管文言或語體：

> 現在一般人一聽說讀文章便感覺到太冬烘，其實讀文章卻並不很笨拙。無論語體文文言文都是可以誦讀的，不過只要表達出文中的語氣，不必拘拘於一定的調子，文章不去讀，實在沒法可以使學者熟悉文調文句和作者思想的。散文，音調上的美是在於錯綜，有時連用幾個仄聲字，使文句生硬，可以表示強烈的情感。[101]

100　蔣祖怡：〈語氣〉，《章與句》，上冊，頁29、32。

101　蔣祖怡：〈音調與節奏〉，《章與句》，上冊，頁22。

蔣祖怡主張語體、文言皆可朗朗上口，按照部定的課程標準，其實吟、讀、說的訓練是被要求的，而朱自清、夏丏尊、葉聖陶等語文專家編著如《精讀指導舉隅》、《文心》，也多強調自修時更應該吟誦；另一位國文教師曹聚仁也不諱言，吟誦是他教國文的重心[102]。蔣祖怡所說一般人認為讀文章是冬烘行為，這個現象，朱自清曾解釋過：此源自於五四以還的偏見，因為當時人喜用「搖頭擺尾」形容一些迷戀古人的保守者，而「搖頭擺尾正是吟文的醜態」，為免被貼上落伍標籤以致不敢吟誦了[103]。另外，蔣祖怡推薦了瞭解助詞、虛詞用法的參考書籍，如《馬氏文通》、《中等國文典》、《詞詮》等[104]。

（三）各式文體的作法

文章優美巧妙，首先來自於妥適地用字、選詞、造句。字詞用得正確、句子構造穩妥，有了遣詞的基本功後，便要留心文體（文章的體裁），但文體的類別多，分類亦非一成不變，例如可分為韻文、散文，也可分為小說、戲劇、詩歌，不管如何分類，其皆有助於國文教學，避免淪為玄談空說。蔣祖怡認為「研究文體，實為作文上之要務」，他表示：

> 可以幫助作文──古人有言：「作文必先定體」。我們在著手做文章的時候，先得問問自己，我這篇文章，做給誰讀的？為什麼而作的？目的在哪裏？這三個問題，均牽涉於文體。[105]

---

102 曹聚仁：〈語文教學新論〉，《到新文藝之路》（香港：現代書局，1952年，再版），頁5。

103 朱自清：〈論朗讀〉，《國文雜誌》第1卷第3期（1942年11月），頁5。

104 詳蔣祖怡：〈語體文中的助詞〉，《字與詞》，下冊，頁134-144。

105 蔣祖怡：〈文體之發生演變及其功用〉，《文體綜合的研究》（世界書局，未繫出版年月及出版地），頁9。

又：「文章是代替語言的工具，所以求它與所表達的意思能夠符合。然而又因人情之複雜，情景之變幻無定，便不得不以各種不同的方式來適應。」[106]鑑於文體之繁複，蔣祖怡特地針對最基本的四種文體：記敘文、描寫文、論說文、抒情文，設計一套能清楚寫作各體文的程序。

他的作法是每冊書前都有一篇總論性質的提示文，扼述各體的主要形式及內容特色，接著正文放置四篇範文及說明，再以表解方式呈現，最後還設計幾道相關例題讓學生擬作練習。其輔導的方法非常具體、明確，範文亦都自創，這樣的教材設想，據蔣祖怡的說法，在當時可謂為新的嘗試，並曾在執教的學校試驗，而參與試驗者的寫作成績，顯著進步。

（四）文病例舉

開明書店編輯夏丏尊、葉聖陶等輩，曾於一九三〇年代在《中學生》雜誌推出「文章病院」專欄[107]，而被收進「文章病院」的資格，根據其「規約」，即：

> 一、本院以維護並促進文章界的「公眾衛生」為宗旨。二、根據上項宗旨，本院從出現於社會間之病患者中擇尤收容，加以診治。三、本院祇診治病患者本身——文章，對於產生文章的作者絕不作任何評價，毫無人身攻擊等卑劣意味。四、本院對於病患者詳細診治後，即將診治方案公布，使公眾知道如此如彼是病，即不如此不如彼是健康，是正常。五、院外同志遇有病患者，希望介紹來院，倘加以診治而將所開方案交由本院公

---

106 蔣祖怡：〈文體之發生演變及其功用〉，《文體綜合的研究》，頁1。
107 後結集收入《寫作的疾病與治療》。

布，尤所歡迎。六、本院附設於《中學生雜誌》中，所有公布的文件，悉歸《中學生雜誌》編輯者負責。[108]

《中學生》後又開闢「文章修改」專欄，編輯葉聖陶說：

> 前幾年的本誌刊載過「文章病院」，很受讀者歡迎。自從停止了以後，常常接到讀者來信，要我們繼續刊載。更有許多投稿者在稿子後面附著一些話，話登不登倒沒有關係，最希望我們能把稿子修改一下。我們很不願意辜負這批熱心寫作的人的希望，可是我們沒有這許多時間，終於辜負了，實在抱歉。現在添設「文章修改」這一欄，算是對於以上兩種囑咐的報答。「文章修改」就是「文章病院」。我們覺得「文章病院」這名稱欠莊重一點，所以改為現在的名稱。文章的疵病往往是大同小異的，取幾篇作為例子，「舉一」，可以「反三」。諸位看了人家文章的改本，對於自己文章的疵病也會發見出來。[109]

《中學生》前後兩個專欄，比較大的差異是：「文章病院」的病患是編輯刻意招進來，且多為當時受注目者；「文章修改」的病患則是編輯由來稿中隨意取樣。葉聖陶說：

> 拿來修改的文章是從投稿中隨意取出的。修改以儘可能不改動

---

108 「文章病院規約」，《中學生》1933年35號。筆者按：規約一文，未署名，據葉聖陶之子葉至善說法，應是章雪村、夏丏尊及葉聖陶共商後，由葉聖陶執筆。至於「文章病院」欄名，也是大家商議而來的。見葉至善〈《中學生雜誌》的《文章病院》〉，《民主》1999年第5期，頁43。

109 詳未署名（筆者按：應是葉聖陶）：〈文章病院〉前言，《中學生》第71號（1937年1月），頁1（總頁321）。

作者原意為標準。打個譬喻說，作者原文是一件粗製的器物，我們把牠琢磨，把牠雕削或是修補，使牠成為比較精美完善的器物。我們不把原來的器物毀壞了，自己來另造一件。有一些國文教師給學生改文章，往往把原文塗去了大半，甚而至於全篇，在這旁邊，密密細細寫上自己的文章。這是自己作文而不是給人修改了。這樣辦法，我們以為對於學生並沒有多大益處。[110]

葉聖陶不主張大幅修改作者原意的態度，蔣祖怡也持以同樣的立場，云：

文病需要治療，治療之後，文章的本身便沒有瑕疵了，但是文章醫生不單醫治文章本身的病，並且得治療作文章的人底文章病。因此，改作文的將原文一概刪去，加上自己底話，這並不是真正的治療法，猶如將病人弄死，再抬進一個沒病的人來替代一樣。對於作文的人，根本沒有一些益處。所以醫治文章，並不比醫治人們的疾病更容易，第一得儘量保持原作者的本意，第二修改的地方，應該不怕仔細地舉出理由來。[111]

蔣祖怡認為過多的修改，就像先弄死病人再弄一個無病者取代，此非有效的救治方法。寫作要能精進，不只是應瞭解致病的原因，最終得學會「舉一反三」、「自己領悟」、「自己講求衛生」、「自己盡力修養」。《文章病院》最末一章，便是重視觀摩他人的文本，並期讀者藉以系統地自我訓練。

---

110 葉聖陶：〈文章病院〉前言，《中學生》第71號（1937年1月），頁1（總頁321）。
111 蔣祖怡：〈文章的總治療〉，《文章病院》，頁126。

　　蔣祖怡的《文章病院》收留了不同症狀的病患，其中對「肥胖病」尤其關心，他說「太嚕囌，便是犯了肥胖病」，[112]他以為文章或繁或簡，過猶不及皆非理想。自古以來，論文重繁重簡各有支持者，重繁者如：

> 要辭達而理舉，故無取乎冗長。（陸機〈文賦〉）[113]
> 夫文未有繁而能工者，如煎金錫，麤礦去，然後黑濁之氣竭而光潤生。（方苞〈與程若韓書〉）[114]

重簡者如：

> 為世用者，百篇無害；不為世用者，一章無補。如皆有用，則多者為上，少者為下。（王充《論衡・自紀篇》）[115]

蔣祖怡從文章病態及修辭學的角度，說明他對所謂繁、簡的看法：

> 就修辭上來說，也並不是以繁複為上乘，是要文章繁複了，而能增加文章的意趣，否則便不如簡單。繁複而變成嚕囌，不但不能達到修辭的目的，而且對於文句的文法上也有很大的妨礙。[116]

過度繁複將損及全句的明白，例如「到了秋天到了的時候的時候」這

---

112 蔣祖怡：〈文章的肥胖病與瘦弱病〉，《文章病院》，頁92。
113 蔣祖怡：〈文章的肥胖病與瘦弱病〉，《文章病院》，頁91。
114 蔣祖怡：〈文章的肥胖病與瘦弱病〉，《文章病院》，頁91。
115 蔣祖怡：〈文章的肥胖病與瘦弱病〉，《文章病院》，頁92。
116 蔣祖怡：〈文章的肥胖病與瘦弱病〉，《文章病院》，頁93。

句，蔣祖怡拿著解剖刀分析：一、為表示同一個意念，重複出現兩個「的時候」，但反而弄得語意不清了。二、重複出現「到了」，這是不妥當的表達，建議改為「到了秋天」、「秋天到了」或者「一到秋天」。三、多用字卻無法增加意義，這就是不經濟的作法，而駢文即常有此疵。蔣祖怡堅信以繁複來使文章囉嗦，並非修辭學上的事，然修辭學所謂文以繁為工者，則是指繁得可加強文章意趣，換言之，有時為了襯托文章的力度而非繁不可，但那些繁害意的繁法，蔣祖怡指為「文章中的病態」[117]。

蔣祖怡認為民國初年的語體文，有明晰、質樸、流利之長，但一九四○年代前後，「受西洋語文的影響，又漸漸趨於繁複一路」，雖然他已意識到這也是自然的趨勢，可是其流弊卻是「囉嗦與堆砌」，林語堂就看不慣這樣的形式，斥為「新四六」[118]。蔣祖怡的《文章病院》也把林語堂批評電影「母性之光」說明書的末段文字，列為重複太過之例。「母性之光」電影說明書的末段如下：

> 她的悲歌，她的血淚，觀眾們的同情傷感，心絃的緊張——就在欲悲歌血淚，觀眾們的同情傷感，心絃緊張時，繡幕絞絞的（筆者按：應為「緩緩地」）垂落了。[119]

同時，蔣祖怡也將林語堂在《論語》半月刊上的評語並列：

> 此文並非比普通白話文不通，其語法亦普通白話文所常見之語

---

117 蔣祖怡：〈文章的肥胖病與瘦弱病〉，《文章病院》，頁94。
118 蔣祖怡：〈白話文體由醞釀而至成功〉，《駢文與散文》，頁125。
119 轉見蔣祖怡：〈文章的肥胖病與瘦弱病〉，《文章病院》，頁91。筆者按：蔣祖怡援引時，有誤植，今據林語堂著《我行我素》（北京市：群言出版社，2010年）之〈可憎的白話六四〉所附「《母性之光》本事」（頁249）改正。

法。此種語法好在謹嚴，不善用之，則病嚕囌。所圈幾句，謂
其嚕哩嚕囌，誰曰不宜？當係食洋不化者所作。文學革命剛排
去駢儷六，卻又迎進來新四六，吁，吾惡（筆者按：「惡」應
為「憎」）之甚！[120]

語體文趨向專求字面華麗、使用嚕囌長句或受歐化句法影響，文字變
得繁複不已。蔣祖怡的《文章病院》僅摘錄影片的局部說明書及林語
堂的一小段批語，其實林語堂原文還提及至南京觀賞電影「母性之
光」，走出電影院後，他對劇中的用語非常有意見：「劇中標目談話，
純是不三不四的時行白話，決是鬼話，非人間語。」[121]他印象中的
「鬼話」是一位母親對女兒所說「你若接收你父親的意見」，這樣的
表述，可讓林語堂難受極了（「如蚤子咬癢癢不止」），所謂正常的
「人間語」，林語堂認為應該是「你若早聽你爸爸的話」[122]。蔣祖怡
把林語堂所批評的事，當成行文冗沓、惹人討厭的負面案例。

七　結論

　　蔣祖怡對國文教育的想法與作法，除了個人興趣、從教學實踐及
多方研讀中所得，一部分來自父親及其友人的啟蒙薰陶；一部分也受
開明書店語文專家夏丏尊、葉聖陶等輩的影響。前者，如父親蔣伯潛
之摯友郁達夫對他的提攜，蔣祖怡說過寫小說是受郁達夫啟蒙，並獲
其推薦而多次發表作品[123]。後者，如蔣祖怡仿開明書店《文心》小說

---

120 蔣祖怡：〈文章的肥胖病與瘦弱病〉，《文章病院》，頁91。
121 林語堂：〈可憎的白話六四〉，《我行我素》，頁247。
122 林語堂：〈可憎的白話六四〉，《我行我素》，頁247。
123 蔣祖怡說：「我從小就愛聽故事，聽得入神時，不禁手舞足蹈，為之神往。及至肆

體而成《章與句》，取資開明書店《中學生》專欄「文章病院」題材
而成《文章病院》，部分實例說解，也引用了夏丏尊之說，尤其留心
文字、文章形式的觀點，而與夏丏尊、葉聖陶想法相當接近，他們都
把國文當成語言文字的科目，誠如夏丏尊所說「學習國文該著眼在文
字的形式方面」、「在國文科裏，我們所要學習的是文字語言上的種種
格式和方法」[124]；葉聖陶亦主張「語言是一種工具，工具是用來達到
某個目的的，工具不是目的。比如鋸子、刨子、鑿子是工具，是用來
做桌子一類東西的。」[125]當然，形式是相對於內容而言的，究竟語文
屬於「工具」還是「本體」（內容本身），各界容或有不一樣的看法
[126]，但曾經執教的四位國文老師——夏丏尊、葉聖陶、蔣伯潛、蔣祖
怡，卻不約而同地傾重語文的工具性、日常應用的層面[127]。

業中學，一九三○年前後，正是浙江新文學運動極度高漲的時代。我和同學們多數
沈浸在莫泊桑，契訶夫、王爾德、巴爾劄克（按：巴爾札克）、托爾斯泰、屠格涅
夫等的小說裡；對本國的新文學，以『創造社』為最喜愛。郁達夫先生，是我父
親的同鄉至友，我寫小說，他是啟蒙者，更由於他的介紹，我有幾篇小說發表在
《文藝月刊》上。及至抗日戰爭期間，郁先生在新加坡主持《星洲日報》副刊，
還連載我的中篇小說。」見其〈重版新序〉，《文則》，頁3。

124 夏丏尊：〈學習國文的著眼點〉，《中學生》第68號（1936年10月）。

125 葉聖陶：〈認真學習語文〉，收於劉國正主編《葉聖陶教育文集》（北京市：人民教
育出版社，1994年），第3卷，頁183。

126 如潘新和批評：「如果說，語言在一定意義上也體現了工具性，但是以工具性作為
語言的基本屬性是不準確、不全面的，語言的基本屬性遠比工具性要複雜、豐富
得多。」見其《語文：表現與存在》（福州市：福建人民出版社，2011年），上卷，
頁112。

127 蔣祖怡不忽略應用文題材，如：介紹「稱謂表」、「輓聯」、「對聯」、「訃聞」（訃啟）
等、強化閱讀寫作及口頭演說的表達能力，他看重國文「應用」的工具性質，曾
表示：「學習國文的目的，最簡括地說是為了應用。多讀別人的文章，可以養成賞
鑑批評的能力，多作文，可以使應用時不感受到困難。因此，國文並不是人生的
一種點綴品，乃是應用上不可缺少的一件東西。」見其〈孤兒之類〉，《章與句》，
上冊，頁6。至於葉聖陶也明確表示：「養成善於運用國文這一種工具來應付生活
的普通公民。」見〈發刊辭〉，《國文雜誌》第1期（1942年8月，桂林版），頁4。

　　一九三〇、四〇年代，因為時空背景相對是較單純的，國、共雖有摩擦但未實質分裂，爭論得不可開交但多直指問題本身，此於建立客觀事理毋寧是極佳的環境。蔣祖怡在這個時期與父親合力推出一系列輔助學習國文的教材、研究合適的國文教學方法，並鼓勵青年讀者利用他們所編纂的讀物自學，其用心於革新國文教育，在現代國語文教育發展史上，占有一定的位置。尤其在破除前人好弄玄虛、莫名其妙的寫作觀念上，蔣祖怡做出了積極的貢獻，課堂上他常教誨弟子「板凳甘坐十年冷，文章不落一字空」[128]，課後他努力撰寫如《文章病院》談寫作上的用字、用典、結構、文法、修辭等常識；而《文章技巧的研究》更系統地剖析為文之道，抱持「金針度人」的熱情，《章與句》、《字與詞》則又善用故事體拉近與青年讀者的距離，這些作為欲改善如蔡丙因所指的教學窘境——「學生做一句，先生改一句，為什麼要那樣改？不但學生沒有問，就是先生也未必說得明白。」[129]怎樣說得明白？最基本的門檻是文字及結構應符合「達」。怎樣才能「達」？雖蔣祖怡承認「實無一定之標準」[130]，不過也提醒了「必須使文字造句沒有暗澀的病，同時描寫的活潑，想像的逼真，議論的正確，記事的詳細與明析（按：明晰）。」[131]

　　鑑於前人常忽略甚至鄙視文章技巧、文法修辭，蔣祖怡不諱言傳統觀念視此為「遺本逐末」的工作，他說：「宋陳騤有《文則》二卷，是論文章外形的書，而《四庫全書總目提要》批評它道：其不使人根據訓典鎔精理以立言，而徒較量於文字之增減，未免逐末而遺本。」[132]縱然他也覺得一般不贊成有所謂文法修辭的人——持文章變

128　習之：〈蔣祖怡教授小傳〉，《古籍整理研究學刊》1989年第5期，頁90。

129　蔡丙因：〈序〉，收於蔣祖怡著《文章病院》，頁1。

130　蔣祖怡：〈文章之目的及其形式內容之分野〉，《文章技巧的研究》，頁13。

131　蔣祖怡：〈文章的疾病與衛生〉，《文章病院》，頁5。

132　蔣祖怡：《文章技巧的研究》，頁4。

化無定、表達方式千頭萬緒的想法[133]，這並非沒有道理可尋，只是講究外形，並非盡棄內容，反而要去思考如何透過精進技巧以與所表達的內容相稱，要恰好達到相稱，文法及修辭就是關鍵，如夏丏尊《文心》裡的這段話：「修就是調整，辭就是語言，修辭就是調整語言，使它恰好傳達出我們的意思。」[134]正與蔣祖怡的看法相通。

蔣祖怡曾說「研究文章雖似迂腐，而實在是艱巨的工作」[135]，怎樣協助青年人得心應手地寫出如王充所謂「內外表裏自相副稱」之文，基於一位語文教師的立場，他不務深奧，從古今中外文章中整理出正負例子，仔細鑽研箇中道理，連標點符號都不放過，紮紮實實地撰就《文章病院》、《章與句》、《字與詞》、《文章技巧的研究》及示範各種文類的原則作法，其間雖例證互見重複，但無損其著之分量，尤其深入淺出的指點，可讀性頗高。當然，文法修辭只是相對而非絕對，也不能過度拘泥成法，他認為活用變通才是根本。形式文理固然重要，也不偏廢內容的充實及思路的清晰，主張「字面」與「思想」密切合作，他認為要解除「想不出什麼」的作文苦悶，平日即須多讀書、多觀察，積學以儲寶，不能僅是空想而已。讀書是間接觀察，而直接觀察則是親身去體驗接觸，兩者應相輔為用，才可寫出「通達」或「動人」的佳文。但有時候作者未必均能經歷，此時適度的聯想「想像」也成了寫作的方法之一，只是「即使是想像，也得『自圓其說』。」[136]此外，蔣祖怡強調了「修改」、「評改」的必要，提醒：「1.有沒有文法上的錯誤？2.用字用詞是否最適當？造句的句調是否太板

---

133 如：「文章千古事，得失寸心知」、「拈花一笑」、「羚羊掛角無處可求」、「文章之妙，可以意會，不可以言傳」等。

134 夏丏尊：〈修辭一席話〉，《文心》（臺北市：臺灣開明書店，1981年，重7版），頁215。

135 蔣祖怡：〈餘論〉，《文章技巧的研究》，頁158。

136 蔣祖怡：〈思想與想像〉，《章與句》，下冊，頁135。

滯？3.有沒有矛盾的地方？有沒有理由不充足的地方？繁簡是否適
當？我該省略哪一部分？5.開頭和結尾有沒有覺得太頓弱（按：軟
弱）些？」[137]這些注意事項如同一份快速的檢核表，學生按表操課即
可留意中心思想是否矛盾、論文說理是否充分、遣詞造句是否妥適，
這些提問非常具體而實用。

　　蔣祖怡將讀寫的研究心得試驗於實際教學，沒有泛而不切、不著
邊際的毛病，兼顧學理及實作、課內與課外並進，他早年的語文著述
現仍流通兩岸，持續發散影響，所表示的意見及作法，雖時空背景迥
異於現在，然其中仍不乏值得借鏡者。

---

137 蔣祖怡：〈思想與想像〉，《章與句》，下冊，頁138。

第四章
時用下的變遷：
臺灣當代應用文教本內涵探析*

一　前言

　　本文題為「時用下的變遷：臺灣當代應用文教本內涵探析」，茲先解其關鍵指涉「應用文」、「教本」之名義。「應用文」，源於因應日常生活之所需，其通常基於特定的對象、事件及目的而作，有專門的格式、術語規範，這類應世指南往往兼具實用及時效特性，儘管取材範疇及篇幅有別，然其旨趣大多不離或為公務處理，或為生活酬酢，皆與吾輩生活息息相關。「教本」，有廣狹二義：前者是依據政府明令之規定，如教育部的課程標準要求，取適當材料而編成紙本教材；後者是學校課本外之其他各種媒體教材。因坊間所見歷年應用文教材，書籍琳瑯滿目，但少見數位化教材，故以紙本為分析重點。

　　臺灣各級學校都不偏廢「應用文」教學，多年來國、高中的教科書或專冊或專章的方式，為莘莘學子提供相關的應用文知識，而大專院校甚至專開「應用文」課程。威權時期，教科書統由國立編譯館負責編印，其在一九八〇、一九九〇年代即依教育部的課程標準，分別編纂《國民中學應用文教科書》、《高級中學應用文教科書》，教師須在課堂授畢，且列為升學考試的重點，從主流的教育體制內強化應用

＊　本文係執行教育部獎補助教師專題研究計畫（smc104-I-17）之部分研究成果；曾載於《中國語文》月刊第119卷第2-3期（2016年8-9月）。

文教學；大專院校則無官方硬性規定的教本，由任課教師自編或選購市面合適的教本；政府掄才的公職考試，國文及公文亦列為必考，很長的一段時間，若干專業科別，還設了國文及公文成績須達六十分的錄取門檻，誠如學者張仁青所言：「長期以來，無論是職司百年樹人之教育部，掌管為國掄才之考選部，以至各級政府機關、團體，公私立大、中、專校，對『應用文』都十分重視。」[1]然目前針對臺灣應用文教本為題的論著，就筆者所見及的，並無專門研究。「全國博碩論文資訊網」有一本側重求職自傳類的教材研究[2]；「中華民國期刊論文索引系統」則有數篇港、澳、臺等地之應用文教學（教材、課程、教法）概況文章[3]，當中，有零星談及應用文教科書編輯及教學節目問題[4]；另有應用文如何現代化的議題討論[5]、兩岸公文比較研究[6]、公

1　張仁青：〈臺灣地區應用文教學概況〉，《新亞研究所通訊》第9期（2000年6月），頁24。

2　李菊鳳：《中級華語寫作教材探究：以應用文求職自傳為例》（臺北市：臺灣師範大學華語文教學系，碩士論文，2014年）。

3　張仁青〈臺灣地區應用文教學概況〉、高敬堯與蘇伊文〈傳統命題與新式命題類型對大學生應用文習寫成效與動機之影響〉、齊衛國〈應用文的「家」與「舍」〉、曲景毅〈「文章四友」新論：以李嶠、崔融之應用文書寫為探討中心〉、曾靜宜與張錦瑤〈論閱讀媒介與大學生中文學習——以實踐大學高雄校區〔中文應用文〕課程為論〉、王璟〈淺論應用文課程的實用性及創意教學〉、楊子霈〈從遊戲中學習——應用文教學舉隅〉、邱忠民〈大學通識應用文課程綱要建構之研究〉、許子濱〈編纂香港應用文慣用語辭典的一些構想〉、邱忠民〈運用「文體教學法」在應用文寫作之運用〉、郭妍伶與何淑蘋〈應用文教材新編與活動設計——以實踐大學《現代生活應用文》為例〉等。按：囿於篇幅，文獻回顧之出處，以簡註〔作者〈篇名或書名〉〕，下同。若需特別說明則隨文詳註，完整出處，請詳後附的徵引文獻。

4　謝海平〈「應用文」教科書勘誤〉、康世統〈「國學常識與應用文」電視教學節目內容摘要（第二十六～二十八講）〉、李威熊與謝海平〈「國學常識與應用文」課程介紹〉等。

5　鄧景濱〈新時代的新應用文種：揭幕碑文〉、侯羽穜〈現代應用文期末複習要點〉、許應華〈現代應用文補充教材〉、鄭滋斌〈香港課程發展議會《課程綱要》之實用文小議〉、謝登旺〈大學「應用文」課程之基礎與發展〉、李志明〈從應用文到專業

文用語辨析[7]。

　　以上，雖已注意到應用文的書寫及適應現代社會的面向，但屬通俗介紹或課堂施作的成果報告，而非系統關注當代應用文教本的專門研究，相關研討仍待開發。

二　發行概況

　　目前所能掌握的應用文教本，雖非全面，但已涵蓋一九五〇年迄今的代表作（多次再版、流布較廣），所呈現的體式，主要有三款：附於國文教本、個別型單冊、綜合型專書。

　　第一種，附於國文教本者，常以擇要或概論式單元而編入書末，這類附屬型的應用文，數量雖不少，但較為零星、簡要，如：于大成《高中空中教學國文》（應用文類纂）、中學標準教科書國文科編輯委員會《高中國文》（應用文類纂）、國立編譯館《國民中學國文教科書》（書信的寫法、借據、領據、收據、便條、名片）、高雄大學中文教材編輯委員會《中文大學堂——閱讀、賞析、寫作新視野》（履歷表與自傳、活動企劃書、柬帖、公文）、王基倫等《新編國文選》（書信、便條與名片、公文、契約、書狀）、蘇石山《大學國文選》（研究報告與論文寫作）、汪中文等《大學國文選》（應用文概要）、黃志民等《大學國文選》（書信、對聯、題辭、自傳及履歷）、南亞技術學院國文科教學研究會《大學國文選》（公文、書信、契約）。

中文——香港大專應用文課程發展的探討〉、史墨卿〈應用文現代化的取向〉、鄧仕樑〈「變則其久，通則不乏」——應用文的傳統和現代〉、徐美加〈「簡訊」融入國中國文應用文教材之淺探——以臺灣大哥大My Phone行動創作獎簡訊文學「家書組」作品為例〉、以及劉兆祐、馮珍芝、陳益源、周韶華〈應用文的現代化專輯〉等。

6　邱忠民〈兩岸應用文比較之探究——以公文為例〉。

7　蔡蕙如〈公文用語辨析及其寫作規範之商權〉。

第二種，個別型單冊，此又以書信、文稿、公文、企劃報告等為主，如：李雪峰《實用書信大全》、施瑞霖等《分類詳解書信寫作法》、孫靜江《書信說明與舉例》、劉明煌《醫院綜合文稿習作》、行政院秘書處《文書處理檔案管理手冊》、張澍勻《公文及論文指引》、陳志豪《最新公文程式大全》、林守為《現行公文程式大全》。這類單冊，甚或是借鏡外國經驗之翻譯本，如：〔日〕國友隆一《報告書──商用小論文、報告書寫法說明》（《ビジネスマン小論文、報告書の書き方》，鍾永香、葉晨美譯）、〔美〕范恩登（Joan van Emden）與貝克（Lucinda Becker）《上台報告不用怕──成功的演說技巧》（*Presentation Skills for Students*，李怡君、李怡萍譯）。

第三種，綜合型專書，此乃最大宗，然囿於篇幅，本研究論列主以「應用文」、「實用中文」、「實用文」為書題者，又為免龐雜，不涉兒童用書[8]。這類書籍，依發行先後（以初版為主），約可區劃成三個發行階段，各階段之出版品，茲酌舉如下（篇幅所限，不細註出處，僅標示書名及編著者，發行細項則從略）：

（一）初期：一九五○年至一九七九年

如：一九五○年代的王偉俠《應用文講話》、李國良《最新應用文作法》、黃嘉煥《軍中應用文》、凌則民《應用文》等；一九六○年代的孫旗《最新實用應用文》、馮百平《大學用書應用文教材》、房文奇《實用應用文》、陳鵠《應用文講話》、朱元懋等《應用文》等；一九七○年代的吉樑等《應用文》、方子丹《最新應用文》、許景重《最新實用應用文》、呂興昌《最新應用文彙編》、張仁青《應用文（甲種本）》、朱垂鍸《現代應用文書》、曾翼程《應用文教材》、李立泉《應

8　漢唐設計製作群《21世紀兒童作文法典：應用文》、陳育慧等《活潑應用文》。

用文》、史墨卿等《大學應用文》、實踐家專國文教學研討會《中文應用文講義》、蕭聲等《最新應用文》、廖學胥《應用文》、龔夏《最新應用文》、梁宗一《應用文教材》、沈兼士《應用文舉隅》等。

（二）餘波：一九八〇年至一九九九年

如：一九八〇年代的李焜中等《應用文教材》、周紹賢《應用文》、趙丕承《新編商業應用文》、李威熊及謝海平等《國學常識與應用文》、黃俊郎《應用文》、國立編譯館主編《高級中學應用文教科書》、國立編譯館主編《國民中學應用文教科書》、袁金書《大專適用新編應用文》、高雄工專國文教學研究會《工程應用文》、周宗盛《應用文新引》、張仁青《應用文（內種本）》、邵建行《最新應用文》、張叔霑《應用文》、陳佳德《警察應用文書》、侯堂柱《實用文書管理例則》等；一九九〇年代的江應龍《最新應用文大全》、于愷駿《新實用應用文》、廖吉郎《應用文講義》、黎松煥《企業應用文》、呂天行《現代應用文》、莊嘉廷等《工商應用文》、吳椿榮《應用文》、蔡狄秋《最新實用應用文標竿》、楊正寬《應用文柬釋》、林守為《最新應用文》、沈惠如等《實用應用文》、蔡信發《應用文》、林守為《應用文指導》、黃嘉煥《教師應用文》、張仁青《應用文（乙種本）》、官正啟《最新應用文》、嚴修《最新應用文》、職業學校延教班國文科補充教材編撰小組《技職應用文》、王進旺《警察應用文》、張永康《工程應用文》、陳振盛《最新應用文》、吳椿榮《應用文》、陳仁貴《最新實用應用文規範》、薛永盛《現代應用文》、黃湘陽主編《現代應用文書》等。

（三）革新：二〇〇〇年迄今

如：黃湘陽主編《應用文》、永達技術學院文史科編輯組《現代

應用文》、李慕如《應用文——尺牘書信與日用文書》、黃俊郎《應用
文（上、下）》、范光煌等《應用文》、楊正寬《應用文》、朱遯昌等
《應用文（Ⅰ、Ⅱ）》、黃連忠《現代應用文與論文寫作綱要》、明道大
學中國文學系《職場應用文》、張瑞濱《現代應用文》、王昌煥等《實
用應用文》、簡恩定等《現代應用文》、康世統《中文應用文》、曾進
豐《應用文述要》、陳清茂《簡明應用文》、信世昌等《現代應用
文》、應用中文編著委員會《應用中文》、方祖燊等《最實用的應用
文》、林安弘《生活應用文》、謝金美《應用文（精簡本）》、謝建國主
編《警察應用文書講義》、張高評主編《實用中文寫作學》、張高評主
編《實用中文講義》、王偉勇《應用文寫作》等。

三 內涵及演變

　　臺灣坊間可見及的應用文教本，可分書面實體及數位檔，前者，
或單行本、或刊布於報章雜誌的連載文章（後結集成專冊）、或早期
的油印講義等；後者，則製成光碟片或簡報檔[9]。以上，形式不拘，
但以綜合型專書為多。下就該類型應用文，扼述其在時間推移的過程
中所出現的內涵變化：

　　就發行的數量，臺灣早期圖書種類有限，彼時出版社及書局寥寥
可數，仰賴大陸輸入居多，尤其國民政府遷臺後的十年，對人民思想
及書籍出版嚴重壓制，社會充斥恐共主義與白色恐怖氛圍，凡違反主
義、危害政府、違犯風氣，都在查禁之列，不僅僅是左翼、共產思想
而已，甚至無限擴張至作者所謂附匪、陷匪之作，蔡盛琦即云：「一
九五五年五月二日遭查禁的王瓊編《最新應用文手冊》，也是因為內

9　如：范光煌編著：《應用文》（臺北市：全威圖書公司，2015年，第7版，第3刷），
　　配贈內含多種法規、各種公文、書信、書狀等應用文書之光碟片。

容多引用『匪首分子』作品。」[10]依筆者所見，一九五〇年代以軍警界的應用文書較常見，發行單位的機構名稱，往往也沾染愛國、警政、軍事色彩，如華國出版社的《應用文講話》（王偉俠）、反攻出版社《最新應用文作法》（李國良）、復興崗文化供應部《軍中應用文》（黃嘉煥）、臺灣省警察學校《應用文》（凌則民），其演示的部分範例亦與擁護領袖及支持黨國、軍政相關，如《軍中應用文》收〈總統復行視事紀念祝賀電文〉、〈總統華誕祝賀電文〉、〈總統華誕壽聯〉等。其中，更因政府資源加持，銷售情況不惡[11]。

就編撰者背景，主有：各行專業之士（如：工程、法律、商業、軍事、警察、醫務、教師等），或公私機構具行政實務資歷者，其中也不乏因坊間教本熱銷而被官方延攬編書（如：黃俊郎）。各時期的重要執筆者，常是已講授應用文課程多年、學養豐富的大專院校教授，如：馮百平（「向農專學校講授」）、房文奇（「在成大主講」）、許景重（「余在大學中，講授應用文，已逾十載」），近年更有組專業團隊聯手編寫，成員來自各校，如成功大學張高評教授邀集二十餘位專家學者投入編寫《實用中文講義》。

就書名，編者常以「最新」、「最新實用」、「最實用」、「現代」、「現代生活」標示，強調應用文之審時度勢、因時制宜、貼切社會所需的特色。近年則跳脫制式的應用文慣稱，而變化以「創意表達」、「魔法書」、「語文能力表達」、「中文大學堂」、「易上手」、「魔術師」

---

10 蔡盛琦：〈1950年代圖書查禁之研究〉，《國史館館刊》第26期（2010年12月），頁95。

11 例如黃嘉煥的《軍中應用文》由國防部總政治部審定印行，專供軍中及公教人員交際及教學參考之用，其云：「初版發行，渥承軍公各界，提倡鼓勵，部隊首長，購贈僚屬，學校員生，採作課本，軍人之友社，選購勞軍，其他個人購閱，亦能歷久不衰，故時僅一年，經更修訂謬誤再版出書，又早售罄。」見其〈自序〉，《軍中應用文》（臺北市：復興崗文化供應部，1959年，第3版），未繫頁碼。

的字眼[12]，於此可略悉編者靈活趨新的思維。一九六〇年代的《應用文》，另有一鮮明的美學特色，即書名或扉頁由名家題字，如馮百年《大學用書應用教材》、房文奇《實用應用文》，即獲于右任題簽（參圖一、圖二[13]），具藝術價值。

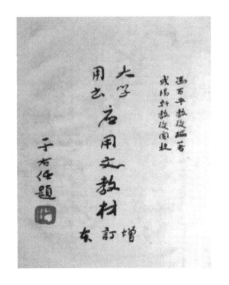 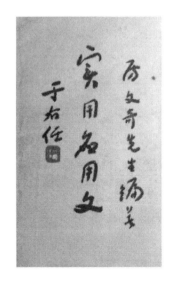

圖一　馮百年《大學用書應用文　　圖二　房文奇《實用應用文》
　　　教材》封面　　　　　　　　　　　　封面
（1965年增補第3版，大成書局，　　（1969年第3版，學海出版社，
個人藏品）　　　　　　　　　　　個人藏品）

---

12 如：《中國語文能力表達——寫作表達》（普義南主編，臺北市：五南圖書出版公司，2015年）、《創意與非創意表達》（淡江大學「中國語文能力表達」研究室編，里仁書局，2000年）、《大學國文魔法書》（逢甲大學中文系編，聯經出版公司，2007年）、《易上手：實用企劃與文書禮儀》（施又文，新學林，2012年）、《文字魔術師——文案寫作指導》（汪淑珍等，五南圖書出版公司，2016年）等。

13 《實用應用文》扉頁，另有許世英「酬世津梁」題字、閻振興序文；《大學用書應用文教材》另有董作賓題字、成惕軒題辭、蕭繼宗題辭、章微穎來函。

　　就結構及內容，多數首章屬於概述性質，介紹應用文的涵義、特質、寫作原則、種類及功能等，就筆者所見，這類敘述文字除了編寫者自己的見解外，一部分沿襲一九六〇年代的孫旗、房文奇之作，早期無智慧財產權的觀念，常出現頗為相似（或幾近雷同）的內容，顯然參考（引用）別人之作，有些改寫，有些則照單全收。在內容上，諸版應用文的論涉範圍極廣，有的訴求一般社交使用的書信、柬帖、題辭、便條、名片、對聯、慶弔文、書摘等；有的針對公務體系的公牘書寫程式，如會議文書、各類函稿製作等；有的集中指引信用取向的字據、書狀或契約規章；有的著重職場常用的履歷自傳、企畫書、簡報、廣告文案、演講稿、公關新聞稿、新聞採訪的寫作技巧。

　　應用文之審時度勢的特質，不斷反映在諸多的修訂本上，例如二〇〇五年元旦以後公文一律採橫式書寫，大約這時期的應用文書，多適時呼應政策異動，也隨之增修以符合時需；一九八〇年代中期頻繁出現了解除戒嚴的抗爭籲求，一九八七年遂正式解除戒嚴令，此後人民自由與基本人權，如集會、結社、言論、出版、旅遊等權利獲得保障，黨禁、報禁、海禁、旅遊禁，隨即開放。在這樣自由多元的時空背景下，在職進修及終生學習的觀念漸受重視，國立空中大學即於一九八六年開辦，其強調新的傳播媒介、施以便利的遠距教學，為教材及教法注入新的氣息。這新時代的巨變在一九八〇、一九九〇年代眾多的應用文教本上，便得到深刻的印證，解除黨禁後，政黨及政治團體紛紛成立，民眾參與公共事務意願提高，因有學習民主程序的新需要，故會議文書幾乎是這時期之必備題材，舉凡開會通知、委託書、議事日程、會議記錄、提案、選舉票等作法及範例，多有著墨，如呂天行的《現代應用文》，特重會議規則及選舉文宣，並展示開放探親政策下的兩岸家書寫法；此外，各類型的社會活動蓬勃發展，簡報寫作及演講技巧亦獲青睞，前者，無論是簡報方式、結構及寫作要點、

還是各式範例，多不忽略；後者，針對演講辭之撰寫，包括事前準備、寫作要點及方法提示，交代周詳，這部分的代表作，以李威熊、謝海平與黎建寰的《國學常識與應用文》為經典，該書乃是關切這類應用文書的先驅之作，特開闢專章指導[14]。另，以專門因應高、普、特考為主的教本，再版頻率亦高，此顯示有志從事公職者眾，故購買踴躍，又，應試公職得掌握最新之施政趨勢，政策法規一有異動，內容勢必更新，以符合實需；復次，為求金榜題名，熟悉歷屆公文考題，自是複習的重點，因此該類應用文教本多數提供考題及解答。在以考試領導教學的年代，這些應用文教本的版次多，經典之作即考試委員、精善駢文的國學大師「成惕軒」之門生——張仁青所寫系列《應用文》（甲、乙、丙三種本子）。另值一提的是，自一九九五年實施全民健康保險制度後，針對醫院公文及各種專案企畫撰作的指導書也應運而出，如劉明煌《醫院綜合文稿習作》[15]。

　　整體而言，各階段的教本編纂，社交類的書信、題辭，多為編者

---

14 這本書分上下兩冊，係為空中大學「國學常識與應用文」課程編撰，上冊國學常識由李威熊負責編撰，下冊應用文則由謝海平、黎建寰共同執筆。這冊應用文教本的特色，主要有：因應空中大學學生多元背景，故內容有較大的涵蓋面，此外，除作為教本，也引用較豐富的實例以滿足學生即時應用上之參考。以上，詳謝海平：〈序〉，《國學常識與應用文》（新北市：國立空中大學，1993年，第3版），下冊，頁3。

15 劉明煌執教元培醫專（元培科大前身）、亦曾從事醫院行政工作，其撰作動機為：「坊間有關公文寫作的書籍相當多，惟尚無針對『醫院綜合文稿習作』的書籍，因此在教授本課程時，常為無適當的教科書傷腦筋，因此筆者乃整合十五年來的醫院實務經驗，將課堂上講授的資料，融合國內有關文書管理、公文寫作、計畫編擬、專案管理、研究報告以及專題製作等書籍或文獻，加以整理、彙編……希望藉著這番努力能對這門課程的授課老師、剛入門的學生以及醫院工作者有所幫助。」見其〈序言〉，《醫院綜合文稿習作》（臺北市：文京圖書公司，2001年），未繫頁碼。該書附錄〈醫院文書處理辦法〉、〈醫院檔案管理作業規定〉、〈醫院設立或擴充計畫書〉等範本供參。

所注意，少有遺漏，此或因人乃社會群居，自有各種交際或聯絡情誼之需，各場合或活動，免不了要有相關的智識去應付這類日常生活所必需。至若基本的傳統文書，自傳履歷亦是不可或缺的成分，但近年也加入命名取號（公私行號或個人姓名）的遣詞用句基本原則，更比以往貼近尋常生活。二〇〇〇年以後的新出者，隨著數位化的頻繁交流，講究格式術語的應用文逐漸式微，轉而出現了更扣緊時代脈動的新型態表達方式（PPT簡報、E-mail電子郵件），校園課堂上不但翻新教學，也嘗試編纂符應現代社會所需的教本，如：實踐大學應中系編著《現代生活應用文》、明道大學中文系編輯《職場應用文》、成功大學中文系張高評主編《實用中文講義》、逢甲大學中文系編輯《大學國文魔法書》、臺北科技大學羅欽煌著《寫作與表達——e世代求學與職場的祕笈》等。其中，有強化電子媒體文案、商品包裝文案設計，更有融攝文學表現的元素，如歌謠創作、電影寫作、簡訊文學、臺語歌詞寫作、創意改寫或網路文學指引，兼具重視數位生活及激發創意思考。

四　重要教本特色分析

歷年應用文教本發行者眾，限於篇幅，無法一一列舉析論，以下所援，乃著眼於其之版次多、銷量大、影響遠。

（一）張仁青編著、成惕軒校訂《應用文》

一九八〇迄一九九〇年代，以成惕軒的駢體文為尚，由其校訂之張仁青編著《應用文》（參圖三），其中所收公文程式大全，此係應試政府文官的重要參考教材。

圖三　張仁青編著《應用文》封面

（甲種本，1982年第9版，文史哲出版社，個人藏品）

　　成惕軒舊學根底紮實，早年曾聽北京大學中文系教授沈士遠講授「實用文」，並為之筆記，後將沈氏講義列為教本[16]。沈士遠除教職外，亦歷任多屆之高普考典試委員、出任考選委員會委員、獲聘考選部政務次長，而成惕軒也追隨沈氏步伐，執掌考試相關部會多年，兩人先後在中華民國文官制度掄才史上均居高位。知名書評家、出版人「蠹魚頭」（傅月庵）曾評說：

　　一九九〇年代之前，臺灣文官考試，總會考公文、考應用文。「考試引導教學」，中文系裡遂也有了這一門課，許多人也靠

---

16 詳成惕軒：〈實用文講錄〉，《祖國月刊》第45期（1941年7月），頁33-35。按：成惕軒的聽講筆記，內容有沈士遠對應用文的定義、作法、選文要旨以及對從政者充實學問的勉勵，成惕軒在文前還附誌：「囊歲聽沈士遠先生講實用文，頗有筆記，嗣濫竽軍需學校，復以此課諸生，本篇所錄，僅其中之一耳。窺豹未全，如龍見尾，掛漏之咎，夫寧敢辭？三十年五月記。」以上，詳前揭文。

　　這類書籍賺得口袋飽飽。但你若問：「想考高普考，應用文讀誰的好？」十之八九答案為：「成惕軒」三個字。成老夫子「應用文」強，無論公文、尺牘、祭文、對聯……，無論四六駢體或散文，都難不倒他，舉目島內，怎麼比，他總名列前茅，固屬事實。但民國四十九年出任考試委員，一幹二十四年，恐也是如虎添翼的重要原因吧。[17]

臺灣的公務員考試，不論高等、普通或特種考試，公文都是必考科目，與其他專業科目同受重視。進入公部門工作，得先通過應用文的能力檢測，有了成惕軒的背書加持，張仁青該書即成為應考的主流祕笈。

　　張仁青編著的《應用文》，原為一九七八年在臺灣大學教授應用文課程時的講義，後結集增補付梓。張仁青回憶說：「本人於一九七九年為台北文史哲出版社編著《應用文》一書，作為台灣大學授課之用，至今已印行四十版。內容分甲、乙、丙三種，丙種本供專科學生使用，乙種本供大學生使用，而甲種本則供社會普羅大眾使用。其用意在因應使用者之經濟條件，減輕大專生之經濟負擔。」[18]張仁青不諱言《應用文》的高人氣，尤其甲種本長銷逾二十年，不止對臺大修課的學生有直接助益，對廣大擬參加公職的考生，影響亦遠。筆者目前手頭保藏的版次，即有：一九八〇年一月再版、一九八〇年五月第三版、一九八一年八月第七版、一九八一年十一月第八版、一九八二

---

17 茉莉二手書店，網址：http://www.mollie.com.tw/Diary_Sale_Show.asp?Sel=DC&DCID=DC20080808110657&DIID=DI20120427143854&Keyword=&BKPage=Diary_Sale_List.asp&Page=22&Time=2015/5/16%20%A4W%A4%C8%2001:30:39，瀏覽日期：2016年3月29日。

18 張仁青：〈臺灣地區應用文教學概況〉，《新亞研究所通訊》第9期（2000年6月），頁25。

．

年二月第九版、二〇〇二年九月第三次修訂四刷。修訂本還增列了會
議規範以及成惕軒〈國文閱卷經驗談——寫在今年高普考前夕〉。張
仁青所編寫大學用書之甲種本《應用文》，其特色有：

其一　使用淺近文言，重駢文示例及註解

　　該作之論述、舉例，傾重文言。又，因規撫成惕軒之駢體，書中
之慶賀與祭弔文類的示例，即尊尚駢文，除收古典作品如曹植、向
秀、庾信、潘岳、蔡邕、嚴延之等辭賦哀銘，亦錄業師成惕軒〈還都
頌〉、〈為人徵詩書畫祝嘏啟〉、〈黃母莊太夫人九秩晉一壽序〉、〈悼程
天放副院長文〉、〈哭李漁叔教授文〉、〈張葹漚先生墓誌銘〉、〈祀孔
文〉等，試舉一例以彰顯成氏撰作特色：

> 這纘黃虞。澤流洙泗。光昭四方。儀範千世。至仁周物。始於
> 親親。貴德尚齒。以明人倫。善教因材。本於無類。順時執
> 中，以袪群蔽。敬事節用。足食足兵。半部論語。克臻治平。
> 尊王攘夷。毋僭毋越。一字《春秋》。實懼亂賊。今日何日。
> 禍深赤眉。禁亂除暴。彝訓是資。天討必申。河清可俟。誓拯
> 黎元。敢告夫子。謹告。（〈祀孔文〉）[19]

張仁青則寫〈陽新成惕軒先生六秩壽頌并序〉、〈故海軍上將王君墓誌
銘〉、〈慧炬月刊社創立十二周年頌并序〉、〈王雲五先生九十華誕頌詞
并序〉、〈何應欽將軍九秩華誕頌詞并序〉、〈祭屈萬里教授文〉等作，
因是古色古香的雅馴文言文，張仁青對古奧篇章之辭藻、典故，另有
註釋，釋詞部分占了不少篇幅。

---

19 成惕軒：〈祀孔文〉，見張仁青編著：《應用文》（臺北市：文史哲出版社，甲種本，
　　1979年），頁572。

其二　兼納學生駢體習作，彰顯修習之效

　　張仁青說：「客歲（民國六十七年）秋仲，應臺灣大學之聘，為夜間部中國文學系五年級諸生講授『應用文』。余素主研讀與習作並重，不宜偏廢。又以聯語一藝，其雖小道，尚有可觀，且最足以表現吾國文字之特色。因命諸生習作。諸生咸能馳騁巧思，揚葩振藻，略加潤色，不乏佳章。」遂選錄學生慶弔文、聯語佳作，如：春聯類：「枝頭滿見紅梅綻，梁上初歸紫燕驕」（吳芳蓮）、「寶島歲時豐稼穡，中華兒女整河山」（沈嫣姬）、「群芳吐蕊爭春色，眾翠抽芽綴景光」（蔡英昭）等。楹聯類：「書葉熏蘭氣，瓶花照玉顏」（賴燕玉）、「彝倫篤守先賢訓，經史歡從古聖遊」（吳麗雲）等。至於慶弔文習作，如羅媚娥〈太史公頌〉、蕭春霞〈留侯頌〉、徐瑞霞〈臺大校慶頌〉、陳淑媛〈祭杜甫文〉、吳麗雲〈祭史懷哲文〉、許淑麗〈祭信國公文天祥文〉等，在在揭示崇尚駢體的本色。

其三　重婦女所需，附錄國考試題及解答

　　該書收十三類：公文、實用書牘、柬帖、便條、名片、慶賀文、祭弔文、對聯、題辭、契約、規章、啟事廣告、會議文書。對所舉之例，多作詳釋。張仁青表示：「本書選材概以實用為主。例如公文部分，除逐項舉例說明各種公文程式之作法外，並網羅歷屆高普特考試題，依照行政院所定最新公文程式抽樣作答，以供參考。……坊間『應用文』之書，多忽略婦女之需要，婦女酬酢之作，均付闕如，遂使現代知識婦女茫然無所適從，為憾實甚。本書頗能彌補此一缺憾，所舉範例，兼及婦女。」[20]其特重公文書寫、不輕忽女性之需，兼具致用、平權之思維。

---

20 張仁青：〈出版說明〉，《應用文》，頁2。

其四　善以表格化繁為簡，便於讀者利用

張仁青又善製表格，將繁複的術語用字及事情種類簡單化，使讀者一目了然，頗便利用，以筆者手頭收藏的二〇〇二年第三次修訂四刷版為，附表即有：〈民國以來公文程式種類演變表〉、〈公文用語表〉、〈法律統一用字表〉、〈法律統一用語表〉、〈書牘用語簡表〉、〈柬帖術語一覽表〉、〈歷代祭弔文體比較表〉、〈文心雕龍麗辭篇對偶種類表〉、〈地支代月分表〉、〈韻目代日表〉。以今日實際運用，韻目、地支或不適宜，而駢偶文言為尚，亦與日漸普及的白話文扞格，但就文學鑑賞及鍊字修辭的角度，該書在應試參考的實用價值外，對提倡古典文學及深化書寫技藝，亦有推闡之功。

（二）黃俊郎編著《應用文》

政治大學中文系教授黃俊郎，長年講授應用文，亦曾擔任高普考及升官考試之典試委員。所編著的《應用文》，至少以三種不同目標讀者訴求流通於教育體制內外。

第一種是適合國中生的《國民中學應用文教科書》（四冊，國立編譯館〔以下簡稱國編版〕，一九八七至一九八九年。）；

第二種是適合高中生的《應用文》（兩冊，三民書局股份有限公司〔以下簡稱三民版〕，二〇〇二年。）；

第三種是標榜適合大專教學、高普考應試者或社會人士的《應用文》（東大圖書股份有限公司〔以下簡稱東大版〕，修訂五版四刷，二〇〇六年。初版於一九八八年。）。

這三種《應用文》教本的承繼及關涉程度，申說如後。首先，必須釐清的是，三種《應用文》乃係出同源。雖說三種，實則本於同一底稿而互有增刪，為方便說解，茲將所謂三種《應用文》之目次對照如下表一。

表一　黃俊郎編著三種《應用文》之目次、封面對照表

《應用文》 （東大版，大學用書）	《應用文》 （三民版，高中用書）	《國民中學應用文教科書》 （國編版，國中用書）
第一章　緒論 第二章　書信 第三章　便條與名片 第四章　柬帖 第五章　對聯與題辭 第六章　慶賀文與祭弔文 第七章　公文 第八章　會議文書 第九章　簡報與演講辭 第十章　規章 第十一章　契約 第十二章　書狀 第十三章　單據 第十四章　啟事與廣告 第十五章　自傳與履歷	上冊：第一章　緒論／第二章　書信／第三章　便條與名片／第四章　柬帖／第五章　對聯、題辭、標語／第六章　慶賀文與祭弔文 下冊：第一章　公文／第二章　會議文書／第三章　啟事／第四章　單據／第五章　契約／第六章　規章	第一冊：第一單元　便條／第二單元　名片／第三單元　柬帖／第四單元　啟事／第五單元　廣告／第六單元　電報 第二冊：第七單元　書信 第三冊：第八單元　對聯／第九單元　題辭／第十單元　契約 第四冊：第十一單元　公文／第十二單元　會議文書／第十三單元　規章

備註：

本表整理自東大版《應用文》（2006年），封面翻拍個人藏品；三民版《應用文》（2002年），封面翻拍國編館教科書圖書館藏品；國編版《國民中學應用文教科書》（1987至1989年），封面翻拍國編館教科書圖書館藏品。

以下分述各書特色，並比較其間異同：

其一　國編版之《國民中學應用文教科書》特色

　　一九八七至一九八九年間，國立編譯館聘請黃俊郎與韋日春合編《國民中學應用文教科書》，計出四冊，兩人分工，依每冊版權頁註記，為：第一冊韋日春編輯、黃俊郎修訂；第二冊韋日春與黃俊郎合編；第三冊黃俊郎獨編；第四冊黃俊郎獨編。這套應用文教科書，係據教育部一九八三年七月公布《國民中學課程標準》而編寫，其中之《選修科目應用文課程標準》規定應用文配置於第二、三學年，每週授課兩小時。在編寫之前，編委會曾調整了部訂教材配置的順序，原依課程標準，第二學年第一學期配置教材應有便條、名片、柬帖、啟事、廣告、電報、書信。但國文科教科用書編審委員會決議將書信移入同學年之第二學期。黃俊郎與韋日春即秉此原則，撰寫十三單元，各冊單元分別為：第一冊便條、名片、柬帖、啟事、廣告、電報；第二冊書信；第三冊對聯、題辭、契約；第四冊公文、會議文書、規章。

　　這些類別大致有三項特性：一、切於日常所用，如便條、名片、啟事、廣告、書信，尤其把書信類獨立成冊，此編輯思考突顯體制內的主流教育，視書信最為切用，故敘述較詳、篇幅較多。二、形式具特定格式要求，如對聯、契約、題辭、契約、電報、公文、規章等。三、較符時代所需，如會議文書。為使學生瞭解並能寫作，黃俊郎、韋日春對各課的實例，除註釋詞義，也分析了各體結構、註明格式及其變化，甚至為方便閱讀，例子均附加框線，以與釋文區隔，免除閱讀上的混淆。

其二　三民版之高中教本《應用文》特色

　　原由國編館獨占的中小學教科書市場，在民主自由化的浪潮下，

推進了教育的自由化，編輯權在一九九六年讓給了民間出版機構，只要書商送審通過，即可印行，任各校自由採用。二〇〇二年三民書局也涉足高中應用文教本（事實上，東大圖書公司與三民書局，兩家屬於同一事業體，發行人皆為劉振強），出版了兩冊《應用文》，編寫者正是黃俊郎。三民版依據教育部一九九五年十月修正發布之《高級中學選修科目應用文課程標準》編寫而成。所收類別，有：書信、便條、名片、柬帖、對聯、題辭、標語、慶賀文、祭弔文、公文、會議文書、啟事、單據、契約、規章。

　　該書供應高中第三學年使用，以每週兩小時講授為主，每類主題設定的共同目標有三：探求知識、培養能力以及陶冶精神。以公文為例，即：一、探求知識，瞭解公文之意義、種類、處理程序、格式、用語以及熟悉公文的作法。二、培養能力，培養寫作公文的能力，明辨人我分際與群己關係。三、陶冶精神，養成正確的處世態度，發展良好的人際關係[21]。

其三　東大版之大學及一般用書《應用文》特色

　　適用大學及一般社會人士的東大版《應用文》，本書計收：書信、便條、名片、柬帖、對聯、題辭、慶賀文、祭弔文、公文、會議文書、簡報、演講辭、規章、契約、書狀、單據、啟事、廣告、自傳、履歷。自一九八八年印行以來，多次修訂再版，筆者所掌握的版次，即有：一九八八年八月初版第一刷、一九八九年八月修訂第二版第一刷、一九九七年八月修訂第三版第一刷、二〇〇二年七月增訂第四版第一刷、二〇〇四年一月增訂第四版第三刷、二〇〇五年二月修訂第五版第一刷、二〇〇五年六月修訂第五版第二刷、二〇〇五年十

---

21 以上，詳黃俊郎編著：《應用文（下）教師手冊》（臺北市：三民書局，2002年），頁1。

月修訂第五版第三刷、二○一○年九月增訂第六版、二○一三年五月修訂第七版。

每次改版多呼應時代需求，如政府推出最新《公文程式條例》及《文書處理手冊》，就據此修訂公文及會議文書章節，並落實於二○○六年修訂第五版第四刷的《應用文》。以公文為例，因應數位時代的文書作業習慣，及為利於國際接軌，政府積極推動公文橫式書寫，黃俊郎適時掌握，修訂更新，以持續提供最正確之參考資訊。

其四　三種教本之異同比較

再比較三種教本之具體異同點，以內容取捨配置言，三民版（高中教本）比國編版（國中教本）多了標語、慶賀文、祭弔文、單據，但剔除電報。雖然高中用書採審定制，但取材仍受教育部課程標準規範，不能逾越。囿於課程標準的緊箍咒，選材範圍即使局部微調，但幅度不大，大致還維持相同的類別：書信、便條、名片、柬帖、啟事、對聯、題辭、契約、公文、會議文書。又，比起國編版及三民版，東大版（大學及一般用書）的《應用文》取材範圍更廣，以二○○六年修訂版為例，在原有的書信、便條、名片、柬帖、對聯、題辭、標語、慶賀文、祭弔文、公文、會議文書、規章、契約、單據、啟事、廣告的類別外，增加簡報、演講辭、書狀、自傳、履歷，內容更多元。

三書於每單元之後，均附若干則習作題，檢測學習之效，例如：書信類的習作題目，國編版（國中教本）有一題「寫一封信，向七叔（或其他親屬）報告家中近況（附註：七叔赴外國留學）」[22]；三民版（高中教本）及東大版（大學及一般用書），習作題目相同，共有三

---

22 國立編譯館主編，韋日春、黃俊郎編輯：《國民中學應用文教科書》（臺北市：國立編譯館，1988年，正式本初版），第2冊，頁64。

題：「一、試撰寫向父母（或親友）稟告近日在校學習情況函（附信封）。二、全班舉辦郊遊活動，試撰寫邀請導師參加函（附信封）。三、寫一封信，問候你就讀國中時的一位導師（附信封）。」[23]

　　三書之取材，除黃俊郎個人的創作實踐外，也擷取各家之菁華，如：東大版，其第一章〈緒論〉第二節〈應用文的特質〉改寫自房文奇《實用應用文》第一章〈概說〉第三節〈應用文特質〉；第九章〈簡報與演講辭〉改寫自謝海平等編《國學常識與應用文》第二十章〈簡報〉及第二十一章〈演講辭〉；第十四章〈啟事與廣告〉，多則廣告範例取自王偉俠《應用文講話》。此外，國編版及三民版，另編印教師手冊，供講授參考。

　　進一步再把這三書對觀，可發現在重疊的章節中，遣詞用句及形式安排，幾乎相同（示例或有精簡），如對書信意義的相關著墨，三本的行文即近似，請見以下對照表（表二）：

23 以上，見黃俊郎編著：《應用文》（臺北市：東大圖書公司，2006年，修訂第5版，第4刷），頁60。黃俊郎編著：《應用文》（臺北市：三民書局，2002年，初版，第1刷），上冊，頁67。

表二　黃俊郎編著三種《應用文》之書信類的局部行文對照表

《應用文》 （東大版，大學用書）	《應用文》 （三民版，高中用書）	《國民中學應用文教科書》 （國編版，國中用書）

備註：

書影出處係東大版《應用文》（2006 年），翻拍個人藏品；三民版《應用文》（2002 年），翻拍國編館教科書圖書館藏品；國編版《國民中學應用文教科書》（1987 至 1989 年），翻拍國編館教科書圖書館藏品。

　　除行文，其他範例也有互見的現象，如「對聯」舉例，東大版及國編版均收「花開富貴，竹報歲平安。」、「天增歲月人增壽，春滿乾坤福滿門。」、「中興氣象隨春至，積善人家納福多。」、「爆竹二三聲，人間改歲。梅花四五點，天下盈春。」、「瑞日芝蘭光世澤，春風棠棣振家聲。」等名聯[24]，但國編版還多了黨政愛國元素，如：「親愛精誠，共護五千年文化。青天白日，重光九萬里山河。」[25]、行款形式更有國民黨高層的筆墨，如孫文「養天地正氣，法古今完人。」及

---

24 國立編譯館主編，黃俊郎編輯：《國民中學應用文教科書》，第3冊，頁23、24；黃俊郎編著《應用文》（東大版），頁113。

25 國立編譯館主編，黃俊郎編輯：《國民中學應用文教科書》，第3冊，頁24。

蔣中正「千秋氣節久彌著，萬古精神又日新。」[26]國編版部分取材雖屬雜黨政色調，卻也提示較詳細的格式說明、名作選析註釋以及指引作法，此對國中程度的讀者而言，自是具體而實用，至於設計的作業題，除少數偏仄，大部分仍顧及了國中生的經驗，如對聯主題，黃俊郎出了兩項作業：「你還記得今年春節時，自家或鄰居門上所張貼的春聯嗎？請報告出來，與同學共同欣賞。」、「請利用假日，到附近的名勝、古蹟、廟宇，摘錄楹聯，並與同學共同研究它的意義。」[27]這就非常貼近讀者的日常生活，同時考慮了利用在地資源、訓練口語表達及人際溝通。

　　以上，均顯示三書源於同一底本，依版權頁註記的初版發行時間，很可能黃俊郎最先為國編版寫就（一部分與韋日春合作，一九八七年初版），後增補另成東大版（一九八八年初版），最後再出三民版（二○○二年初版），有意思的是，三種《應用文》的目標讀者橫跨了大學生（社會人士、應試者）、高中生、國中生，但若干雷同無區隔的內容，要怎樣同時滿足不同年齡層、生活體驗深淺有別的大小讀者，箇中底蘊仍待深探。又，生活事項繁複，在有限的教學時間內，國、高中生欲瞭解並學會所有應用文類，實務操作上恐有困難。進一步說，以國中生的生活觸角，如柬帖、電報、公文、契約、規章這類就顯得仄狹，與他們的生活關係較不密切。由於中小學的教材編訂依據及程序，皆須遵照課程標準，即使抽換課文或調整次序亦需經編審委員會審議，換言之，編審會及編輯小組委員對教材之選編影響大[28]。國編館依照課程標準，負責主編教材，該版本是標準本，所有學

---

26 國立編譯館主編，黃俊郎編輯：《國民中學應用文教科書》，第3冊，頁12、13。

27 國立編譯館主編，黃俊郎編輯：《國民中學應用文教科書》，第3冊，頁6。

28 關於中學國編本國文教材編纂問題的相關檢討，可參考董金裕：〈國民中學國文教材的演變及檢討〉，《統編本國中、高中國文教科書叢談》（臺北市：萬卷樓圖書公司，2014年），頁1-19。筆者按：國立編譯館主編的《國民中學應用文教科書》，除

生必須採用，儘管編輯大意宣稱選材講求思想純正、內容活潑、文詞平正、格式正確，每單元後面也都附了練習題，但有些卻未能配合實際教學的情況，部分規定又過於僵化，尤其是一九八七年出版的國中應用文教本，經與稍後問世之高中、大學用書對勘，彼時國中生所使用的教本或因限於時空背景，以致編纂者雖已留意讀者的程度，但若干選題上仍不免有意識型態左右或取材過偏的現象。

(三) 張高評主編《實用中文講義》

由成功大學中文系張高評教授主編的《實用中文講義》（圖四），標榜切合日用及符合社會所需。

圖四　張高評主編《實用中文講義》上冊封面
（東大圖書股份有限公司，2008年，個人藏品）

韋日春、黃俊郎為實際編輯修訂者，依第一冊版權頁註記，列名編審會委員尚有：高明（主任委員）、艾弘毅、李正富、李威熊、李炳傑、汪其樣、林忠廉、孫邦正、陳品卿、郭綉葉、曾忠華、黃武泰、黃錦鋐、楊承祖、董金裕、葉慶炳、潘光晟、劉英柏、劉奕權、蔡美智。

該著之編纂特色有：

其一　組織編纂團隊，撰者各有專精、撰作水準高

撰寫者來自十所大學與中研院，執筆者逾二十多位，如：王右君、王偉勇、李興寧、林于弘、林慶彰、林耀潾、邱詩瑜、高美華、許長謨、張春榮、張清榮、陳滿銘、黃文吉、須文蔚、應鳳凰、李勤岸、吳榮富、林明德、林保淳、林淇瀁、陳益源、楊晉龍、蕭水順，系統地研發及製作實用中文的寫作教材。

其二　革新內容，強調學用合一，具里程碑的意義

該書設想周到，顧及應用文書的多面向，為更清楚掌握該書的篇章架構及革新內容，茲列簡表如下表三：

表三　《實用中文講義》上、下冊之目次表

《實用中文講義》		
單元	上冊 （二十一項子題）	下冊 （二十項子題）
第一單元　生活指南	命名取號策略 自傳自薦寫作 生平傳略寫作 題辭寫作 廣告寫作 對聯寫作 實用修辭寫作	公司行號命名寫作 簡報簡介寫作 公文寫作 採訪寫作 口述歷史寫作 談說藝術
第二單元　研習密碼	閱讀與寫作 讀後感寫作 書評寫作	文宣寫作 新聞評論 方塊短評寫作

第二單元　研習密碼	讀書報告寫作 文學鑑賞寫作 新聞寫作 論文選題與研究創新 學術報告寫作	學術論文寫作 研究計畫寫作 提要摘要寫作
第三單元　創作入門	數位文學創作 兒童歌謠寫作 極短篇寫作 旅遊書寫 歌詞寫作 劇本寫作	創意思考與寫作 武俠小說寫作 童詩寫作 現代詩寫作 臺語詩寫作 古體詩寫作 笑話撰寫技巧 燈謎的猜射與製作
備註：本表整理自張高評主編《實用中文講義》之目次。		

　　關於書名，張高評解釋係借鏡宋代經筵「講義」之精神——「會合歸趣，一依講說，次第解釋。」[29]此語出自宋代邢昺《孝經注疏·序》：「會合歸趣，一依講說，次第解釋，號之為講義。」書名取為講義，乃延續宋代翰林學士經筵講義之重視義例及次序。這套書分上、下冊，規劃了三大單元，並設計四十一個子題，每個子題分類用語，不再是以往通篇一律的書信、題辭，自傳、履歷、對聯云云，而是連結寫作的概念，強調實用之書寫能力。

　　目前臺灣大專院校的大一國文課，大致可區分為「語文導向」及「通識化導向」兩類，前者側重基礎的中文表達及書寫、創意發想，後者強調重要典籍的導讀引介及主題講授。張高評這套書正可為語文導向的國文課程，提供多元的教材（一學年，三十六週課程需求），

---

29 關於張高評說明命書之緣由，見其〈語文教學，應當兼顧實用化、生活化和現代化〉，《實用中文講義》（臺北市：東大圖書公司，2008年），上冊，頁5。

一般提到應用文的或有關應用文的書籍，每每著眼於格式，相對忽略了應用文的核心作用，即──真正的應用，注意其後效。形式固然不能有誤差，但最重要的還是思考怎樣達到應用文的真正效用，這就必須留意遣詞用句確實、陳述內容周密、並顧及看應用文書者之心理[30]。若以確實、周密、心理三項條件檢視《實用中文講義》，大致都符合了，例如撰寫自傳、履歷，坊間多數的《應用文》雖不忽略個人基本資料的陳述提醒：求學歷程、工作經驗、相關專長、社會歷練、人生觀點、生涯規劃、自我期許等方面，但少有針對寫作之前的個人特質優缺點，進行理性的分析，收錄於《實用中文講義》的〈自傳自薦寫作〉（李興寧執筆），則明確建議可利用企業管理理論「SWOT」以分析傳主之優勢劣勢、機會及威脅[31]，根據現況分析結果，擬定因應的方案，操作建議非常具體。

此前張高評已先後出版《實用中文寫作學》、《實用中文寫作學續編》，在靜態的教本展示外，還有動態的教學演示，在北、中、南舉辦多場教學工作坊，交流經驗。近期該團隊則與臺北護理健康大學密切合作，積極推廣實用中文寫作的想法與作法到各技專院校，強化「學用合一」理念，期使國文教學更符合各界所期待。

談論應用文的種類，常見他書侷限於公文請帖之類，而忽略新興的類別，《實用中文講義》則無前述的憂慮，所規劃的傳略寫作、對聯寫作、取號命名、祝賀詞、笑話、燈謎、歌詞、極短篇、兒童文學寫作、新聞及採訪、電影寫作，個個議題都非常貼近生活、實用及呼

---

30 有關應用文的後效觀點，可參王耘莊：〈應用文漫談〉，《新青年》第5卷第2期（1941年2月，浙江省動員委員會戰時教育文化事業委員會發行），頁21-22。

31 李興寧解釋說：「SWOT分析是企業管理理論，分列為S（Strengths）優勢、W（Weaknesses）劣勢、O（Opportunities）機會和T（Threats）威脅，主要針對企業內部優勢與劣勢，以及外部環境的機會與威脅來進行分析，除了可作為擬定企業策略的重要參考，亦可用在個人身上。」詳《實用中文講義》，上冊，頁26。

應現代社會。尤其「研習密碼」單元，看重表達的要領策略，提示方法原則。

《實用中文講義》醞釀於張高評所執行教育部之研究計畫「實用中文寫作教材之研發與製作」，有了教育部的經費挹注及多位語文專家學者的參與，使這部書能面面關照，實用性極佳，又兼有現代創意，理性感性兼備，可謂當代革新應用文教育具份量的代表作。

五　結論

本研究梳理出臺灣當代的應用文教本內涵的變化軌跡，大約是：在為國家各級機關掄才的考試中，成惕軒、張仁青的公文及應用文教本可謂集大成，《公文程式大全》書後還附錄歷屆的高普考試題，乃參加高普考者之必備書。之後，謝海平等編寫的教本係空中大學及高職學校之用書，其中，增加成惕軒及張仁青所未收錄之簡報及演講詞，算是同時期教本中較早留意口語表達藝術的。至於近年各大學中文系，在經典學科的理論研究外，也意識到課程的實用性問題，畢竟中文系大學畢業生多數進入職場，繼續鑽研學術者則相對少數，因此，紛紛思考如何「學以致用」的現實所需，故教本的致用導向益加明顯，此又以張高評主編《實用中文講義》堪稱經典。

此外，本研究也發現坊間應用文教本，以大專用書為主，適合中學或社會人士所用的應用文，往往是大專版的扼要或簡易版。在統編本時代，中學的應用文教本，由國編館負責，後來教科書編輯解禁，民間出版機構也加入編纂行列，黃俊郎的三種《應用文》本子正是橫跨民間及官方的代表作，其影響力不容小覷。值得一提，研究過程，附帶也發現蘇雪林、劉真未收集的序文，還有于右任、許世英珍貴的書題墨寶，這些副產品，從另一角度提供吾輩瞭解編著者之人際交往

情況，具有文獻及藝術價值。

　　固有的語文教學任務，不外「美感欣賞、情意陶冶、文化薪傳」（見張高評〈語文教學，應當兼顧實用化、生活化和現代化〉），若要順應實用功利導向的當代需求，教材、教法即得不斷嘗試、翻新。例如：傳統應用文必有公文類，但現在一般人生活未必都需要（除非應試公職），且公私機關已朝無紙化的電子公文發展，舊式紙本形式要求就顯得無謂，但處理公務的基本用語則依舊延續，變動幅度較小；又如婚喪喜慶的應用文書，現今多由禮儀公司或餐館酒店準備制式的範本，無須當事者費神揮筆。至於契約或規章類，現已有定型化的契約書，一般人寫作的機會也無多；而紙本書信的稱謂術語，也改以常態使用為主，逐漸擺脫不合時宜的用語；以前拜訪朋友未遇，留下具名的名片，並寫上慣用的「名正肅」（名字在正面，向您敬拜）知會，但E世代只要E-mail或通訊軟體（如Facebook、Skype、Line、WhatsApp、WeChat、KakaoTalk等等），便可即時聯繫對方。處於現代化及生活化的時代，如何恰如其分地表情達意、說理述事，這不只是中文系學生該具備的能力，即使是理、工、醫、農背景者，也不能自外於此，何況以技職為主的大專院校，學生修習應用文書，更有利於未來的職場競爭，而應用文教本不斷的推陳出新、捨舊取新，正是輔助的利器。

徵引文獻

一　由破而立：新文化運動後的國語文建設

※凡正文已援引《教育雜誌》、《中華教育界》文章者，不再贅列。

（一）專書

《1897-1987商務印書館九十年──我和商務印書館》　北京市　商務印書館　1987年

《復興國文教科書》高中用　第1冊　上海市　商務印書館　1947年第57版

《最新國文教科書》　第1冊　上海市　商務印書館　1907年　第40版

《最新國文教科書》　第6冊　上海市　商務印書館　1905年　再版本

《開明活葉文選》分級合裝冊乙種第4　上海市　開明書店　未繫出版年

《開明活葉文選》定裝冊　上海市　開明書店　未繫出版年

《開明活葉文選注釋》　第2冊　上海市　開明書店　未繫出版年

《開明活葉文選篇名索引》　上海市　開明書店　未繫出版年

《新時代國語教科書》高小用　第1冊　　上海市　商務印書館　1929年　第145版

《新學制教科書》初中用　第1冊　上海市　商務印書館　1931年國難後第5版

王久安　《我與開明，我與中青》　北京市　中國青年出版社　2012年

王鼎鈞 《文學江湖：王鼎鈞回憶錄四部曲之四》 臺北市 爾雅出
　　　版社 2010年 第4印

世界華語文教育會編 《國語運動百年史略》 臺北市 國語日報出
　　　版社 2012年

包天笑 《釧影樓回憶錄》 香港 大華出版社 1971年

石　鷗、吳小鷗 《中國近現代教科書史》 長沙市 湖南教育出版
　　　社 2012年

朱光潛 《朱光潛全集》 合肥市 安徽教育出版社 1996年

朱自清 《朱自清全集》 南京市 江蘇教育出版社 1996年

朱自清（按：與葉聖陶合寫） 《略讀指導舉隅》 臺北市 臺灣商
　　　務書館 2009年 臺2版 「新岫廬文庫」

朱自清（按：與葉聖陶合寫） 《精讀指導舉隅》 臺北市 臺灣商
　　　務書館 1969年 臺1版 「人人文庫」

朱自清（按：與葉聖陶合寫） 《精讀指導舉隅》 臺北市 臺灣商
　　　務書館 2009年 臺2版 「新岫廬文庫」

朱自清（按：與葉聖陶合寫） 《略讀指導舉隅》》 臺北市 臺灣
　　　商務書館 1969年 臺1版 「人人文庫」

朱自清、葉紹鈞（葉聖陶）合著 《國文教學》 未繫出版地 開明
　　　書店 1946年 再版

朱自清、葉紹鈞（葉聖陶）合著 《略讀指導舉隅》 上海市 臺灣
　　　商務印書館 1946年 上海初版

朱順佐、金普森合著 《胡愈之傳》 杭州市 杭州大學出版社
　　　1991年

江　庸 《趨庭隨筆》 臺北市 文海出版社 1967年 收入沈雲龍
　　　主編 「近代中國史料叢刊」 第9輯

何　容 《簡明國語文法》 臺北市 正中書局 1996年

胡仲持　〈記者生涯〉　《中學生》　第61號　1936年1月

胡　適　《國語文學史》　臺北市　五南圖書出版公司　2013年

胡　適著、唐德剛譯註　《胡適口述自傳》　臺北市　傳記文學出版
　　　　社　1986年

胡　適編　《五四新文學論戰集彙編》　臺北市　長歌出版社　1976年

夏丏尊、葉聖陶合編　《國文百八課》　北京市　生活・讀書・新知
　　　　三聯書店　2008年

夏丏尊、葉聖陶著　《文心》　上海市　開明書店　1949年　第22版

夏丏尊、葉聖陶著　《文章講話》　長沙市　岳麓書社　2013年

徐中玉　《徐中玉文集》　上海市　華東師範大學出版社　2013年
　　　　（感謝徐中玉教授惠贈）

商務印書館110年大事記編寫組　《商務印書館110年大事記》　北京
　　　　市　商務印書館　2007年

張人鳳、柳和城編著　《張元濟年譜長編》　上海市　上海交通大學
　　　　出版社　2011年（感謝上海交通大學出版社惠贈）

張之洞　《清張文襄公之洞年譜》　臺北市　臺灣商務印書館　1978年

張元濟　《張元濟日記》　北京市　商務印書館　1981年

陳存仁　《銀元時代生活史》　桂林市　廣西師範大學出版社　2007年

陳獨秀　《陳獨秀著作選編》　上海市　上海人民出版社　2010年

葉至善　《中了頭彩的婚姻──葉聖陶與夫人胡墨林》　北京市　同
　　　　心出版社　2008年（感謝葉永和先生惠贈）

葉聖陶　《葉聖陶集》　南京市　江蘇教育出版社　2004年

葉聖陶、呂叔湘、朱自清合編　《開明文言讀本》　上海市　開明
　　　　書店　1948年

劉怡伶　《現代國語文教育的探索與建構》　臺北市　萬卷樓圖書公
　　　　司　2014年

鄭逸梅　〈學和教的回溯〉　《鄭逸梅選集》　哈爾濱市　黑龍江人
　　　民出版社　1995年　第2刷

黎錦熙編　《國語運動》　上海市　商務印書館　1933年　收於王雲
　　　五主編「萬有文庫」　第1集

魏建功　《魏建功文集》　南京市　江蘇教育出版社　2001年

(二) 單篇著述

〈本社告白〉　《中華教育界》　第6、7號　1912年7月

〈教育雜誌簡章〉　《教育雜誌》　創刊號　第1年第1期　1909年1
　　　月

〈教部通令各校采用商務教科書〉　《申報》　1932年8月20日

〈開明活葉文選發售簡章〉　《中學生》　第2號　1930年2月

〈開明活葉文選與學校油印選文的比較〉　《中學生》　第2號
　　　1930年2月

〈編輯大要〉　《新法國文教科書》高等小學校用　上海市　商務印
　　　書館　1921年　第5版

〈編輯大要〉　《新時代國語教科書》小學高級用　上海市　商務印
　　　書館　1927年　第145版

〈編輯大意〉　《新學制國語教科書》初級中學用　上海市　商務印
　　　書館　1932年　國難後第5版

《開明文選注釋》第1冊廣告文案　《中學生》　第18號　1931年10月

「張中堂禁用新名詞」　《盛京時報》　1908年2月1日

上海商務印書館　「最新初等小學國文教科書出版」　《東方雜誌》
　　　創刊號　1904年3月

上海開明書店編譯所　〈編印凡例〉　《開明活葉文選》乙種合裝冊
　　　第4　上海市　開明書店　未繫出版年

中國語文學會 〈「國語發音圖說」初版前記〉 《中國語文月刊》
　　　第7卷第6期 1960年12月

方時傑 〈牛奶一般的書──文心〉 《中學生》 第57號 1935年
　　　9月

王　旬 〈介紹「文心」〉 《眾志月刊》 第1卷第6期 1934年9月

王志成 〈國定本小學歷史的分析研究〉 《中華教育界》 復刊第
　　　2卷第4期 1948年4月

王銳聰 〈中學國文習作批改的新路〉 《中華教育界》 復刊第2
　　　卷第11期 1948年11月

朱自清 〈中學生的國文程度〉 《國文月刊》 第1期 1940年6月

朱經農 〈對於初中國語課程的討論〉 收於光華大學教育系及國文
　　　系編纂 《中學國文教學論叢》 上海市 商務印書館
　　　1927年

吳一心 〈教科用書應該開放〉 《中華教育界》 復刊第1卷第2期
　　　1947年2月

吳大琨 〈誰使得我們國文程度低落的──中小學文言文運動中一個
　　　學生的抗議〉 《中學生》 第49號 1934年11月

吳曉鈴 〈中國語文誦讀方法座談會記錄〉之附記 《國文月刊》
　　　第53期 1947年3月

宋家惠 〈小學低年級拼字片的試用〉 《中華教育界》 復刊第2
　　　卷第11期 1948年11月

阮　真 〈國文科考試之目的及方法〉 《中華教育界》 第20卷第
　　　5期 1932年11月

阮　真 〈對於中學師範國文課程標準之意見〉 《中華教育界》
　　　第23卷第3期 1935年9月

周予同 〈過去了的「五四」〉 《中學生》 第5號 1930年5月

孟憲承　〈初中國文之教學〉　收於光華大學教育系及國文系編纂
　　　　《中學國文教學論叢》　上海市　商務印書館　1927年

金韻鏘　〈《開明活葉文選》和它『為讀者』的業務思想〉　收於中
　　　　國出版工作者協會編　《我與開明》　北京市　中國青年出
　　　　版社　1985年

胡　適　〈中學國文的教授〉　《教育叢刊》　第2集　1920年3月

胡　適　〈中學國文的教授〉　《新青年》　第8卷第1號　1920年9月

胡　適　〈對於新學制的感想〉　《新教育》　第4卷第2期　1922年
　　　　11月

胡　適　〈導言〉　胡適選編《建設理論集》　收於趙家璧主編《中
　　　　國新文學大系》　第1集　上海市　良友圖書印刷公司
　　　　1935年

胡　適講，嚴既澄、華超記　〈國語運動的歷史〉　《教育雜誌》
　　　　第13卷第11號　1921年11月

徐中玉　〈中學生論中學國文學習上的問題〉　《中華教育界》　復
　　　　刊第2卷第7期　1948年7月

祝世德　〈初中國文教學經驗談〉　《中華教育界》　第21卷第1期
　　　　1933年7月

高　集　〈臺灣的教育——臺灣參觀紀行之四〉　收於洪卜仁主編
　　　　《臺灣光復前後（1943-1946）》　廈門市　廈門大學出版社
　　　　2010年

張人鳳　〈商務印書館《最新初等小學國文教科書》的編纂經過和特
　　　　色〉　收入其編著　《張元濟研究文集》　上海市　上海辭
　　　　書出版社　2007年

梁容若　〈黎錦熙先生與國語運動〉　《文史精華》　總第71期
　　　　1996年4月

陰景曙　〈筆順教學的新實施〉　《中華教育界》　復刊第2卷第4期　1948年4月

陳士林、周定一合記　〈中國語文誦讀方法座談會記錄〉　《國文月刊》　第53期　1947年3月

陳泰元　〈小學讀書教學深究課文舉隅──「書上說的是騙人的」，我不能再用騙的方法〉　復刊第2卷第11期　1948年11月

陳益君　〈導生傳習教學之初步實驗〉　《中華教育界》　復刊第2卷第11期　1948年11月

陸費逵　〈我國書業之大概〉　收於俞曉堯、劉彥捷編　《陸費逵與中華書局》　北京市　中華書局　2002年　（感謝陸費銘琇女士惠贈）

陸費逵　〈中華書局宣言書〉　《中華教育界》　創刊號　1912年1月

陸費銘琇　〈我國近代教育和出版業的開拓者──回憶我的父親陸費伯鴻〉　收於俞筱堯、劉彥捷編　《陸費逵與中華書局》

陸殿揚　〈中小學國定教科書編纂之經過及其現狀〉　《中華教育界》　復刊第1卷第1期　1947年1月

黃德寬　〈新文化運動與語文現代化的反思〉　《安徽大學學報》（哲學社會科學版）　第3期　2015年5月

劉怡伶　〈舊刊新辨：從上海圖書館所藏《中華教育界》釐清三個基本問題〉　收於中華檔案暨資訊微縮管理學會編印　《2013年海峽兩岸檔案暨微縮學術交流會論文集》　臺北市　中華檔案暨資訊微縮管理學會　2013年

劉莘田　〈對於國文教材的一些意見〉　《南一中校刊》　第3期　1948年5月

編　者　〈卷首語〉　《國文月刊》　第1期　1940年6月

蔡元培　〈國文之將來〉　《教育叢刊》　第1集　1919年12月

黎錦熙　〈中等學校國文「講讀」教學改革案〉　《中等教育季刊》
　　　　第1卷第1期　1941年3月

黎錦熙　〈中等學校國文講讀教學改革案述要〉　《國文月刊》　第
　　　　51期　1947年1月

蘇寶藏　〈文法也有技巧〉　《南一中校刊》　第3期　1948年5月

（三）其他

《教育雜誌》、《中華教育界》、《江蘇教育》、《國語月刊》、《中學生》
　　　　等封面翻拍自政治大學圖書館館藏品、大成老舊全文數據
　　　　庫。

上海南洋公學光緒己亥年（1899）二次排印本《蒙學課本》第1卷翻
　　　　拍照片（感謝馮斌先生提供）

中華書局《新教育國語課本》第4冊翻拍照片（感謝李潤波先生提
　　　　供）

北京人民教育出版社附設「中國百年中小學教科書陳列館」之「七聯
　　　　處」解說文件（感謝汪家熔先生及唐燕明館長導覽解說）

二　蔣伯潛與傳統辭章的現代轉化

（一）專書

中國語言學會《中國現代語言學家傳略》編寫組編纂　《中國現代語
　　　　言學家傳略》　石家莊市　河北教育出版社　2004年

浙江省文史研究館編　《張宗祥文集》　上海市　上海古籍出版社
　　　　2015年

耿志堅　《朗讀的技巧與指導》　臺北市　新學林出版社　2013年

耿志堅　《演說的技巧與指導》　臺北市　新學林出版社　2015年　第2版

高明編著　《初中國文》　臺北市　正中書局　1950年　臺初版　第1冊

張志公　《讀寫門徑》　北京市　北京教育出版社　2014年

葉聖陶　《葉聖陶集》　南京市　江蘇教育出版社　2004年　第13卷

葉聖陶、夏丏尊　《文心》　上海市　開明書店　1949年　第22版

劉大鵬著、喬志強標注　《退想齋日記》　太原市　山西人民出版社　1990年

蔣伯潛　《中學國文教學法》　上海市　中華書局　1941年

蔣伯潛　《文字學纂要》　上海市　正中書局　1946年　初版

蔣伯潛　《文體論纂要》　上海市　正中書局　1949年　滬4版

蔣伯潛　《文體論纂要》　臺北市　正中書局　1959年　臺1版

蔣伯潛　《體裁與風格》　上海市　世界書局　1946年　再版

蔣祖怡　《文則》　合肥市　黃山書社　1986年

蔣祖怡　《章與句》　臺北市　世界書局　1977年　第3版

蔣祖怡編著　《小說纂要》　臺北市　正中書局　1987年　臺初版第6次印行

嚴　復著、王栻主編　《嚴復集》　北京市　中華書局　1986年

（二）單篇著述

〈發刊辭〉　桂林版《國文雜誌》　第1期　1942年8月

尤墨君　〈中學國文前途的悲觀〉　《中學生》　第20號　1931年12月

方正如、鄭慕霞　〈六個問題〉　《新學生》　第1卷第5期　1931年5月

王森然　〈作文與試驗〉　《中學國文教學概要》　上海市　商務印書館　1929年

吳大琨　〈誰使得我們國文程度低落的〉　《中學生》第49號　1934年11月

汪馥泉　〈中學國文學程底清算〉　《新學生》　第1卷第1期　1931年1月

阮　真　〈中學國文課程之商榷〉　《嶺南學報》　第1卷第2期　1930年2月

周遲明　〈中學國文教學上的一個問題〉　《新學生》　第1卷第4期　1946年8月

俞康侯　〈瓶叟七十自序〉　《中日文化月刊》　第2卷第10期　1942年12月

陳逢源　〈《新刊廣解四書讀本》之緣起〉　收於蔣伯潛廣解、朱熹集註　《新刊廣解四書讀本》　臺北市　商周出版　2016年

陳滿銘　〈緒論〉　《章法結構原理與教學》　收於中華章法學會主編　《辭章章法學體系建構叢書》　臺北市　萬卷樓圖書公司　2014年　第4冊

蔣伯潛　〈自序〉　《章與句》　上海市　世界書局　1940年　初版下冊

蔣伯潛　〈國文是什麼〉　《新學生》　第1卷第1期　1946年5月

蔣伯潛　〈習作與批改〉　《國文月刊》　第48期　1946年10月

蔣伯潛　〈童年學習國文底回憶〉　《新學生》　第1卷第5期　1946年9月

蔣伯潛　〈感事六絕句次厚植韻〉　收於蔣增福、夏家鼎合編　《歷代詩人詠富陽》　延吉市　延邊大學出版社　1999年

蔣祖怡　〈先嚴蔣伯潛傳略〉（初稿）　收於蔣伯潛　《校讎目錄學纂要》　北京市　北京大學出版社　1990年　附錄

蔣祖怡　〈先嚴蔣伯潛傳略〉修訂稿　收於浙江省富陽縣政協文史資料委員會編　《富陽文史資料》　第2輯　1988年

蔣起龍　〈記北京城門畫〉後附評語　《北京高等師範學校校友會雜誌》　第2輯　1916年12月　「學生成績」專欄

蔣起龍　〈與友人論學書〉後附評語　《北京高等師範學校校友會雜誌》　第1輯　1916年4月　「學生成績」專欄

蔣起龍　〈讀柳宗元與韓愈論史官書書後〉後附評語　《北京高等師範學校校友會雜誌》　第3輯1917年未繫月份　「學生成績」專欄

蔣起龍、劉渭廣　〈浙江省立第二中學校的現狀〉　《北京高師教育叢刊》　第3集　1920年6月

衛　餘　〈對於我校的感想〉　《中學生》　第46號　1934年6月

謝冰瑩　〈我的粉筆生涯的回顧〉　《新學生》　第1卷第5期　1931年5月

（三）其他

《浙江省立第二中學一九級畢業紀念刊》　1930年

臺灣省政府教育廳公函〔（41）教五字第四二九八○號〕　建議學校機關採用廣解四書讀本為「中國文化基本教材」　1952年10月4日發布

三　讀寫示徑：蔣祖怡與一九四○年代的國文教育

※凡正文已援引蔣祖怡著述及編輯書刊者，不再贅列。

（一）專書

朱自清　《朱自清全集》　南京市　江蘇教育出版社　1998年

林語堂　《我行我素》　北京市　群言出版社　2010年

夏丏尊等 《文心》 臺北市 臺灣開明書店 1981年 重7版

戚再玉主編 《上海時人誌》 上海市 展望出版社 1947年

曹聚仁 《到新文藝之路》 香港 現代書局 1952年 再版

陸立儀 《淺論蔣伯潛語文教育改革思想》 上海市 華東師範大學 中國語言文學系 碩士論文 2011年

葉聖陶 《葉聖陶集》 南京市 江蘇教育出版社 2004年

賈俊學編著 《衣帶書香：藏書票與版權票收藏》 杭州市 浙江大 學出版社 2004年

趙友培 《文藝書簡》 臺北市 重光文藝出版社 1977年

劉國正主編 《葉聖陶教育文集》 北京市 人民教育出版社 1994 年

潘新和 《語文：表現與存在》 福州市 福建人民出版社 2011年

蔣伯潛 《校讎目錄學纂要》 北京市 北京大學出版社 1990年

蔣復璁等口述、黃克武編撰 《蔣復璁口述回憶錄》 臺北市 中央 研究院近代史研究所 2000年

鄭子瑜 《中國修辭學史》 臺北市 文史哲出版社 1990年

蘇　精 《近代藏書三十家》 臺北市 傳記文學雜誌社 1983年

（二）單篇著述

主　編（筆者按：陸高誼） 〈主編者言〉 《記敘文一題數作法》 世界書局 未繫出版年月

主　編（筆者按：葉聖陶） 〈編者的話〉 《國文雜誌》 第1卷 第4、5期 1943年3月

朱自清 〈論朗讀〉 《國文雜誌》 第1卷第3期 1942年11月

朱聯保 〈〈關於世界書局的回憶〉 收於宋原放主編 《中國出版 史料》 濟南市 山東教育出版社 2000年 第1卷

夏丏尊　〈學習國文的著眼點〉　《中學生》　第68號　1936年10月

習　之　〈蔣祖怡教授小傳〉　《古籍整理研究學刊》　1989年第5期

葉至善　〈《中學生雜誌》的《文章病院》〉　《民主》　1999年第5期

葉聖陶　〈發刊辭〉　《國文雜誌》　第1期　1942年8月　桂林版

趙元任、楊步偉　〈憶寅恪〉　收於俞大為等著、《傳記文學》雜誌
　　　社編輯　《談陳寅恪》　臺北市　傳記文學出版社　1978年

蔣伯潛　〈自序〉　《章與句》　上海市　世界書局　1940年　初版

蔣伯潛　〈國文是什麼〉　《新學生》　第1卷第1期　1946年5月

蔣伯潛　〈習作與批改〉　《國文月刊》　第48期　1946年10月

蔣伯潛　〈童年學習國文底回憶〉　《新學生》　第1卷第5期　1946
　　　年9月

蔣伯潛　〈詩文中所抒寫的感情之一——「傷逝」之情〉　《新學
　　　生》　第4卷第1期　1947年11月

蔣祖怡　〈先生之德，山高水長——記先父蔣復璁先生的生平事蹟
　　　（一）〉　《傳記文學》　第93卷第5期（總號第558號）
　　　2008年11月

（三）其他

〈蔣祖怡〉未刊稿及相關照片　（感謝蔣紹愚教授提供）

四　時用下的變遷：臺灣當代應用文教本內涵探析

（一）專書

李威熊、謝海平、黎建寰編著　《國學常識與應用文》　新北市　空
　　　中大學　1993年　第3版

李菊鳳　《中級華語寫作教材探究：以應用文求職自傳為例》　臺北市　臺灣師範大學華語文教學系碩士論文　2014年

汪淑珍等　《文字魔術師——文案寫作指導》　臺北市　五南圖書公司　2016年

房文奇　《實用應用文》　臺北市　學海出版社　1969年

施又文　《易上手：實用企劃與文書禮儀》　臺北市　新學林出版社　2012年

范光煌編著　《應用文》　臺北市　全威圖書公司　2015年　第7版　第3刷

國立編譯館主編　韋日春、黃俊郎編輯　《國民中學應用文教科書》　臺北市　國立編譯館　1988年　正式本初版　第2冊

國立編譯館主編　黃俊郎編輯　《國民中學應用文教科書》　臺北市　國立編譯館　1988年　正式本初版　第3冊

張仁青編著　《應用文》　臺北市　文史哲出版社，甲種本　1979年

張高評　《實用中文講義》　臺北市　東大圖書公司　2008年

淡江大學「中國語文能力表達」研究室編　《創意與非創意表達》　臺北市　里仁書局　2000年

逢甲大學中文系編　《大學國文魔法書》　臺北市　聯經出版公司　2007年

陳育慧、陳淑慎　《活潑應用文》　新北市　泉源出版社　1993年

普義南主編　《中國語文能力表達——寫作表達》　臺北市　五南圖書出版公司　2015年

馮百年　《大學用書應用文教材》　屏東市　大成書局　1965年　增補第3版

黃俊郎編著　《應用文（下）教師手冊》　臺北市　三民書局　2002年

黃俊郎編著　《應用文》　臺北市　三民書局　2002年　初版　第1刷

黃俊郎編著 《應用文》 臺北市 東大圖書公司 2006年 修訂第
　　5版 第4刷

黃嘉煥 《軍中應用文》 臺北市 復興崗文化供應部 1959年 第
　　3版

董金裕 《統編本國中、高中國文教科書叢談》 臺北市 萬卷樓圖
　　書公司 2014年

漢唐設計製作群 《21世紀兒童作文法典：應用文》 臺中市 童林
　　國際文化事業公司 2004年

劉明煌 《醫院綜合文稿習作》 臺北市 文京圖書公司 2001年

（二）單篇著述

王耘莊 〈應用文漫談〉 《新青年》（浙江省動員委員會戰時教育
　　文化事業委員會發行） 第5卷第2期 1941年2月

王　璟 〈淺論應用文課程的實用性及創意教學〉 《國文天地》
　　第27卷第3期 2011年8月

史墨卿 〈應用文現代化的取向〉 《國文天地》 第16卷第7期
　　2000年12月

成惕軒 〈實用文講錄〉 《祖國月刊》 第45期 1941年7月

曲景毅 〈「文章四友」新論：以李嶠、崔融之應用文書寫為探討中
　　心〉 《師大學報・語言與文學類》 第57卷第2期 2012
　　年9月

李志明 〈從應用文到專業中文──香港大專應用文課程發展的探討〉
　　《語文建設通訊（香港）》 第68期 2001年10月

李威熊、謝海平 〈「國學常識與應用文」課程介紹〉 《空大學
　　訊》 第125期 1993年9月

邱忠民 〈大學通識應用文課程綱要建構之研究〉 《華醫社會人文
　　學報》 第19期 2009年6月

邱忠民　〈兩岸應用文比較之探究——以公文為例〉　《通識學刊：
　　　　理念與實務》　第2卷第1期　2010年1月

邱忠民　〈運用「文體教學法」在應用文寫作之運用〉　《遠東學
　　　　報》　第25卷第3期　2008年9月

侯羽穜　〈現代應用文期末複習要點〉　《空大學訊》　第301期
　　　　2003年1月

徐美加　〈「簡訊」融入國中國文應用文教材之淺探——以臺灣大哥
　　　　大 My Phone 行動創作獎簡訊文學「家書組」作品為例〉
　　　　《中國語文》月刊　第114卷第5期　2014年5月

高敬堯、蘇伊文　〈傳統命題與新式命題類型對大學生應用文習寫成
　　　　效與動機之影響〉　《高雄師大學報・人文與藝術類》　第
　　　　35期　2013年12月

康世統　〈「國學常識與應用文」電視教學節目內容摘要（第二十六
　　　　～二十八講）〉　《空大學訊》　第32期　1988年11月

張仁青　〈臺灣地區應用文教學概況〉　《新亞研究所通訊》　第9
　　　　期　2000年6月

許子濱　〈編纂香港應用文慣用語辭典的一些構想〉　《中國語文通
　　　　訊》　第85-86期　2009年3月

許應華　〈現代應用文補充教材〉，《空大學訊》　第299期　2002年
　　　　12月

郭姸伶、何淑蘋　〈應用文教材新編與活動設計——以實踐大學《現
　　　　代生活應用文》為例〉　《國立臺灣戲曲學院通識教育學
　　　　報》　第4期　2017年12月

曾靜宜、張錦瑤　〈論閱讀媒介與大學生中文學習——以實踐大學高
　　　　雄校區〔中文應用文〕課程為論〉　《實踐博雅學報》第18
　　　　期　2012年7月

楊子霈　〈從遊戲中學習——應用文教學舉隅〉　《中國語文》月刊
　　　　第106卷第1期　2010年1月

齊衛國　〈應用文的「家」與「舍」〉　《中原文獻》　第45卷第4期
　　　　2013年10月

劉兆祐、馮珍芝、陳益源、周韶華　〈應用文的現代化專輯〉　《國
　　　　文天地》　第2卷第10期　1987年3月

蔡盛琦　〈1950年代圖書查禁之研究〉　《國史館館刊》　第26期
　　　　2010年12月

鄧仕樑　〈「變則其久，通則不乏」——應用文的傳統和現代〉
　　　　《中國文化研究所學報》　新第9期　2000年

鄧景濱　〈新時代的新應用文種：揭幕碑文〉　《澳門研究》　第42
　　　　期　2007年10月

鄭滋斌　〈香港課程發展議會《課程綱要》之實用文小議〉　《中國
　　　　語文通訊》　第63期　2002年9月

謝海平　〈「應用文」教科書勘誤〉　《空大學訊》　第155期　1995
　　　　年3月

謝登旺　〈大學「應用文」課程之基礎與發展〉　《國文天地》　第
　　　　17卷第12期　2002年5月

（三）其他

蠹魚頭（傅月庵）評論成惕軒的應用文書籍對公務考試之影響，詳見
　　　　茉莉二手書店網址：http://www.mollie.com.tw/Diary_Sale_
　　　　Show.asp?Sel=DC&DCID=DC20080808110657&DIID=DI2012
　　　　0427143854&Keyword=&BKPage=Diary_Sale_List.asp&Page=
　　　　22&Time=2015/5/16%20%A4W%A4%C8%2001:30:39。

語文教學叢書 1100021

現代語境中的國語文教育

作　　　者	劉怡伶	
責任編輯	林以邠	
特約校對	林秋芬	

發 行 人　林慶彰

總 經 理　梁錦興

總 編 輯　張晏瑞

編 輯 所　萬卷樓圖書股份有限公司

　　　　　臺北市羅斯福路二段 41 號 6 樓之 3

　　　　　電話 (02)23216565

　　　　　傳真 (02)23218698

發　　　行　萬卷樓圖書股份有限公司

　　　　　臺北市羅斯福路二段 41 號 6 樓之 3

　　　　　電話 (02)23216565

　　　　　傳真 (02)23218698

　　　　　電郵 SERVICE@WANJUAN.COM.TW

香港經銷　香港聯合書刊物流有限公司

　　　　　電話 (852)21502100

　　　　　傳真 (852)23560735

ISBN 978-986-478-609-1

2022 年 2 月初版

定價：新臺幣 380 元

如何購買本書：

1. 劃撥購書，請透過以下郵政劃撥帳號：

　　帳號：15624015

　　戶名：萬卷樓圖書股份有限公司

2. 轉帳購書，請透過以下帳戶

　　合作金庫銀行 古亭分行

　　戶名：萬卷樓圖書股份有限公司

　　帳號：0877717092596

3. 網路購書，請透過萬卷樓網站

　　網址 WWW.WANJUAN.COM.TW

大量購書，請直接聯繫我們，將有專人為您服務。客服：(02)23216565 分機 610

如有缺頁、破損或裝訂錯誤，請寄回更換

國家圖書館出版品預行編目資料

現代語境中的國語文教育/劉怡伶著. -- 初版. --臺北市：萬卷樓圖書股份有限公司, 2022.02

　　面；　公分. -- (語文教學叢書；1100021)

ISBN 978-986-478-609-1(平裝)

1.CST: 漢語教學　2.CST: 語文教學　3.CST: 文集

802.03　　　　　　　　　　　　111001332